초
한
지
10

초한지

10

이문열 지음

토끼가 죽으면 사냥개는 삶긴다

楚漢志

RHK
알에이치코리아

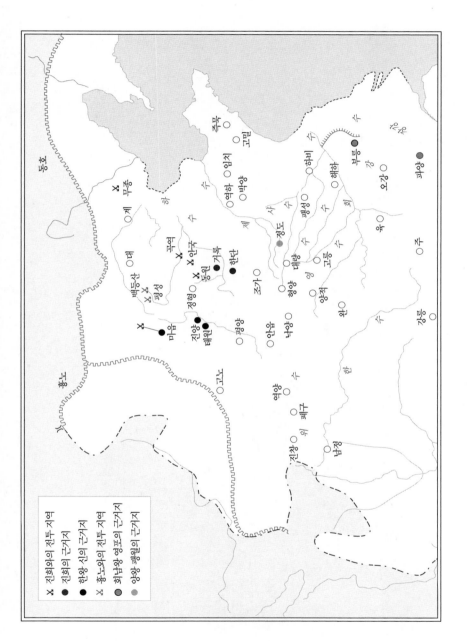

반란 세력의 근거지 및 주요 전투 지역

범례:
- ✕ 진회와의 전투 지역
- ● 진회의 근거지
- ● 한왕 신의 근거지
- ✕ 흉노와의 전투 지역
- ● 회남왕 영포의 근거지
- ● 양왕 팽월의 근거지

楚漢志

사사(死士)와 일사(逸士)

　한 7년 섣달 매서운 추위 속에 대(代) 땅을 떠나 장안으로 돌아가던 고제는 도중에 있는 조나라에 잠시 머물러 노독을 풀었다. 그때 조왕 장오(張敖)는 장이의 아들로서 고제의 맏사위이기도 하였다. 곧 나중에 노원공주(魯元公主)에 봉해진, 여후(呂后)가 낳은 맏딸이 조왕의 비(妃)였다.

　고제를 왕궁으로 맞아들인 조왕 장오는 아침저녁으로 팔뚝을 걷어붙이고[袒韝蔽] 몸소 밥상을 받쳐 올릴 만큼 정성을 다해 모셨다. 한 나라의 군왕으로서 자신이 지녀야 할 위엄은 돌아보지 않고, 오직 신하로서의 충성과 사위로서의 공경으로 고제를 받들었는데, 그 지극함이 때로는 넘치기도 하였다. 그 일단을 짐작하게 하는 게 이듬해 고제가 다시 조나라에 들렀을 때, 자신의 후

궁인 미인(美人) 하나를 고제의 침소에 들여보내 시중을 들게 한
일이었다. 그 미인은 그때 고제의 총애를 입어 고제의 일곱째 아
들인 회남왕(淮南王) 유장(劉長)을 낳게 된다.

조왕 장오가 그토록 정성으로 받드는데도 고제의 태도는 거만
하고 무례하기 짝이 없었다. 두 다리를 쩍 벌리고 앉아서[箕踞]
문안을 받고, 마음에 들지 않으면 함부로 꾸짖는 등 조왕을 마치
데리고 다니는 노복 부리듯 했다. 워낙 자식같이 여기는 사위인
데다, 그 윗대인 장이 때부터의 신하라, 평소의 소탈한 성품대로
편하게 대하다 보니 남의 눈에 더욱 그렇게 비쳤는지도 모른다.

그때 조나라에는 상국인 관고(貫高)와 조오(趙午)를 비롯해 나
이 예순이 넘은 대신들이 많았다. 그들은 대개가 선왕 장이가 살
아 있을 때부터 그 빈객이었던 사람들로, 모두 조나라가 알아주
는 인걸들이었다. 두 대에 걸쳐 장씨의 은의를 입었을 뿐만 아니
라, 한결같이 기개가 있다고 알려진 사람들이고 보니, 그런 고제
를 그냥 보아 넘기지 못했다. 그들은 고제가 자기들의 임금을 너
무 무례하고 가볍게 대한다고 여겨 몹시 성을 내며 한탄했다.

"우리 임금이 너무 유약하구나! 듣기에 임금이 욕되면 그 신하
는 죽는 법이라 했다. 남의 신하 되어 늙어 가며 어찌 저와 같은
임금의 욕됨을 보고만 있으랴!"

그리고 자기들끼리 의논한 끝에 조왕 장오를 찾아가 말했다.

"무릇 천하의 호걸들이 더불어 들고일어날 때에는 능력 있는
이가 먼저 나서서 왕이 되는 법입니다. 지금의 황제도 진나라의
폭정에 맞서 들고일어난 산동의 호걸 가운데 하나로서, 시운을

타고 대왕보다 앞서 제위에 오르게 되었을 뿐입니다. 그런데 이제 대왕께서는 지극히 공손하게 황제를 모시건만 황제는 대왕께 무례하기 짝이 없으니, 저희들은 대왕의 신하 되어 차마 그냥 보아 넘길 수가 없습니다. 바라건대 대왕을 위해 황제를 죽이고 그 욕됨을 씻고자 하니 허락해 주십시오."

그 말을 듣고 깜짝 놀란 조왕 장오가 자기 손가락을 깨물어 피를 흘려 보이면서 그들을 말렸다.

"공들의 말씀이 어찌 그리도 잘못될 수 있소? 일찍이 선대왕(先大王)께서 나라를 잃으셨을 때 바로 우리 황제 폐하의 힘을 빌려 나라를 되찾을 수 있었으며, 그 덕은 지금 후손인 내게까지 미치고 있소이다. 지금 과인이 누리고 있는 것은 터럭만 한 것이라도 폐하의 힘을 입지 않은 것이 없으니, 공들께서는 두 번 다시 그런 말씀을 입에 담지 마시오!"

이에 하릴없이 조왕 앞을 물러난 그들은 자기들끼리 둘러앉아 의논했다.

"아무래도 우리들이 처음부터 잘못한 것 같소. 우리 주군은 장자(長者)로서 남의 은덕을 저버리지 않으실 분이오. 게다가 우리들이 뜻한 바는 주군이 남에게서 입은 욕을 씻으려 함에 있소. 이제 한나라 황제가 우리 임금을 욕보였기에 그를 죽이려 하는 것이지, 어찌 우리 대왕으로 하여금 그 임금에게 불충의 죄를 저지르도록 만드는 것이겠소? 원래부터 이 일은 대왕께 아뢰어 할 일이 아니었소. 앞으로도 이 일을 밀고 나가되, 성사가 되면 그 공을 우리 대왕께 돌리고, 어그러지면 우리들만이 그 허물을 덮어쓰도록 합시다."

하지만 그런 일이 벌어지고 있는 걸 알 리 없는 고제는 열흘이나 마음 편히 조나라에서 쉬다가 장안으로 돌아갔다.

이듬해 고제는 동원(東垣)에서 드디어 전 한왕(韓王) 신(信)의 남은 세력을 쓸어버리고 돌아오는 길에 다시 조나라를 지나게 되었다. 관고를 비롯한 조나라 대신들은 고제가 박인(柏人)이라는 곳에 머물게 되리라는 것을 알고, 그곳 관사의 벽 사이 빈 곳[廁壁]에 사람을 숨겨 두었다가 고제를 해치려 하였다.

고제가 박인에 이르러 그 관사에 들려는데 갑자기 가슴이 심하게 뛰었다. 이상히 여긴 고제가 좌우를 돌아보며 물었다.

"참으로 알 수 없는 일이로구나. 왜 이렇게 가슴이 뛰는지 모르겠다. 이 현의 이름이 무엇이냐?"

"박인이라고 합니다."

곁에서 시중들던 이가 아는 대로 아뢰었다. 고제가 무언가를 퍼뜩 떠올린 듯 말했다.

"박인(柏人)은 박인(迫人)과도 통하니 곧 사람을 핍박한다는 뜻도 된다. 좋지 않다. 묵기에 마땅치 못한 곳이다."

그러면서 박인에 묵지 않고 그대로 지나갔다. 그 바람에 관고와 그 패거리가 공들여 꾸며 놓은 일은 모두 허사가 되고 말았다. 하지만 이미 사사(死士)로서의 어두운 열정에 휘몰린 관고와 그 패거리는 그래도 고제를 해칠 뜻을 버리지 않았다. 다시 때가 오기를 기다리기로 하고 엿보기를 게을리 하지 않았다.

다시 한 해가 가고 한 9년이 되었다. 관고와 원수 진 사람이 어쩌다 관고가 주동이 되어 꾸미고 있는 일을 알게 되자 바로 조정에 일러바쳤다. 성난 고제는 어사를 보내 조왕과 관고네 패거리를 모두 잡아들이게 하였다. 그러자 관고와 함께 일을 꾸몄던 사람들이 여남은 명이나 앞다투어 스스로 목숨을 끊었다. 그 소문을 들은 관고가 성을 내며 이미 죽은 그들을 꾸짖었다.

"누가 공들에게 이런 일을 하도록 시켰는가? 우리 대왕께서는 아무것도 꾀한 바 없으시건만 지금 우리와 함께 끌려가시게 되었다. 그런데 공들이 모두 죽어 버리면 도대체 누가 우리 대왕께서 황제께 모반을 꾀하신 게 아니라는 걸 밝혀 줄 수 있단 말인가?"

그러고는 몸을 온전히 보존한 채 죄수를 싣는 수레에 실려 조왕 장오와 함께 장안으로 압송되어 갔다.

고제는 조왕의 죄를 엄히 다스리게 하면서, 조나라의 신하와 빈객들 가운데서 감히 왕을 따라 장안으로 오는 자는 그 일족을 모두 죽이라고 명하였다. 그러나 맹서(孟舒)와 전숙(田叔) 등 여남은 명은 관고와 함께 일을 꾸민 적이 없으면서도 스스로 머리를 깎고 칼을 쓴 채 조나라 왕실의 종인 것처럼 조왕을 따라왔다. 이들 또한 임금이 욕되게 죽으면 기꺼이 따라 죽기로 한 선비들[死士]이었다.

관고는 옥리 앞에 끌려가자마자 꼿꼿한 자세로 힘주어 말하였다.

"황제를 죽이려 한 일은 다만 우리들이 남의 신하 된 도리를 다하고자 꾸민 것일 뿐이오. 우리 대왕께서는 전혀 모르시는 일이니 먼저 그것부터 밝혀 두고자 하오."

그러나 옥리는 그 말을 믿어 주지 않았다.

"대신들이 천자를 해치려고 역모를 꾸미는데 그 왕이 모른다는 게 말이 되느냐? 헛되이 뼈와 살을 다치지 말고 누가 시켰는지 바로 말하라."

그러면서 관고를 더 모질게 다루었다. 매로 때리고 쇠꼬챙이로 살을 찌르는 것도 모자라 살을 저미고 불로 지지며 조왕 장오가 시킨 것임을 밝혀내려 했다. 하지만 관고의 대답은 한결같았다.

"임금이 욕되면 신하 된 자는 죽는다 하였다. 황제가 거만하고 무례하여 내 임금을 욕보이기에 우리가 황제를 죽여 우리 임금이 입은 욕을 씻어 주려 하였을 뿐, 조왕께서는 전혀 모르시는 일이다!"

옥리가 수천 번 매질을 하고 쇠로 살을 찌르며 불로 지져 그의 몸에 더는 형벌을 줄 데가 남아 있지 않을 지경이 되었는데도 관고는 끝내 다른 말을 하지 않았다.

그때 여황후(呂皇后)는 아끼는 사위가 죽게 되자 속이 탔다. 아침저녁으로 고제를 찾아보고 조왕 장오를 구해 내려고 애썼다.

"조왕은 무엇보다도 우리 한실(漢室)의 부마(駙馬)요, 사사롭게는 우리 맏딸의 지아비입니다. 일찍부터 우리 외손자 언(偃)을 낳고 내외가 사이좋게 살아왔는데, 감히 폐하께 그와 같이 불측한 마음을 먹을 리가 있겠습니까? 살을 섞고 사는 딸아이를 보아서라도 차마 그러지는 못했을 것입니다. 틀림없이 늙어 망령 든 대신들이 죽기를 재촉하고자 저희끼리 모여 꾸민 짓입니다."

그러면서 조왕을 변호했으나 그 일로 몹시 성이 나 있던 고제는 귀담아들어 주지 않았다.

"그대는 장오가 우리 사위임을 말하고 딸아이와의 금슬을 내세우나, 만약 그가 천자가 된다면 그대의 딸과 같은 여자가 어디 한둘이겠소? 헛된 욕심에 눈이 뒤집히면 세상에 못할 일이 없는 법이오."

그런 대답으로 여황후의 입을 막고 옥리가 관고의 토설(吐說)을 받아 내기만을 기다렸다. 하지만 장안으로 잡혀 온 지 여러 날이 지나도 관고가 조왕의 관여를 실토했다는 말은 들려오지 않았다. 이에 고제는 정위(廷尉)를 불러 옥리가 관고를 문초한 경과를 알아보게 했다.

형옥(刑獄)으로 내려간 정위가 옥리의 말을 듣고 기록을 뒤져 알아낸 것을 그대로 고제에게 전하였다.

"옥리가 여러 날 모질게 문초했으나 관고는 부서지고 찢긴 몸으로도 처음에 한 말을 바꾸지 않고 있다고 합니다. 이제는 더 때릴 곳도, 쑤시고 지질 수 있는 성한 살도 남아 있지 않아 심문을 맡은 옥리가 오히려 어찌할 바를 모르고 있는 지경이었습니다."

그리고 관고를 문초할 때 쓴 끔찍한 형벌과 거기 맞서는 관고의 꿋꿋한 태도를 자세히 덧붙이니, 그때껏 성이 나 펄펄 뛰던 황제도 정위의 말을 다 듣고는 절로 숙연해졌다.

"실로 장사로구나. 사람의 살과 뼈를 입고 그토록 버틸 수 있다니!"

먼저 관고에게 감탄한 뒤, 다시 인정을 내어 말했다.

"관고가 그러는 데는 반드시 곡절이 있을 것이다. 누가 그를 아는 사람이 없는가? 차라리 관고를 아는 사람을 찾아내 그로 하여금 사사로이 물어보게 하라."

그러자 낭중령에 속한 중대부 설공(泄公)이 나서서 말하였다.

"관고는 신과 같은 땅에서 나고 자라 신이 일찍부터 그를 잘 알고 있습니다. 그 사람은 조나라가 의를 짚고 스스로 일어났으므로[以義自立] 남으로부터 침략을 받거나 욕을 당해서는 아니 된다[不受侵辱]고 믿었으며, 그 안에서 지켜야 할 군신의 도리를 그 무엇보다 앞세워 왔습니다. 거기다가 한번 허락한 것을 무겁게 여겨 남의 믿음을 저버린 적이 없으니, 일이 잘못되었다면 바로 그런 그의 성품 탓일 것입니다."

"그렇다고 저희 주군의 임금이 되는 짐에게 칼을 들이댄단 말인가?"

"관고가 처음 제 주군으로 섬긴 것은 상산왕(常山王) 장이였고, 그때 폐하께서는 아직 상산왕의 주군이 아니셨습니다. 어쩌면 관고의 굳은 머리로는 아직도 폐하가 상산왕과 나란히 고(孤)를 일컫던 한중왕(漢中王)으로만 보일지도 모르겠습니다. 앞뒤가 엇바뀌고 위아래가 뒤집힌 도리이기는 하나, 그리 보면 관고가 한 짓도 전혀 그 까닭을 짐작할 수 없는 바는 아닙니다."

"그렇다면 짐이 부절(符節)을 쪼개 줄 터이니 경이 관고에게 가서 그 진정을 알아보라. 먼저 사사로운 정에 기대 물어보고 정히 입을 열지 않으면 부절을 꺼내 보여도 좋다."

고제가 그렇게 말하며 설공에게 황제의 부절까지 쪼개 주고 관고를 만나 보게 했다.

설공이 찾아가 만나고자 하니 관고는 널빤지 바닥에 대쪽으로 사방을 얽은 가마[篦轝]에 실려 나왔다. 하도 모질게 부서지고 찢긴 몸이라 관고 스스로 움직일 수가 없어 그런 꼴로 나오게 된 것이지만, 그 기상만은 조금도 꺾여 있지 않았다. 한눈에 설공을 알아보고 먼저 인사를 건네 왔다.

"설공인가?"

"그렇다네. 진작 자네가 여기 끌려와 고초를 받고 있다는 소문은 듣고 있었으나, 폐하의 진노가 워낙 커서 감히 자네를 찾아볼 수 없었네."

관고의 몰골이 참혹하기 이를 데 없었으나, 설공이 짐짓 못 본 척하며 담담하게 그의 말을 받았다. 몸조차 잘 가누지 못하면서도 관고 또한 평소의 꿋꿋함을 잃지 않고 설공의 말에 답했다.

"자네는 황제를 주인으로 섬기고 있으니 마땅히 거기에 따른 신하로서의 도리가 있지 않겠는가. 제 주인의 욕됨을 씻으려고 황제를 해치려다 잡혀 온 나를 찾아오기가 어찌 쉬울 수 있었겠는가?"

그 말에 설공은 비로소 관고가 받은 고초를 알아본 것처럼 한참이나 간곡하게 위로하다가, 문득 궁금하다는 듯 물었다.

"그런데 참으로 알 수 없는 것은 조왕의 일일세. 신하 된 자네는 주군이 입은 욕을 씻기 위해 황제까지 죽이려 했는데, 정작 주군 된 그는 자네의 모의를 전혀 모르고 있었다니, 세상에 그게 말이 되는가? 그런데도 자네는 그렇게 우겨 이토록 참혹하게 죽어 가고 있으니, 오랜 벗으로서 그 까닭이 참으로 궁금하기 짝이 없네."

그러자 관고가 정색을 하고 대답했다.

"사람의 정으로 어찌 자기의 부모와 처자를 아끼지 않을 수 있겠는가? 이제 나는 삼족이 모두 모반의 죄를 쓰고 죽게 되었는데, 어찌 거짓말로 우리 대왕을 구해 내려고 무고한 내 육친의 목숨을 내던지려 들겠는가? 진실로 이르거니와, 우리 대왕께서는 결코 황제께 모반이 될 죄를 짓지 않으셨네. 다만 우리들, 남의 신하 된 자의 도리를 중히 여긴 자들만이 모여 꾸민 일이었네."

그 말을 들은 설공도 정색을 하며 품 안에서 고제가 갈라 준 부절을 꺼냈다.

"이것은 황제께서 이 일의 진상을 알아 오라고 하시며 내게 신표로 내리신 부절이네. 이제 이 부절에 걸고 자네에게 묻겠네. 그렇다면 어찌하여 일이 그렇게 되었는가? 어떻게 조왕도 모르게 조왕을 위해 황상을 시해할 음모를 꾸밀 수 있었단 말인가? 자네가 진정으로 조왕을 살리고 싶다면 그 진상을 말해 주게. 내 맹세코 빼거나 더함이 없이 폐하께 아뢰어, 이번 옥사에 그릇된 일이 있으면 반드시 바로잡을 수 있게 하겠네."

그런 설공의 말에 관고가 그간에 있었던 일을 숨김없이 털어놓았다. 듣고 난 설공은 황궁으로 돌아가 고제에게 관고에게서 들은 말을 그대로 전했다.

그제야 조왕 장오가 죄 없음을 믿게 된 고제는 그날로 조왕을 풀어 주게 하고 아울러 설공에게 말하였다.

"비록 짐에게 칼을 겨눈 죄가 크나 관고의 신의 또한 상찬받을 만하다. 관고에게 가서 조왕을 풀어 주었음을 알리고 그도 사면 해 주어라."

이에 설공이 관고에게 달려가 먼저 조왕 장오가 풀려난 것을 알려 주었다. 관고가 기뻐하면서 다짐하듯 물었다.

"정말로 우리 대왕께서 누명을 벗으셨다는 말인가?"

"그렇다네."

설공이 그렇게 확인해 주고 덧붙였다.

"뿐만 아니라 폐하께서는 자네도 훌륭하게 여기시어 지난 죄 를 사면해 주셨네. 이제 이곳을 나가도 되네."

그 말을 듣자 관고는 잠시 설공을 바라보며 쓸쓸하게 웃다가 문득 결연하게 말하였다.

"내가 한 군데도 성한 곳이 없는 몸으로도 죽지 아니하고 이리 살아남은 까닭은 우리 대왕께서 황제를 해치려는 모반에 끼지 않았음을 밝히기 위해서였다네. 그런데 다행히 대왕께서 이미 풀 려나셨다니 내가 해야 할 일은 다한 터라, 이제는 죽어도 여한이 없네. 하물며 신하로서 주군의 임금을 시해하려다가 오히려 주군 께 누를 끼쳤으니 내 무슨 낯으로 그 주군을 다시 섬기겠는가? 더구나 내 주군의 주군인 황제는 결국 내게도 주군, 설령 황제께 서 나를 죽이지 않으신다 하더라도 내 마음에 어찌 부끄러움이 없을 수 있겠는가?"

그러고는 고개를 홱 젖히더니 목울대의 혈관을 스스로 끊고 죽어 버렸다. 어지러운 시대의 뒤틀린 신의에 바탕하고는 있지만 그런대로 기이한 감동을 주는 의사(義死)였다.

관고가 그렇게 죽었다는 말을 듣자 고제는 그 일을 몹시 애석해했다. 그리고 살아남은 조왕의 다른 빈객들까지도 관고와 마찬가지로 가상하다 여겨 모두에게 높은 벼슬을 내렸다. 덕분에 머리 깎고 칼을 쓴 채 왕실의 종처럼 조왕을 따라 함곡관 안으로 들어갔던 빈객으로 제후 왕의 재상이나 군수 같은 벼슬을 얻지 못한 사람은 아무도 없었다.

조왕 장오는 관고가 죄 없음을 밝혀 주었으나 끝내 왕위를 지켜 내지는 못했다. 하지만 고제의 부마여서인지 평민으로 내처지지는 않고 선평후(宣平侯)에 봉해졌다. 비어 있는 조나라 왕위는 겨우 여덟 살이던 고제의 아들 유여의(劉如意)에게 돌아갔다.

유여의는 척부인(戚夫人) 소생의 황자로서, 한 7년 정월 원래 대왕(代王)이었던 고제의 조카 유희(劉喜)가 흉노의 등쌀에 못 이겨 쫓겨 오자, 그를 대신해 장안에 머물러 있으면서도 대왕 노릇을 하고 있었다. 그러다가 장오가 관고의 일로 조왕 자리에서 밀려나자 이번에는 조왕이 되어 역시 장안에 앉은 채로 조나라 왕 노릇을 하게 되었다.

척부인은 정도 사람으로 고제가 한왕이 된 뒤에 새로 맞이한 부인이었다. 고제가 한 2년에 관중을 나온 뒤에 다섯 제후 왕과 더불어 패왕 항우의 도읍인 팽성을 치러 갈 때 얻은 여자인데, 용모가 아리땁고 춤을 잘 춰 일찍부터 고제의 총애를 받았다. 처음 군중에서 미인(美人)에 봉해졌다가 왕자 유여의를 낳자 곧 부인(夫人)으로 올려 세워졌다.

고제에게는 뒷날 효혜제(孝惠帝)가 된 태자 유영(劉盈)이 있었다. 여후가 낳은 유영은 사람됨이 인자하였으나 유약한 데가 있어, 고제는 자기를 닮지 않았다고 하며 탐탁잖아 했다. 하지만 척부인이 낳은 여의는 자기를 매우 닮았다고 여겨 누구보다 사랑했다. 때가 되면 태자 영을 폐출하고 여의를 대신 태자로 세우려 했다.

거기다가 젊고 아름다운 척부인은 고제의 총애를 입어 항상 그 곁에 머물렀다. 나중에는 고제가 관동으로 싸우러 나갈 때까지도 따라나설 정도였다. 그리고 밤낮 고제 앞에서 흐느끼면서 아들 여의를 태자로 세워 달라고 졸랐다. 하지만 여후는 나이가 많아서 언제나 궁궐 안에만 머물러 있었으므로 고제를 만나기 어려워 점점 사이가 소원해졌다. 따라서 아들 영을 태자로 지켜 내기가 어려웠다.

한 10년에 접어들면서 어느새 나이 예순을 바라보게 된 고제는 조왕 여의를 태자로 세우고 싶은 마음이 한층 간절해졌다. 자신이 더 늙고 태자가 장성하면 여의를 태자로 바꿔 세우기 어려울 것이라 보고, 마침내 그 일을 조정의 공론에 부쳤다. 대신들이 저마다 들고일어나 적장자를 폐하고 서유(庶幼)를 태자로 세우는 일의 불가함을 소리 높여 외쳤다. 그들 중에서도 가장 강경하게 반대하는 게 어사대부 주창(周昌)이었다.

주창은 형양성을 지키다 항우에게 사로잡혀 삶겨 죽은 주가(周苛)의 종제(從弟)였다. 사람됨이 강직하여 직언하기를 서슴지 않았는데, 한번은 이런 일이 있었다. 어느 날 주창이 쉬고 있는 고제에게 알릴 일이 있어 찾아갔는데, 마침 고제가 척부인을 안고 희롱하고 있었다. 주창이 얼결에 돌아서 달아나니 짓궂은 고제가 뒤쫓아 와 기어이 주창을 붙잡고 그 목에 걸터앉아 물었다.

"나는 어떤 군왕이냐?"

그러자 주창이 고개를 쳐들고 크게 소리쳤다.

"폐하는 걸(桀)이나 주(紂)와 같은 폭군입니다."

그 말에 고제는 호탕하게 웃었지만 속으로는 그런 주창을 은근히 두려워했다.

그날도 고제는 누구보다도 그 주창이 나서서 반대하자 일단 공론을 거두고, 주창만을 따로 불러 물었다.

"경은 무엇 때문에 그토록 반대하는 것이오?"

주창은 원래 말을 더듬는 데다 적장자인 태자를 바꾸려는 데 몹시 성이 나 있었으므로 제대로 대답을 하지 못했다.

"신은 이, 입으로는 그, 그것을 잘 마, 말할 수가 없습니다. 그, 그러나 신은 그 일이 그, 그리되어서는 안 된다는 것을 분명히 알고 있습니다. 폐하께서 태, 태자를 폐하려 하십니다만 신은 겨, 결코 그 말씀을 받들지 않을 것입니다……."

그렇게 더듬거리면서도 두 눈은 사납게 번들거렸다. 고제는 그런 주창의 대답이 자신이 뜻과 달랐지만 이번에도 흔연히 웃고 말았다.

조회가 끝난 뒤 동상(東廂)에서 조정의 공론을 엿듣고 있던 여후가 주창이 나오는 것을 보고 그 앞에 무릎 꿇어 감사하며 말했다.

"공이 아니었으면 오늘 태자는 아마도 폐위되고 말았을 것이오."

하지만 그걸로 공론이 끝난 것도 아니었고, 황제가 뜻을 바꾼 것도 아니었다.

고제는 조왕 여의를 태자로 세우지 못하게 되자, 자신이 그대로 죽으면 여의는 그 목숨조차 부지할 수 있을 것 같지 않아 근심이 되었다. 어느 날 마음이 즐겁지 않아 슬픈 노래를 불렀으나, 여러 신하들은 황제가 왜 그러는지 알지 못하였다. 그때 아주 젊은 나이로 부새어사(符璽御使) 일을 보고 있던 조요(趙堯)란 신하가 고제에게 가만히 나아가 물었다.

"폐하께서 마음이 즐겁지 못하신 까닭은 조왕 때문이 아니신지요? 조왕은 나이가 어리고 척부인과 여황후의 사이가 좋지 못하니, 황제께서 붕어하신 뒤에 조왕이 스스로 목숨을 부지할 수 없을까 걱정하시어 그런 것은 아니옵니까?"

"그렇다. 짐은 그 일이 걱정스러워 어찌할 바를 모르겠다. 그 아이가 잘못된다면 죽어도 눈을 감지 못할 것이다."

고제가 긴 한숨과 함께 솔직히 털어놓았다. 조요가 미리 생각해 둔 것처럼 말하였다.

"폐하께서는 어찌하여 조왕을 위해 조나라에 든든한 갑주 같고 높은 성채 같은 대신을 붙여 주지 않으십니까?"

"어떤 사람이 그런 대신일 수 있겠는가?"

"지위가 높고 강직한 신하로서 여황후와 태자뿐만 아니라 여러 신하들도 평소 두려워하고 우러르는 이를 조나라 상국으로 세우시면 조왕을 지키는 장구한 계책이 될 것입니다."

그러자 고제가 다시 한번 한숨을 내쉰 뒤에 조요의 말을 받았다.

"그렇다. 짐의 헤아림도 너와 같아 그렇게 하려 한다. 그런데 여러 신하들 가운데 누구를 조나라 상국으로 세웠으면 좋겠는가?"

"어사대부 주창은 그 사람됨이 강직하고 올바릅니다. 또 여황후와 태자뿐만 아니라 대신들까지도 그를 우러르고 두려워합니다. 오직 주창만이 그 자리를 맡을 수 있습니다."

이번에도 한 번 머뭇거리지도 않고 조요가 그렇게 대답했다. 고제가 환한 얼굴이 되어 고개를 끄덕이며 말했다.

"좋다. 그리해 보겠다."

그러고는 곧 주창을 불러들여 말하였다.

"짐이 오늘 공을 괴롭히고자 하오. 공은 나를 위해 조나라 상국이 되어 주시오. 그리고 힘을 다해 어린 조왕을 지켜 주시오."

그러자 주창이 울며 고제에게 말하였다.

"신은 폐하께서 처음 군사를 일으키실 때부터 줄곧 폐하를 곁에서 모셔 왔습니다. 그런데 폐하께서는 어인 까닭으로 중도에서 신을 제후에게 버리려 하십니까?"

"짐도 공을 그리 보내는 것이 좌천임을 잘 알고 있소. 그러나 조왕의 장래를 생각해 보니, 공이 아니고는 달리 그 일을 맡을 사람이 없소. 공에게는 실로 안된 일이지만, 짐을 위해 억지로라도 가 주시오."

황제가 그렇게까지 나오니 주창으로서도 어찌할 수가 없었다. 그날부터 조나라 상국이 되어 조왕 유의의 든든한 갑주가 되고 높은 성채가 되어 주었다.

주창이 조나라 상국이 되어 유의를 지켜 주는 데다, 고제는 여전히 틈만 나면 태자를 유의로 갈고 싶어 하니 여후는 전보다 더욱 걱정이 되었다. 밤낮 없이 태자 걱정으로 얼굴 펴질 겨를이 없었다. 그때 어떤 사람이 여후에게 귀띔해 주었다.

"유후(留侯) 장량은 모든 일에 계책을 잘 세워 폐하께서도 그를 믿고 그 계책에 따르십니다. 황후 마마께서도 유후께 계책을 빌어 보시지요."

이에 여후는 곧 작은오라비 되는 건성후(建成侯) 여석지(呂釋之)를 불러 말했다.

"오라버니께서 이 일을 좀 맡아 주셔야겠습니다. 유후 장량에게 계책을 물어 우리 태자를 지켜 주세요. 장량이 마다하면 억지를 부려서라도 반드시 좋은 계책을 얻어 내야 합니다."

여후의 큰오라비 되는 주여후(周呂侯) 여택(呂澤)은 이미 싸움터에서 죽고 난 뒤라 그때는 여석지가 여씨 가문의 어른이었다. 누이동생이라도 황후인 누이동생이라 여석지로서는 그 말을 무겁게 들을 수밖에 없는 데다, 태자의 일은 바로 자기들 가문의 성패와도 깊이 관련돼 있었다. 친생질(親甥姪)인 유영(劉盈)이 태자 자리에서 밀려나고 척부인의 아들 유여의가 제위를 물려받게 된다면 외척으로서 여씨들이 누릴 수 있는 권세와 영광은 그대로 끝장나는 것이나 다름없었다. 그런 생각에 저도 모르게 후끈 단 여석지가 칼자루를 움켜쥐며 말했다.

"너무 심려하지 마십시오, 황후 마마. 오늘 밤이라도 당장 유후

를 만나 국저(國儲)의 자리를 반석 위에 올려놓을 계책을 얻어
오겠습니다."

그래 놓고 유여의만 끼고 도는 고제를 향한 불만에 절로 거칠
어지는 숨결을 억누르며 대궐을 나왔다.

그날 저녁 여석지는 날이 저물기를 기다려 홀로 장량을 찾아
나섰다.

그 무렵 장량은 조정에도 나오지 않고 집 안에 머물면서 벽곡
(辟穀)과 도인(導引)으로 늙어 쇠약해 가는 심신을 다스리고 있었
다. 장량은 몸이 약하고 잔병이 많아 전에도 자주 곡식을 먹지
않고 운기(運氣)와 조식(調息, 호흡법)으로 기운을 돋우고 병든 몸
을 추슬렀으나, 몇 년 전 제북(齊北)의 곡성산(穀成山) 아래에서
황석(黃石)을 모셔 온 뒤부터는 이전보다 몇 배나 더 깊이 도가
의 양생법에 빠져 지냈다.

일찍이 하비의 다리 위에서 장량에게 『태공병법』을 전해 준 노
인이 말하기를 '너는 13년 뒤에 제수 북쪽에서 나를 만날 수 있
을 것인데, 곡성산 아래의 누른 돌이 바로 나이니라.'고 했다. 그
런데 패왕 항우가 죽고 천하가 평정된 뒤 고제를 따라 제북을 지
나가던 장량은 곡성산 아래서 묘하게 사람의 눈길을 끄는 누른
돌을 하나 보게 되었다. 그리 크지는 않아도 내쏘는 듯한 누른빛
에 형상이 기이한 돌이었다. 장량은 그 누른 돌을 보자 이내 스
스로 황석공(黃石公)이라 부르던 그 노인을 떠올리고, 가만히 햇
수를 헤아려 보았다. 틀림없이 황석공을 만난 해로부터 13년 만

이었다.

이에 장량은 그 돌을 캐 안장에 싣고 돌아온 뒤 황석이라 이름하고 보물처럼 받들며 제사까지 지냈다. 나중에 장량이 죽자 그 누른 돌은 장량과 함께 묻혀, 성묘하는 날이나 복일(伏日), 납일(臘日)이면 사람들은 장량에게뿐만 아니라 그 돌에게도 함께 제사를 지냈다고 한다. 여석지가 찾아간 날 장량이 방 윗목의 제단 위에 모셔 두고 그 기운을 쏘이며 도인을 하고 있던 돌이 바로 그 황석이었다.

노복을 따라 바로 장량의 거처에 이른 여석지는 소문으로 듣던 그 누른 돌과 단정하게 앉아 기운을 가다듬고 호흡을 조절하는 장량의 모습에 자신도 모르게 숙연해졌다. 함부로 말문을 열 수가 없어 가만히 바라보고만 있는데, 장량이 먼저 깨어나 황망하게 여석지를 맞이했다.

"건성후께서 어인 일로 이리 누추한 곳까지 몸소 찾아오셨습니까?"

퍼뜩 정신을 차린 여석지가 길게 누운 듯한 장량의 도인 자세를 먼저 걸고넘어지면서 꾸짖듯 말했다.

"선생은 일찍이 황제의 모신(謀臣)이 되어 크고 작은 주책(籌策)으로 우리 한나라의 어려움을 덜어 주었소. 그런데 지금 황제께서 나라의 근본이 되는 태자를 바꾸려 하시는데도 어찌 베개를 높이 하고 누워 계시기만 하시오?"

그렇게 찾아온 까닭을 바로 밝힌 여석지는 다시 당면한 일의 엄중함과 여후의 눈 밖에 났을 때 겪게 될 어려움을 조목조목 일러 주며 넌지시 장량을 겁주었다. 장량이 딱하다는 표정으로 말했다.

"예전에 황제께서 곤경에 빠지고 위태로운 형편에 계셨을 때는 자주 저의 계책을 써 주셨습니다. 하지만 지금은 다릅니다. 천하가 안정된 가운데 특히 사랑하는 왕자로 태자를 바꾸시려는 것이니 이는 곧 골육의 일입니다. 저와 같은 사람이 백 명 넘게 있다 해도 무슨 쓸모가 있겠습니까?"

그 말을 듣고도 여석지는 물러나지 않았다.

"그래도 천하의 장자방(張子房) 선생께는 무슨 수가 있을 것이오. 여기까지 찾아온 내 낯을 보아서라도 좋은 계책을 세워 주시오. 유후께서 이 간절한 청을 들어주시지 않으면 나는 여기서 돌아가지 않을 것이오!"

그러면서 억지를 부렸다. 여석지가 그렇게 나오자 잠시 이맛살을 찌푸리며 생각에 잠겼던 장량이 차분한 목소리로 입을 열었다.

"태자를 폐하는 일은 말로 그 옳고 그름을 다투기 어려운 사안입니다. 달리 말릴 길을 찾아보는 게 좋을 듯합니다."

그러고는 진작부터 헤아려 둔 바가 있는 것처럼 말했다.

"돌이켜 보면, 지난날 황상께서 진작 조정으로 불러들이고 싶어 하셨으나, 끝내 불러들이시지 못한 현사가 네 분 있습니다. 네 분 모두 나이가 많이 든 이들로, 그분들은 일찍이 황상께서 거만하시고 사람을 업신여기신다 하여, 간곡히 부르셔도 듣지 않고 오히려 깊은 산속으로 달아나 숨어 살고 있다고 합니다. 그 네 분은 의를 지켜 한나라의 신하가 되지 않았지만, 황상께서는 아직도 그분들을 높이 우러러보고 계십니다. 지금 공께서는 금옥과 비단을 아끼지 말고 폐백을 마련하시고, 태자께서는 그분들을 부르는 글을 짓게 하시되 공손과 겸양으로 다듬도록 하십시오. 그런 다음 안거(安車, 앉을 수 있는 수레. 나이 든 대신이 퇴임할 때나 명망 있는 은자를 불러 쓰려 할 때 임금이 내렸다.)를 마련하고 말 잘하는 변사를 딸려 보내 간곡히 부르신다면 그분들은 틀림없이 태자의 부르심을 따를 것입니다. 그리하여 그분들이 오면 귀한 손님으로 모시고 태자를 보위하게 하되, 때때로 태자를 따라 조정에 들어가 황제의 눈에 띄게 하십시오. 황제께서는 반드시 그 네 분이 누구인지를 물으실 것이고, 그분들이 곧 황제께서 모시려 했으나 모시지 못했던 그 현사들임을 아시게 될 것입니다. 그렇게 되면, 태자께서 그 자리를 지켜 내시는 데 그분들이 곁에 있는 것보다 더 크게 도움 되는 일도 없을 것입니다."

장량이 말한 네 사람은 '상산사호(商山四皓)'라 불리는 진나라 말기의 명망 높은 은사들로 동원공(東園公)과 하황공(夏黃公), 녹리선생(甪里先生), 기리계(綺里季)를 가리킨다.

동원공은 성이 유(庾)요, 자는 선명(宣明)인데, 언제나 동쪽 울을 두른 밭[東園]에 머물러 있다 하여 그렇게 불리게 되었다고 한다. 하황공은 성이 최(崔)요, 이름이 광(廣), 자는 소통(少通)이었다. 제나라 사람으로 하리(夏里)에 숨어 살며 도를 닦았으므로 하황공이라 불리었다. 녹리선생은 하내의 지(軹) 땅 사람인데 태백(太伯)의 후손으로 알려져 있다. 성은 주(周)요, 이름은 술(術),

자는 원도(元道)라 했는데, 함양에서는 패상선생(覇上先生) 또는 각리선생(角里先生)이라고도 불렀다. 다르게는 녹리선생(祿里先生)으로 나와 있는 곳도 있다. 기리계는 그 본래의 성과 이름이 알려지지 않고, 어디 사람인지도 모르나 역시 진나라 말기의 뛰어난 선비였다.

진승의 봉기로 진나라가 무너져 내리자 그들 넷은 함께 상현 동쪽 상락산(商雒山)에 들어가 숨어 살았다. 그때 이미 모두가 나이 일흔에 가까운 데다 눈썹과 수염이 흰 늙은이들이었으므로, 세상 사람들은 그들을 '상산의 터럭 흰 네 늙은이[四皓]'란 뜻에서 '상산사호'라 했다. 뒷날 항우를 꺾고 천자가 된 고제는 널리 퍼진 그들의 이름을 듣고 사람을 보내 불렀지만 그들은 고제가 오만하며 선비를 업신여긴다는 말을 듣고 그 부름에 따르지 않았다. 그대로 상산에 숨어 살며 세상일에 나서기를 마다했다.

여석지는 무골이어선지 상산사호의 일은 잘 알지 못했다. 하지만 어렵게 얻어 낸 장량의 계책이라 귀담아듣고 여후에게 전했다. 여후도 상산사호는 잘 알지 못했으나, 그 계책의 비상함은 그녀의 뛰어난 정치적 감각으로 당장 알아차렸다. 오라비 여석지에게 많은 재물을 내려 상산사호를 맞으러 갈 사람과 그때 바칠 예물을 마련하게 했다.

이윽고 모든 채비가 갖춰지자 여후는 상산사호에게 가르침을 비는 태자의 편지와 함께 말 잘하는 사자를 상산으로 보냈다. 상산에 이른 사자는 공손한 말과 후한 예물로 태자의 편지를 전했다. 오랜 은거에 외롭고 지쳐 있던 탓이었을까. 상산사호는 태자의 간곡한 부름을 굳이 마다하지 않았다. 이미 일흔을 넘긴 나이도 돌아보지 않고 사자를 따라 상산을 나섰다.

　상산사호가 장안에 이르자 여후는 그들을 건성후 여석지의 저택에 묵게 하였다. 여석지는 그들을 귀한 손님 모시듯 아침저녁 지성으로 받들며 태자를 돌보게 했다. 다시 세상으로 나온 그들네 일사(逸士)도 자기들을 알아보고 불러 준 태자를 지켜 내기 위해 할 수 있는 일은 다 했다. 나중에 한 번 더 자세하게 얘기되겠지만, 이듬해 경포가 모반하였을 때 어려운 지경에 빠지게 된 태자를 구할 계책을 짜냈고, 나중에는 그들 스스로 고제 앞에 모습을 드러내어 끝내 태자를 지켜 냈다.

진희의 모반

초왕(楚王)에서 회음후(淮陰侯)로 낮아진 채 장안으로 옮겨 살게 된 한신의 나날은 울적하였다. 고제는 한신을 사면하였으나 그에 대한 의심까지 모두 거두지는 못했다. 한신을 장안에서 한 발자국도 나가지 못하게 하였을 뿐만 아니라, 언제나 사람을 풀어 그 움직임을 살폈다. 한신이 느끼기로는 갇혀 있는 죄수나 부로(俘虜)와 다르지 않은 삶이었다.

고제가 자신의 재능을 두려워하고 미워하기까지 한다는 것을 알게 되자 그 너그러움에 한 가닥 기대를 걸었던 한신도 마음이 틀어졌다. 늘 병을 핑계 대고 조회에도 잘 나가지 않았으며, 황제를 수행해 어디를 가는 일은 더욱 없었다. 밤낮으로 후회와 불평에 시달리면서 옛적에 휘하의 장수로 부렸던 조참이나 주발, 관영 같은 이들과 같은 반열에 서게 된 것을 부끄럽게 여겼다.

한번은 무슨 일인가로 한신이 번쾌의 집에 들르게 되었다. 그때 번쾌는 무양(舞陽)을 식읍으로 받은 열후였고, 여황후의 아우 여수(呂須)의 남편으로 황제와 동서가 되어 그 총애와 신임도 남달랐다. 그러나 예전 한신이 왕이었을 때 그 밑에서 별장으로 싸운 일을 잊지 않고, 한신에게 공손하기 그지없이 대했다. 무릎 꿇어 절을 하며 한신을 맞아들이고 배웅하였다. 또 스스로 신(臣)이라 일컬으면서 황송하다는 듯 말했다.

"대왕께서 신의 집에 몸소 와 주시다니요!"

그러나 한신은 말없이 번쾌의 집을 나온 뒤에 자신을 비웃으며 중얼거렸다.

"내가 죽지 못하고 살아남아 번쾌 따위와 같은 서열에 서게 되었구나!"

한신의 비틀린 심사가 대강 그러하였다.

그렇지만 한신을 열후로 내려앉혀 그 가솔과 함께 장안에 데려다 놓은 고제는 달랐다. 사나운 짐승을 잡아 우리 안에 가둬 두었다는 느긋함에서일까. 가끔씩 한신의 옛 공적을 떠올리고 새삼스러운 인정을 썼다. 질탕한 술자리를 벌여 한신을 불러들이고 옛날 얘기로 함께 한나절을 보내기도 했다.

그런 어느 날이었다. 술잔을 나누며 싸움 얘기를 하던 끝에 흥에 취한 고제가 한신과 더불어 여러 장수들의 재주와 능력을 따지며 등차를 매겨 보았다. 조참, 번쾌, 관영, 주발 같은 풍, 패의 맹장들로부터 패망한 항우의 장수들에 이르기까지 그 품재(品才)

를 따져 가던 고제가 불쑥 한신에게 물었다.

"나와 같은 사람은 장수로서 얼마나 되는 군사를 거느릴 수 있겠는가?"

"폐하께서는 한 10만이면 그럭저럭 휘어 내실 수 있을 것입니다."

한신이 망설이지 않고 대답했다. 고제가 다시 물었다.

"그렇다면 그대는 얼마나 부릴 수 있는가?"

"신은 많으면 많을수록 좋습니다[多多益善]."

이번에도 한신은 별로 망설이지 않고 대답했다. 그 말에 고제의 눈길이 실쭉해지고, 함께 있던 대신들도 낯빛이 변했다. 한신이 아차, 싶어 몇 마디 보태려고 하는데, 고제가 기다려 주지 않고 뒤틀린 목소리로 다시 물었다.

"군사가 많으면 많을수록 좋다는 것은 그만큼 군사를 잘 부린다는 뜻이 아닌가? 그런데도 그대는 어찌 짐에게 사로잡혔는가?"

한신이 마치 기다리고 있었던 사람처럼 그런 고제의 말을 받았다.

"폐하께서는 많은 병사를 거느리실 수는 없지만, 장수들을 잘 부리십니다. 그것이 바로 신이 폐하께 사로잡히게 된 까닭입니다. 폐하로 불리게 됨은 이른바 하늘이 내리신 것[天授]으로서, 사람의 힘으로는 아니 되는 것입니다."

그 말에 실쭉해져 있던 고제의 눈길이 풀리고 듣고 있던 대신들의 낯빛도 본래대로 돌아왔다. 하지만 한신은 말솜씨를 부려 그렇게 당장의 어려움에서는 벗어났으나 마음속은 결코 즐겁지 아니하였다. 한 8년 가을 거록의 군수가 되어 조나라로 가게 된 진희(陳豨)가 장안을 떠나면서 한신을 보러 온 것은 앙앙불락(快快不樂)하던 한신이 이제 더는 참을 수 없다는 느낌으로 몸을 비틀고 있을 때였다.

　진희는 옛 양나라 땅인 원구 사람이다. 태사공서(太史公書, 『사기』)는 진희가 처음 어떻게 하여 고제를 따라나서게 되었는지 알 수 없다고 말하고 있다. 그리고 한 7년 한왕 신이 흉노로 달아났을 때 고제를 따라 평성까지 갔다 온 것을 진희의 첫 번째 이력으로 적어 놓고 있다. 그때 공을 세워 열후(列侯)에 봉해졌다고 하는데 어떤 공인지, 무슨 후인지는 밝혀져 있지 않다.

　하지만 같은 책에 실려 있는 「공신연표[高祖功臣侯者年表]」에는 진희가 전원년(前元年, 한 원년 1년 전)에 장졸 5백을 이끌고 원구에서 일어나 한고조를 따라나섰으며, 패상에 이르러 이미 후에 봉해졌다고 나와 있다. 그 뒤 연왕 장도가 모반하였을 때 유격장군이 되어 따로 대나라를 정벌하였는데, 그 공으로 양하후(陽夏侯)에 봉해져 「공신연표」에 오르게 되었다고 한다. 그걸로 미루어 진희가 한나라에 투신한 것은 고제가 패공(沛公)으로 떠돌 때이고, 장수로서 두각을 드러낸 것도 진작부터인 듯하다.

　그런데도 본기나 열전에는 진희가 한 7년에야 땅에서 갑자기 솟은 사람처럼 나타난다. 이미 유능한 장군이 되어 나타나자마자 큰 공을 세우고 후가 되더니, 이듬해에는 고제의 신임을 받는 총신으로 거록의 군수가 되고, 다시 몇 해 뒤에는 조나라 상국이 되어 조나라와 대나라 변경에 있는 모든 군사를 거느리게 된다. 그리고 이번에는 눈부신 포용력과 수완을 발휘하여 조나라의 인재들을 포섭하고 한왕 신 및 흉노와 연결하여 한나라에 모반하는 것으로 되어 있다.

그와 같은 기록으로 보아, 진희가 처음 고조를 따라나설 때부터 기록에 본격적으로 나타나게 되는 때까지 8년가량은 의도적으로 은폐되고 인멸된 혐의가 짙다. 이는 무엇보다도 진희가 대규모 반란의 수괴로 죽은 것과 관련이 있을 것이다. 그러나 그 은폐와 인멸의 원인으로 보다 더 의심이 가는 것은 한신과의 관련이다.

진희의 이력 중에 감춰지고 지워진 그 부분은 진희가 한 장수로 자신을 단련하고 키워 가는 기간이 되기도 한다. 어쩌면 진희는 그 기간 한신의 훈도 아래 군사적 재능을 닦아 장수로서 남다른 이력을 쌓아 간 것은 아닐까. 그러다가 한신의 몰락과 함께 진희가 황제에게 직속(直屬)하게 되면서, 이전 한신 밑에서의 남다른 성취는 지워져 버리고, 진희 자신의 모반을 얘기하기 위해 꼭 필요한 뒷부분만 기록으로 남겨지게 된 게 아닐까.

진희가 한신에게서 사승(師承) 비슷하게 병법을 배웠고, 또 그 휘하에서 장수로서의 빛나는 이력을 쌓아 갔으리라는 추측은 무엇보다도 거록으로 떠나기 전에 한신을 찾아보는 진희나, 그 진희를 맞는 한신의 태도로 강하게 뒷받침된다.

한신은 진희가 오자 그의 손을 잡고 반가워하다가 좌우를 물리친 뒤에 함께 뜰을 거닐었다. 무언가 은밀한 얘기를 하려는 것 같은데도, 상대에게 동의를 받거나 주저하는 기색이 전혀 없는 것이 두 사람 사이의 오래되고 유별난 교분을 짐작하게 한다.

한신이 하늘을 우러러 탄식한 뒤에 말했다.

"자네와는 말해도 되겠지[子可與言乎]? 자네에게 하고 싶은 말이 있네."

"예, 장군께서는 명령만 내리십시오[唯將軍令之]."

이런 문답이 있었지만, 이는 서로 떠보려고 묻는 것도, 걱정하며 망설이다가 대꾸하는 것도 아니었다. 한신이 당연한 것을 의례적으로 확인해 보는데, 진희가 지체 없이 확인해 주고 있을 뿐이었다. 그러자 한신은 실로 엄청난 말을 쏟아 놓는다.

"이제 자네가 있게 될 곳은 천하의 정병이 모여드는 곳이라 크게 군사를 기르고, 이리저리 이끌고 다녀도 특별히 눈에 띌 게 없는 땅이네. 거기다가 자네는 황제가 신임하는 총신이라 누가 자네를 모반하였다고 일러바치더라도 황제는 쉽게 믿지 않을 것이네. 두 번쯤 그런 밀고가 들어가면 그제야 의심하기 시작할 것이고, 세 번째로 밀고가 들어간 뒤라야 노하여 몸소 정벌을 나서게 될 것일세. 그러니 이번에 거록으로 가거든 그 땅을 근거로 군사를 길러 자네의 큰 뜻을 펼쳐 보게. 내가 장안에 있으면서 자네를 위해 안에서 일어나면 천하를 도모하는 일도 어렵지 않을 것이네."

그런데 그 대답이 또 임지로 떠나는 후배 장수가 우연히 몰락한 선배의 집에 작별 인사차 왔다가 그 엄청난 소리를 듣고 바로 할 수 있는 대답이 아니었다.

"예, 삼가 가르침을 받들겠습니다[謹奉教]."

진희가 그렇게 말하면서 한신의 능력에 대해 다함없는 믿음을 드러내고 있다. 한신과 진희 모두 오래 간담을 터놓고 그 일을 논의한 사이가 아니었다면 짓기 힘든 태도요, 오가기 어려운 말이었다.

거록으로 간 진희는 첫 한 해 제 땅에 눌러앉아 조용히 지키며 군사만 길렀다. 묵돌이 이끄는 흉노군은 말할 것도 없고 한왕(韓王) 신(信)이나 왕황(王黃), 만구신(曼丘臣) 같은 한나라 출신의 반장(叛將)들도 거록까지는 잘 내려오지 않아 진희는 큰 싸움 없이 몇 만 군사를 길러 낼 수 있었다. 고제가 그런 진희를 기특하게 여겨 조나라 상국의 일을 임시로 맡기며 조나라와 대나라의 변경에 있는 군사들을 모두 거느리게 하였다.

진희는 한 장수로서 한신을 따르고 그 병법을 익히는 데 힘썼지만, 한편으로는 신릉군(信陵君) 위 무기가 선비 기르던 일[養士]을 사모하여, 사람과 사귀는 일에도 공을 들였다.

위(魏) 공자 무기(無忌)는 위나라 소왕(昭王)의 여러 아들 가운데 하나로서 안희왕(安僖王)의 배다른 아우였다. 소왕이 죽고 안희왕이 뒤를 이으면서 위 무기를 신릉군으로 삼았는데, 선비를 잘 대접하기로 널리 이름을 얻었다. 선비라면 어질고 아니고를 가리지 않고 겸양과 예절로 맞아들였으며, 자신의 부귀함에 기대 교만하게 대하지 않았다. 그러자 소문을 들은 선비들이 수천 리 밖에서 다투어 찾아와 식객 3천을 일컫게 되었다.

진희도 그런 신릉군을 본받아, 제후가 되어 몸이 귀해진 뒤에도 빈객 맞이하기를 포의의 사귐과 같이하며 자신을 굽히는 것을 예로 삼으니[屈己禮之], 절로 그 주변에 많은 인재들이 몰렸다. 그러다가 대나라 상국이 되어 다스리는 땅이 넓어지고 거느린 군사가 늘어나자 진희는 조금씩 모반의 뜻을 드러내기 시작했다. 전보다 더욱 힘써 군사를 기르고 군마를 늘리는 한편, 널리 인재를 끌어모았다. 조나라의 현사들을 빈객으로 맞아들이고, 멀게는 왕황이나 만구신 같은 한왕 신의 장수들과도 가만히 연결을 꾀했다.

진희가 한 번씩 임지를 떠나 집으로 돌아갈 때[告歸]는 언제나 조나라를 지나갔다. 조왕(趙王) 유여의를 위해 조나라 상국으로 있던 주창(周昌)이 보니 진희를 따르는 빈객들의 수레가 천승(千乘)이 넘었고, 그들이 묵어 가는 날은 한단(邯鄲)의 관사가 모두 가득 찼다. 이를 마땅치 않게 여긴 주창이 고제를 찾아보고 말했다.

"진희가 빈객을 들임이 너무 성대합니다. 외지에서 오래 군대를 마음대로 휘둘러 온 터라 무슨 변란이라도 일으킬까 두렵습니다."

고제가 그 말을 듣고 가만히 대나라로 사람을 보내 일의 진상을 알아보게 했다. 진희의 빈객으로 대나라에 머무는 자들의 재물과 그들이 저지른 크고 작은 잘못을 알아보니 많은 비리가 진희와 연관되어 있었다. 거기다가 그사이 크게 늘어난 진희의 군사도 걱정거리였다.

황제가 몰래 사람을 보내 자신의 뒷조사를 하고 있다는 걸 알게 되자 진희도 슬며시 겁이 났다. 더욱 힘써 군사를 기르는 한편 빈객들을 왕황과 만구신이 있는 곳에 사자로 보내 때가 되면 손잡고 한나라에 맞설 수 있도록 손을 써 놓았다. 어떤 기록에는 한왕 신이 진희의 모반을 부추겼다고도 한다.

한 10년 7월 태상황(太上皇)이 죽었다. 고제는 조문을 구실 삼아 진희를 장안으로 불렀지만 진희는 몸이 몹시 아프다고 핑계대며 오지 않았다. 그러다가 그해 9월 드디어 왕황 등과 손을 잡고 한나라에 반역하였다. 진희는 스스로 대왕(代王)이라 일컬으며 대나라 땅을 모두 차지하고 대군을 일으켜 조나라 땅으로까지 밀고 들었다.

반란 초기 진희군의 기세는 실로 무서운 데가 있었다. 보름도 지나지 않아 조나라 북쪽 땅은 모두 진희의 군사들에게 떨어지거나 항복하고 거록, 한단까지 진희의 다스림 아래 들어갔다. 그렇게 되자 위급을 알리는 파발마가 잇따라 장안으로 뛰어들고, 구원을 요청하는 장계가 빗발쳤다.

고제는 누구보다도 믿고 보낸 진희가 끝내 모반을 일으켰다는데 몹시 화가 났다. 진희를 대나라 상국으로 보낼 때만 해도 고제는 진희가 대장군 한신이 비운 자리를 메울 수 있는 장재라 믿고 있었다. 조왕 여의(如意)와 그 상국 주창은 아직 장안의 조저(趙邸, 장안에 있는 조나라 왕의 저택)에 머물고 있었으나, 진희가 짓밟고 있는 땅이 바로 사랑하는 아들의 나라라는 것도 고제의 심기를 적지 아니 상하게 했다.

"한왕 신의 잔여 세력과 흉노로부터 조나라를 지키는 든든한 울타리가 되라고 내 저에게 대나라를 맡겼거늘, 거꾸로 그 대나라를 근거 삼아 조나라를 삼키려 들다니! 내 이 역적 놈을 반드시 사로잡아 삶아 죽이리라."

고제가 성난 목소리로 그렇게 소리치면서 몸소 군사를 이끌고 나가 진희를 잡으려 했다. 괴성후(蒯成侯) 주설(周緤)이 울면서 그런 고제를 말렸다.

"예전 진나라가 천하를 정벌할 때도 황제가 몸소 군대를 이끌고 나가 싸운 적은 없었습니다. 그런데 지금 폐하께서는 몸소 나가려 하시니, 이는 정녕 보낼 만한 사람이 없어서 그런 것입니까?"

"이는 누가 대신할 수 있는 일이 아니다. 지금 짐이 나가 진희를 주살하지 않으면 앞으로 수많은 진희가 생겨날 것이다. 허나 짐을 걱정하는 그 정성이 갸륵하구나."

황제가 그러면서 주설에게 궁문에 들어서서도 종종걸음 치지 않아도 되고, 사람을 죽여도 사형을 당하지 않을 특전을 내렸다. 그리고 이미 밝힌 대로 몸소 정벌에 나서기를 고집했다.

고제는 번쾌, 관영, 주발, 하후영, 역상, 근흡 같은 오래된 맹장들에다 상국으로서 제왕(齊王) 유비(劉肥)를 보살피고 있는 조참까지 제나라에서 불러들여 장수로 세웠다. 또 전에 없이 회음후 한신과 양왕 팽월에게도 함께 출진할 것을 권했다. 그런데 어찌 된 셈인지 둘 모두 몸이 아프다는 핑계로 황제를 따라나서지 않았다. 다만 팽월만은 장수 하나에 약간의 병졸을 딸려 보내 한나라 군사를 돕게 했다.

대군을 이끌고 관중을 나선 고제 유방은 조나라에 이르러 장수들을 불러 모아 놓고 말했다.

"진희는 전에 내가 밑에 두고 부려 보았는데 매우 믿을 만하였소. 또 대(代) 땅은 매우 중요하다고 여겼기 때문에 짐은 진희를 열후로 봉하여 상국의 자격으로 그 땅을 지키게 하였소. 그런데 지금 진희는 왕황 등과 손을 잡고 대 땅을 차지했을 뿐만 아니라, 조나라까지 빼앗아 가려 하고 있소. 그가 차지한 군이 네댓 개나 되고, 그에게 떨어지거나 항복한 성은 수십 개가 되오. 하지만 진희 밑에 들게 된 조나라나 대 땅의 관리와 백성들은 죄가 없으니 용서해 주시오. 그들은 다만 속았거나 협박에 못 이겨 진희를 따랐을 뿐이오."

그러고는 그와 같은 황제의 뜻을 조나라와 대나라에 널리 알리게 했다.

이어 한단에 이른 고제는 그때까지 진희가 해 놓은 일을 가만히 살피더니 기뻐하며 말했다.

"진희의 군사 부리는 솜씨가 맵기로 이름 있다고 들었는데, 모두 허명(虛名)인 게로구나. 남쪽으로 장수에 의지해 적을 막지 않고 그 북쪽에서 한단을 지키려 하니, 그것만으로도 이제 그가 아무것도 해낼 수 없음을 알겠다."

그때 조나라 재상으로 있던 주창이 제 땅을 제대로 지키지 못한 상산의 군수와 현위를 죽이려고 고제에게 아뢰었다.

"상산의 성 스물다섯 개 가운데 스무 개를 진희에게 잃었으니 죽어 마땅합니다."

그 말에 고제가 물었다.

"그들이 우리 한나라를 저버리고 진희에게 성을 들어다 바쳤는가?"

"그렇지는 않습니다. 빼앗기거나 버려두고 달아났습니다."

주창이 사실대로 알렸다. 그러자 고제가 무겁게 고개를 가로저으며 말했다.

"그렇다면 힘이 모자랐을 뿐이다. 그들에게 죄를 물을 일이 아니다."

그리고 그 둘을 용서한 뒤 다시 상산의 군수와 현위로 삼았다.

조나라가 어느 정도 안정되자 고제가 다시 상국인 주창을 보고 물었다.

"조나라에도 장수로 삼을 만한 자들이 있느냐?"

"신이 아는 사람은 넷 있습니다."

"데려와 보아라."

이에 주창은 그들 넷을 불러 고제를 알현하게 했다. 그런데 어찌 된 셈인지 고제는 그들을 보자마자 다짜고짜 욕설부터 퍼부었다.

"진희의 역적질로 나라가 이 모양이 되었는데 네놈들은 무얼 하고 있었느냐? 너희 같은 놈들이 어떻게 장수가 될 수 있겠느냐?"

그 말에 네 사람이 모두 부끄러워하며 땅바닥에 엎드려 머리를 조아렸다. 그래도 고제는 한참이나 욕설로 그들 넷을 꾸짖다가 마침내는 그들에게 각기 식읍 천 호를 내리고 모두 장수로 삼았다. 좌우에 있던 신하들이 그 갑작스러운 은사에 볼멘소리를 했다.

"황상을 따라 멀리 파촉 땅과 한중까지 들어가고 여러 해 초나라와 피 튀기는 싸움을 했던 사람들에게도 아직 골고루 상을 나눠 주지 못했습니다. 그런데 지금 이들에게 무슨 공이 있다고 모두 식읍 천 호를 봉하고 장군으로 삼는 것입니까?"

"그대들이 알 수 있는 바가 아니오."

고제가 그들을 꾸짖듯 그렇게 말해 놓고 다시 스스로 말을 이었다.

"그대들은 보지 못하시오? 진희가 배신하자 한단 북쪽의 땅은 모두 진희의 것이 되고, 짐이 급하게 격문을 날려 천하의 군사를 불렀지만 짐에게 이른 자는 없었소. 이제 관중에서 데려온 군사들 말고 짐을 따르려는 것은 오직 한단의 군사뿐이오. 그런데 내 어찌 그들에게 4천 호를 봉하는 것을 아끼겠소? 짐도 이들 조나라의 자제들을 위로해야 되지 않겠소?"

그러자 대신들도 모두 그 말뜻을 알아들었다. 고제의 너그러움과 남을 헤아릴 줄 앎이 대강 그러하였다.

안을 다독이는 일이 끝나자 고제는 따라온 장상들을 돌아보며 다시 물었다.

"진희의 장수들은 어떠한가?"

"진희에게는 조나라에서 긁어모은 장수들이 있으나 보잘것없고, 다만 한왕 신의 장수였던 상군 백토현 사람 만구신과 흉노 출신의 장수인 왕황이 봐줄 만합니다. 그들은 일찍이 한왕 신을 따라 우리 한나라에 맞선 적이 있는데, 이제는 진희의 장수가 되어 조나라와 대나라 땅을 휩쓸고 다닙니다. 하오나 둘 모두 태생이 장사꾼의 자식이라 그리 걱정하실 것은 없습니다.”

“그들이라면 짐도 알고 있다.”

고제가 그렇게 대답하고 지난날 더러 그리했던 것처럼 이번에도 많은 황금을 풀어 왕황과 만구신부터 먼저 잡기로 했다. 한편으로는 두 사람의 목에 천금을 걸어 안에서 노리는 사람을 부추기고, 다른 한편으로는 황금 수만 근을 몰래 풀어 두 사람에게 뇌물로 닿도록 만들게 했다. 그렇게 되자 비록 당장은 왕황과 만구신의 머리를 얻거나 항복을 받아 내지 못했지만, 적지 않은 그들의 장졸들이 그 황금에 매수되어 한나라 쪽으로 넘어오는 효과는 있었다. 왕황과 만구신도 결국은 그들 목에 걸린 황금에 눈먼 졸개들에 의해 산 채로 한나라 군중에 바쳐지게 된다.

한 11년 겨울, 한 달이 넘도록 한단에 머물면서 모든 채비를 갖춘 고제는 드디어 장졸을 내어 진희를 쳤다. 여러 장수들이 길을 나누어 먼저 진희에게 잃은 조나라 땅을 되찾고 다시 힘을 모아 그 본거지인 대나라로 짓쳐 들었다.

여러 장수들 가운데 누구보다 앞장서 내달은 것은 무양후(舞陽侯) 번쾌였다. 한 갈래 군사를 이끌고 앞장서 싸우는데, 먼저 양국현에서의 싸움이 볼만하였다. 번쾌는 거기서 진희와 만구신이 이끄는 대나라 정병과 맞붙었으나 조금도 밀리지 않고 버텨 내, 그때까지 한 번도 진 적 없이 내달아 온 그들의 날카로운 기세를 처음으로 꺾었다.

박인현을 떨어뜨릴 때는 고제가 바라보고 있는 데서 여러 장수들과 함께 싸웠는데 번쾌의 용맹이 단연 두드러졌다. 번쾌는 장군이면서도 가장 먼저 성벽 위로 뛰어올랐고 수많은 적의 장졸을 죽이거나 사로잡았다. 청하와 상산을 비롯한 스물일곱 개의 현을 함락시키는 데 으뜸가는 공을 세웠으며, 동원에서 성을 둘러 빼고 반군(叛軍)을 도륙할 때는 어찌나 사나웠던지 거기서 세운 공만으로도 좌승상에 올려 세워졌을 정도였다.

번쾌는 무종과 광창에서 진희의 장수 기무앙(綦毋印)과 윤반(尹潘)을 크게 무찔렀고, 대 땅 남쪽으로 밀고 들어 진희의 부장 왕황이 거느린 군사를 쳐부수었다. 이어 번쾌는 이긴 기세를 몰아 삼합에서 장군 시무(柴武)와 함께 한왕 신을 공격하였다. 흉노에게 빌붙어 살던 신은 진희를 부추겨 모반하게 만든 터라, 삼합까지 와서 진희를 돕고 있었는데, 번쾌와 시무의 협격을 받아 거기서 죽었다. 그때 신의 목을 벤 것이 시무라고 기록되어 있는 곳도 있고, 번쾌의 사졸이었다고 나와 있는 곳도 있다. 번쾌는 또 횡곡에서 진희를 돕던 흉노 기마대를 들이쳐 그 장수 조기(趙旣)를 목 베고, 대나라 승상과 군수며 태복에다 거기까지 쫓겨 와 있던 흉노의 장수까지 무려 10여 명을 사로잡았다. 그때 번쾌가 여러 장수들과 함께 평정한 대나라의 향읍(鄕邑)이 무려 일흔셋이나 되었다.

강후(降侯) 주발의 전적도 눈부신 데가 있었다. 주발은 따로 장졸을 이끌고 진희가 도성처럼 자리 잡고 있던 마을을 쳤다. 진희가 버티지 못해 달아나자 성을 떨어뜨려 진희의 모반을 도왔던 군민을 도륙하였고, 그의 장졸들은 진희의 장수 승마치(乘馬絺)를 베어 죽였다. 그러자 진희는 누번에서 한왕 신과 조리(趙利)의 군사들을 합쳐 대군을 만들고 반격을 시도하였다. 주발은 그들에게 숨 돌릴 틈을 주지 않고 누번으로 달려가 그들을 공격하였고, 진희의 부장 송최(宋最)와 안문군의 군수 환(圂)을 사로잡았다.

이어 승세를 탄 주발은 운중군을 쳐 군수 속(蔌)과 승상 기사(箕肆)와 장군 훈(勳)을 사로잡았다. 그때 주발은 따로 길을 잡아 안문군과 운중군의 여러 현들을 평정하였는데, 안문군에서 열일곱 현을 항복받았고, 운중군에서는 열두 현을 항복받았다. 나중에 영구에서 번쾌를 도와 진희를 쳐부수었고, 그의 승상 정종(程縱), 장군 진무(陳武), 도위 고사(高肆)를 포로로 잡았다. 또 대군(代郡)의 아홉 현을 둘러엎어 진희의 근거지를 모두 없앴다.

영음후(潁陰侯) 관영의 전적도 볼만하였다. 관영은 황제의 조서를 받고 홀로 곡역 아래서 진희의 승상인 후창(侯敞)이 이끄는 대군을 쳐부수고 후창과 그 특장(特將) 다섯 명을 목 베었다. 이어 노노로 쳐들어간 관영은 그곳을 지키던 진희의 부장을 죽이고 항복받았으며, 상곡양, 안국, 안평을 차례로 항복받았다. 동원에 이르러 고제 밑에서 여러 장수들과 함께 그 성을 쳐서 떨어뜨리는 데 누구 못지않게 큰 공을 세웠다.

근흡은 곡역에서 관영을 도와 후창을 죽이고 곡역의 항복을 받아 내었다. 또 제나라 상국으로 불려 나온 조참은 대 땅에서 진희의 부장 장춘(張春)을 쳐부수어 진희의 한 팔을 꺾어 놓았다.

그런 그들 장수들 뒤에는 이제 병가로서도 한창 무르익은 고제가 있었다. 고제는 그렇게 몇 갈래로 길을 나누어 밀고 들어가는 한군의 본진이 되어 함께 나아가면서, 사냥개를 풀어놓았다 불러들였다 하는 것처럼 장졸들을 부렸다. 언제나 멀지 않은 곳에서 자기들을 살피다가 때로는 장수들과 말머리를 나란히 하고 싸움터를 내달으니 병졸들은 모두 황제가 늘 자기들과 함께 싸우고 있는 줄 알았다.

아마도 그런 싸움의 한 전형이 동원에서의 공성전이었을 것이다. 한 11년 12월에 고제는 몇 갈래 길로 나누어 오던 장졸들을 한곳으로 몰아 진희의 주력이 마지막으로 버티고 있는 동원을 쳤다. 그때 동원을 지키고 있던 장수는 남의 등에 업혀 조왕(趙王) 노릇을 하다가 진희의 부장으로 떨어진 조리(趙利)였다. 고제는 군사를 들어 성을 치기 전에 먼저 조리를 문루로 불러내 항복을 권해 보았다.

"지난날 너는 왕황과 만구신의 농간에 넘어가 조왕이라 망령되이 일컬으며 오랑캐의 주구 노릇을 하더니, 이제는 역적 진희의 번견(番犬)이 되어 주인 없는 집을 지키고 있구나. 성이 떨어지는 날 너야 비루한 한목숨 내놓는다 해도 아까울 것이 없다만 죄 없는 군민은 어쩔 것이랴. 어서 항복하여 가련한 목숨들을 살리고 너 또한 하늘에 호생지덕을 빌어 보아라."

그러나 조리는 항복은 하지 않고 되레 모진 욕만 퍼부었다.

"이놈 유계야, 지금 너야말로 망령되이 천자를 일컬으며 거들 먹거리고 있다만 내 너를 모를 줄 아느냐? 너는 패현 저잣거리에서 외상술이나 마시고 허풍이나 떨던 잡놈이었다. 어수룩하고 나이 어린 개백정이나 상가의 피리장이 따위와 어울려 다니며, 돈이 궁하면 좀도둑질도 마다하지 않다가, 패현 아전바치들과 친해 나이 사십에 정장도 벼슬이라고 돈 먹이고 사들인 놈 아니냐? 그 뒤 간교한 속임수와 비루한 잔꾀로 잘도 세상을 농락해 왔다만 어디 끝까지 하늘을 속여 낼 수 있을 것 같으냐? 우리 대왕과 한왕 신이 묵돌 대선우와 합종하여 돌아오시는 날 네놈의 드센 악운도 끝인 줄 알아라. 잘린 네 머리는 장대에 꿰어 바람에 마르게 될 것이고, 네 가여운 군사들은 갑옷 한 조각 성하게 찾아 돌아가지 못할 것이다.”

그런 조리의 악담에 이어 성가퀴에 붙어 선 졸개들도 덩달아 고제에게 욕을 퍼부었다.

성난 고제가 더 달래 보고 말고 할 것도 없이 장졸을 불같이 몰아 동원성을 들이쳤다. 하지만 더 물러설 땅이 없어서인지 조리의 군사들도 기를 쓰고 성을 지켰다. 그 바람에 한 달이 넘도록 성은 떨어지지 않고, 고제에게 퍼붓는 욕만 더 모질어졌다.

“짐에게 욕을 하는 병사들을 잘 보아 두어라. 성이 떨어지는 날 그 더러운 입이 달린 머리를 반드시 그 어깨에서 떼어 놓겠다. 희희거리며 듣고 있던 귀가 달린 얼굴에는 먹물로 그 죄를 새겨 넣으리라!”

참지 못한 고제가 그렇게 소리치며 전군을 들어 동원성을 짓두들겼다. 안평을 항복받고 뒤늦게 동원으로 온 관영이 앞장을 서고, 황제의 진노에 내몰린 장졸들이 모두 다투어 성벽을 뛰어오르니, 악착같이 버티던 동원성도 더는 버텨 내지 못했다. 성이 떨어지고 항복한 적병들이 끌려오자 고제는 전날 소리친 대로 했다. 욕을 한 병사는 모두 목을 베었고, 욕을 하지 않은 병사는 경형(黥刑)을 내린 뒤 사면해 주었다. 그리고 워낙 속을 썩인 곳이라 그 이름조차 듣기 싫은지, 동원을 진정(眞正)으로 고쳐 부르게 하였다.

동원이 떨어지자 진희의 세력은 급속히 허물어져 내렸다. 진희를 따르던 장수들이 잇따라 항복해 왔고, 왕황과 만구신의 졸개들은 황제의 상을 받으려고 둘을 산 채로 잡아 왔다. 그렇게 되자 기가 꺾인 진희는 얼마 안 되는 군사들을 이끌고 멀리 달아나 숨었다.

진희의 모반을 평정한 고제는 한동안 대나라에 머물러 뒷일까지 마무리 지었다.

"대나라는 상산 북쪽에 있어 상산 남쪽에 있는 조나라가 그곳까지 다스리게 하기에는 너무 멀다."

고제는 그렇게 말하며 조나라로부터 상산 북쪽의 땅을 떼어 내 대나라에 보태 주었다. 그리고 박부인(薄夫人) 소생의 아들 항(恒)을 대나라 왕으로 세우면서 진양(晉陽)을 도읍으로 삼게 했다.

한편 진희는 대나라 땅을 떠돌며 재기를 꾀했으나 뜻을 이루지 못하고, 이듬해 겨울 영구에서 거기까지 추격해 온 번쾌의 군사들에게 잡혀 죽었다.

개는 제 주인이 아니면 짖는다

고제가 진희를 토벌하러 떠날 때 한신은 병을 핑계로 고제를 따라가지 않고 장안에 남았다.「회음후열전」에는 그때 한신이 몰래 진희에게 사람을 보내 이렇게 알리도록 했다고 적혀 있다.

'다만 군사를 일으키기만 해라. 내 거기에 따라 그대를 돕겠다 [弟擧兵 吾從此助公].'

그런데 가만히 살펴보면 그런 한신의 말에는 뭔가 앞뒤가 잘 맞지 않는 데가 있다. 이미 군사를 일으킨 진희가 대나라와 조나라 땅 태반을 차지하고 대왕(代王) 노릇을 하고 있기 때문에 황제가 몸소 토벌군을 이끌고 떠났는데, 새삼 진희에게 군사 일으키기를 권하고 있기 때문이다. 만약 한신이 그런 말을 했다면 그 것은 진희가 군사를 일으키기 전이거나 적어도 고제가 장안을 떠나기 전이어야 한다.

또 한신은 고제가 떠난 뒤 장안에서 음모를 꾸몄다고 한다. 그러나 그 음모도 차분히 따져 보면 한신이 꾸민 것치고는 엉성하기 짝이 없다. 한신은 가신들과 더불어 음모하기를, 밤중에 거짓 조서로 관아의 모든 죄수와 노비들[諸官徒奴]을 풀어 주고 그들을 몰아 여후(呂后)와 태자를 습격하려 했다고 한다. 하지만 황제가 출정하고 없는데 어떻게 조서를 거짓으로 꾸미며, 꾸민다 한들 죄수나 다름없이 장안에 갇혀 지내는 한신의 말을 누가 들어주겠는가. 또 그렇게 해서 관아의 죄수들과 노비들을 모두 끌어냈다 해도 그들만으로 어떻게 삼엄한 황궁의 수비를 깨고 황후와 태자를 해칠 수 있겠는가. 그때 태자는 장군으로서 관중에 남은 모든 군대를 감독하고 있었고, 유후 장량은 태자소부(太子少傅)로서 그런 태자를 보필했다. 또 상국 소하도 늘 그래 왔듯이 황제가 없는 도성을 태자와 함께 빈틈없이 지키고 있었다. 그런데도 한신은 그 엉성한 음모에 모든 부서까지 정해 놓고 진희에게서 올 회신을 기다리고 있었다고 한다.

그런데 진희의 회신이 오기 전에 한신의 일이 또 묘하게 꼬였다. 한신의 사인(舍人) 하나가 무언가 한신에게 큰 죄를 지었다. 「공신연표」에는 그 이름이 난열(欒說)로 나오고 다른 기록에는 낙열(樂說) 또는 사공(謝公)이라 나오기도 하는 자였다. 한신이 그 사인을 가두고 죽이려 들자 그의 아우가 변란이 일어났음을 위에 알리고, 여후에게 한신이 모반하려 하는 정황을 낱낱이 일러바쳤다.

하지만 그 일도 보기에 따라서는 여러 가지로 달리 해석될 수 있다. 그중 하나는 황실의 감시를 엄중하게 받고 있는 주인을 바라보며 출세의 기회를 찾던 그 사인이 앞서의 엉성한 음모를 꾸미며 한신에게 덮어씌우려다가, 한신에게 들켜 죽게 되자 그 아우를 시켜 여후에게 알린 것으로 보는 견해다. 다른 하나는 무언가 다른 못된 짓을 하다가 한신에게 들켜 죽게 된 그 사인이 아우를 시켜 그렇게 지어낸 음모를 한신에게 덮어씌움으로써 제 살길을 찾으려 한 것으로 보는 쪽이다. 그리고 또 다른 것은 애초부터 그 일을 여후가 꾸민 것으로 보는 견해다. 곧 다가올 태자의 시대를 위해 회음후 한신을 제거하려고 노리던 여후가 진희의 모반을 틈타 일을 꾸미고 오히려 그 사인 형제를 이용했다고 본다.

세 가지 말이 모두 그럴듯하지만, 그중에서도 모든 것을 여후의 솜씨라고 믿는 사람들이 가장 많은 것 같다. 그것이 아니라면, 그래도 한때 왕이었던 회음후 한신을 선참후주(先斬後奏)의 형태로 서둘러 처형한 것과, 보는 눈을 꺼려 구석진 곳에서 쫓기듯 해치운 그 별난 집행 과정을 설명하기가 어렵다. 또 거짓 음모를 덮어씌워 주인을 팔아먹은 그 간교한 사인이 식읍 2천 호와 신양후(慎陽侯)의 작위를 받고 「공신연표」에까지 버젓이 오르게 된 것도 여후의 특별한 비호 없이는 될 수 있는 일이 아니었다.

진상이야 어떠하건 한신의 사인이 그 주인의 모반을 고발해 오자 여후는 재빨리 움직였다. 먼저 상국 소하를 불러 한신의 일을 의논했다.

"한신을 잡아들여야겠는데 어찌해야 할지 모르겠습니다. 무턱

대고 군사를 보내자니 맨손으로 수풀을 헤쳐 뱀을 놀라게 하는 꼴이 날까 두렵고, 꾀를 써서 사로잡자니 같은 일로 세 번씩이나 속아 줄지 걱정입니다."

여후가 그렇게 말하자 소하가 암담한 얼굴로 말했다.

"허나 한신이 아직도 자신의 음모가 드러난 줄 알지 못한다면 속일 길이 아주 없지는 않을 것입니다."

소하는 한중에서 달아나려는 한신을 뒤쫓아 가서 데려와 한왕 유방에게 천거하고, 마침내는 한신을 한나라의 대장군으로 삼게 한 인연이 있었다. 그런데 이제 그를 잡아들이는 일을 거들게 되니, 마지못해 그렇게 대꾸는 해도 속으로는 기구한 인연이라는 느낌이 들지 않을 수 없었다. 그러나 여후는 그런 소하의 기분을 알은체하지 않고 여자다운 간지(奸智)를 짜내 소하에게 덮어씌우듯 말했다.

"이렇게 하면 어떻겠습니까? 폐하께서 진희의 모반을 평정하시고 마침내 그를 잡아 목을 베셨기에 궁 안에서 크게 잔치를 벌인다고 하며 불러 보지요. 그리하면 제가 궁금해서도 아니 오고는 못 배길 것입니다."

"신이 헤아리기에도 절묘한 계책 같습니다. 그리하여 궁궐 깊숙한 곳에 엄중히 가둬 두었다가 폐하께서 돌아오신 뒤에 처결하시면 될 것입니다."

이미 드러난 음모만으로도 한신이 살아나기는 어려울 듯하지만, 그래도 고제의 너그러움에 한 가닥 기대를 걸며 소하가 그렇게 받았다. 여후가 그제야 소하의 마음을 읽은 것처럼 실쭉한 눈길로 말했다.

"한신의 일이 오늘 이 지경에 이른 데는 상국에게도 허물이 없다 하지 못할 것입니다. 치속도위로 군량이나 되질하고 있어야 할 위인을 대장군으로 올려 세우게 한 것이 바로 상국 아닙니까?"

그래 놓고는 무슨 다짐이나 받듯이 덧붙였다.

"내 이제 한신에게 사람을 보내 장락궁으로 부를 터이니 상국도 힘을 보태 주시오. 내가 보낸 사람이 한신을 데리고 돌아오지 못하면 그때는 상국께서 나서 주셔야 합니다. 아무리 의심 많은 한신이라도 상국께서 간곡하게 부르신다면 오지 않을 수 없을 것이오."

그러고는 말 잘하고 눈치 빠른 낭관 하나를 골라 한신에게 보냈다.

그날 한신은 왠지 가슴이 답답하고 마음이 뒤숭숭해 집 안에 머물러 있지 못했다. 벌써 봄기운이 비치는 뜰에 나와 서성거리다가, 멀리 동북쪽 하늘을 바라보며 진희의 일을 궁금해하고 있었다. 그때 문객 하나가 와서 한신에게 알렸다.

"황궁에서 사람이 왔습니다. 동북(東北)의 일을 알려 드리고 싶다고 합니다."

그 말에 한신이 말없이 고개를 끄덕여 황궁에서 온 사람을 그리로 불러들이게 했다. 오래잖아 먼 길을 달려온 행색을 한 사내가 들어와 말했다.

"저는 한단에서 황제 폐하의 명을 받들고 오는 길입니다. 어제 드디어 진희가 사로잡혀 폐하의 군문에서 참수됐습니다. 황제 폐하께서는 이 일을 조정에 널리 알리고 아울러 회음후께도 전해 드리라고 하셨습니다."

그 말에 한신은 눈앞이 아뜩한 가운데도 가슴이 철렁했다. 눈앞이 아뜩한 것은 진희가 그리 맥없이 허물어진 것 때문이고, 가슴이 철렁한 것은 고제가 특히 자기에게 그 일을 알리라고 한 것 때문이었다. 하지만 아무래도 두 일 모두 믿을 수가 없어 한신은 심부름 온 사내를 잡고 한참이나 이것저것 물어보았다. 이리 묻고 저리 따져도 사내의 대답은 전혀 막힘이 없었다. 정말로 곁에서 보고 듣지 않았으면 모를 일을 묻는 대로 답해 준 뒤 지나가는 소리로 물었다.

"신이 떠나올 때 보니 벌써 여러 제후와 대신들이 이 일을 경하하러 장락궁으로 모여들고 있었습니다. 모두 모여 크게 잔치라도 벌일 듯한데, 대왕께서는 어찌하실 작정이십니까? 황후 마마께서도 대왕께서 함께 경하해 주시기를 바라셨습니다."

그 말에 한신은 퍼뜩 정신이 들었다. 고제가 장안에 있을 때는 이따금 궁궐 안의 술잔치에 부르는 수가 있었다. 그러나 그 무렵에는 그러한 부름도 거의 끊어지다시피 했는데, 갑자기 여후까지 나서서 자신을 궁궐로 부른다는 게 왠지 심상찮게 느껴졌다.

"경하하는 마음은 나도 누구보다 못하지 않으나, 아직 병줄에서 온전히 놓여나지 못해 술자리에 나가기에는 무리외다. 황후 마마께도 그리 아뢰어 주시오."

그렇게 좋은 말로 거절해 보냈다. 그런데 그 낭관이 돌아간 지

56

반 시진도 안 돼 이번에는 상국 소하가 글을 보내왔다.

　황상께서 진희를 목 벤 일은 대한(大漢)의 신하 된 자들로서
는 마땅히 경하할 일이오. 그런데 그 일을 경하하는 자리에 나
오시지 않는다면, 조정 사람들은 모두가 회음후께서 진희가 죽
은 일을 기뻐하지 않는 줄로 알 것이외다. 비록 편찮으시더라
도 반드시 장락궁으로 나오시어 함께 경하해 주심이 좋을 것
이오.

　한신이 편지를 열어 보니 그렇게 적혀 있었다. 오래 도필리로
일하면서 다듬어진 반듯한 글씨가 틀림없이 소하의 필체였다. 거
기다가 편지를 들고 온 사람도 오래 소하 밑에서 일해 한신도 아
는 얼굴이었다.
　다른 사람도 아닌 소하가 그렇게 엄중하면서도 간곡하게 권해
오자 한신도 더는 뻗댈 수 없었다. 곧 옷을 갈아입고 수레를 내
어 장락궁으로 갔다.

　장락궁 안으로 들어간 한신이 뭔가 심상치 않은 느낌을 받은
것은 저만치 종실(鍾室, 악기를 보관하는 곳)이 보이는 대전 앞뜰에
이르렀을 때였다. 뜰 안은 제후와 대신들이 모두 모여 잔치를 벌
인다던 곳 같지 않게 조용한 데다 사람의 그림자조차 드물었다.
소하의 편지 때문에 태무심하게 달려온 한신은 그제야 새삼스러
운 의심으로 발걸음을 멈추고 사방을 살폈다. 그때 전각 한 모퉁

이에서 여후가 한 무리의 시위를 거느리고 나타났다.

"황후 마마, 충심으로 감축드립니다. 폐하의 영명(英明)하고 신무(神武)하심이 일월처럼 사해를 쪼이고 있습니다."

한신이 까닭 모르게 떨려 오는 가슴을 억누르며 그렇게 경하를 바쳤다. 그런데 어찌 된 셈인지 황후의 얼굴에는 기뻐하는 기색이 하나도 없었다. 싸늘하게 한신을 쏘아보다가 갑자기 좌우를 돌아보며 목소리를 높였다.

"무사들은 무얼 하는가? 어서 이 역적 놈을 묶어라!"

그러자 시위들이 우르르 달려와 한신을 사나운 짐승 옭듯 밧줄로 묶었다.

"한신을 종실로 데려가거라!"

한신이 버둥대다 묶이는 것을 보고 여후가 다시 시위들에게 명했다. 그런 그녀는 이미 미천한 시절에 고제를 만나 운 좋게 황후의 자리에까지 오르게 된 시골 아낙 여치가 아니었다. 장수라도 그냥 장수가 아니라, 일군(一軍)을 거느리고 싸움터에 나선 당당한 장수였다. 그제야 다급해진 한신이 끌려가지 않으려고 버티며 큰 소리로 외쳤다.

"황후 마마, 이게 어찌 된 일입니까? 신은 폐하께서 진희를 목 벴다는 소리를 듣고 한달음에 달려오는 길입니다. 그런데 그 일을 경하하기 위해 여기 모여 있던 대신들은 다 어디로 갔으며, 따로 글을 보내 저를 부른 상국 소하는 어디에 있습니까? 또 마마께서는 신에게 무슨 죄가 있다고 이렇게 모질게 대하시는 것입니까?"

"시끄럽다. 네 죄는 네가 알 것이다. 조용히 따라오너라."

여후가 그렇게 대답하며 앞장서 종실로 들어갔다. 꼼짝 못하게 묶인 한신이 시위들에게 떼밀려 종실로 들어가 보니 안에는 큰 칼과 넓은 도끼를 든 도부수들이 늘어선 가운데 어딘가 낯익은 데가 있는 사내 하나가 허옇게 질린 얼굴로 서 있었다. 여후가 그 사내를 가리키며 차가운 목소리로 한신에게 물었다.

"대역죄인은 이자를 알아보겠느냐? 네가 죽이려고 가둬 놓은 난열의 아우니라."

그제야 한신은 일이 어디서부터 잘못되었는지 알 만했다. 그러나 한신은 이미 그걸 알은체할 수 있는 처지가 아니었다. 한신은 언뜻 정신을 가다듬고 먼저 잡아떼기부터 했다.

"그 천한 종놈의 일 때문이라면, 황후 마마께서는 무언가 잘못 알고 계십니다. 난열은 신이 사인으로 오래 부려 온 자로서 이전에도 그 행실에 삿되고 모난 데가 많았습니다. 그런데 이번에 신에게 죽을죄를 지었기로 지금 부중에 가두어 놓고 그 여죄를 캐고 있습니다. 난열이 저자를 시켜 무슨 말을 황후 마마께 아뢰었는지 알 수 없으나, 그 모두가 터무니없는 모함입니다. 신을 모함해 더러운 제 목숨 하나 건져 내고자 난열 그놈이 지어낸 새빨간 거짓말입니다."

"그렇다면 네가 그간 진희와 내통해 온 일도 모두 난열이 지어낸 말이겠구나."

여후가 뒤틀린 소리로 그렇게 받았다. 한신이 속으로 뜨끔하면서도 더욱 정성을 들여 자신을 변호했다.

"두어 해 전 진희가 거록 군수가 되어 조나라로 떠날 때 신의 집으로 찾아와 작별 인사를 하고 간 적은 있습니다. 허나 결코 불궤(不軌)를 도모한 적은 없습니다."

"그날 좌우를 물리치고 뜰로 나가 한나절이나 둘이서만 수군 댄 것은 무엇이냐?"

"옛적 함께 전장을 내달리며 조나라, 제나라를 평정하던 때를 떠올리고 잠시 감회에 젖었을 뿐, 불충한 모의는 없었습니다."

"황상께서 출정하실 때 병을 핑계로 남았다가, 나중에 진희에게 몰래 사람을 보내 전하게 했다는 밀약은 또 어찌 둘러댈 것이냐?"

"그야말로 그 간사한 종놈의 모함입니다. 하늘에 맹세코, 폐하께서 출정하신 뒤로 신이 진희와 서신을 왕래한 적은 없습니다."

한신이 진희에게 군사를 일으키라고 부추긴 적은 있어도 고제가 출정하기 훨씬 전이며, 서찰에 써 보낸 것이 아니라 믿을 만한 인편에 말로만 전한 것이었다. 그 인편이 이미 죽어 말이 새 나갈 리 없다고 믿은 한신이 한층 자신 있는 어조로 그렇게 대꾸했다.

"네 말대로라면 관아의 죄수들과 노비들을 풀어 이 몸과 태자를 해치려 한 것도 네 종놈 난열이 꾸며 낸 거짓말이겠구나."

여후가 이제는 완연히 빈정대는 어조가 되어 그렇게 새로운 혐의를 내밀었다. 한신이 다시 소리 높여 부인했다.

"벌써 다섯 해째 부중에 갇혀 살다시피 하는 신이 무슨 재주로 관아의 죄수들과 노비들을 풀어 주며, 그들을 풀어 주고 손발로

60

쓴다 한들 그 머릿수가 기껏 얼마나 되겠습니까? 그런데 태자께는 관중의 군사 5만이 있고, 더군다나 자방 선생이 곁에서 돌봐주고 계십니다. 또 장안성은 건성후(建成侯, 여석지)가 3만 군사로 상국 소하와 더불어 지키고 있으며, 황후 마마께서 머무시는 장락궁은 장락궁대로 수천의 시위들이 든든한 갑주처럼 황실의 어른들을 보호하고 있습니다. 그 어느 곳도 명색 군사를 부릴 줄 안다는 신이 방금 얻은 죄수와 노비 몇 천 명으로 도모할 수 있는 곳이 못 됩니다."

그런데 알 수 없는 것은 여후의 표정이었다. 한신이 하나하나 혐의를 부인해 나가도 전혀 달라지는 기색이 없었다. 갈수록 싸늘하게 굳어지는 얼굴에 두 눈에는 비정한 살기까지 번득였다.

"나는 네가 위, 조, 연, 제 네 나라 왕을 사로잡거나 항복받고 패왕 항우를 해하에서 이겼다기에 병법뿐만 아니라 권세의 이치에도 밝은 줄 알았다. 또 육국 중에서도 맏형 격인 제나라와 초나라에서 왕 노릇까지 하였으니 왕자(王者)의 권도(權道) 역시 얼마간은 깨쳤을 줄 알았다. 그런데 네 어찌 이리 아둔하냐? 아직도 네가 왜 죽는지를 알지 못하는구나."

갑자기 여후가 차가운 목소리로 그렇게 비웃더니 묶인 채 무릎 꿇린 한신을 잠시 한심한 듯 내려다보았다. 그러다가 한신이 미처 무어라고 대꾸하기도 전에 선고라도 내리듯 말했다.

"네가 죽는 것은 모반을 꾀했기 때문이 아니라, 네 용략이 네 임금을 떨게[勇略震主] 한 탓이다. 그러나 네가 떨게 한 임금은 지금의 황상이 아니다. 당장 모반을 일으킨다 해도 너는 결코 우리 황상을 이기지 못한다. 하지만 그 뒤를 이을 태자는 다르다. 태자의 문약(文弱)은 아마도 너를 당해 내지 못할 것이다. 너는 이제 그런 태자의 시대를 위해 황상께서 돌아오시기 전에 죽어 주어야겠다. 내가 아무리 일을 꾸며 놔도 황상께서 돌아오시면 또 너를 살려 둘지 모른다. 정도에서 너를 사로잡고 진(陳) 땅에서 너를 옭았을 때처럼 네 몇 마디면 또 마음이 물러져 살려 두고 부릴 궁리나 하실 터이니, 이번에는 너를 살려 놓을 수가 없구나!"

한신은 그 말을 듣자 비로소 살아서 그곳을 빠져나가기 틀렸다는 걸 깨달았다. 칼이 목에 떨어지기 전에 하늘을 바라보며 앙연히 외쳤다.

"내 일찍이 괴철(蒯徹)의 계책을 쓰지 않은 게 후회스럽구나. 이렇게 아녀자에게 속아 죽게 되었으니 어찌 하늘의 뜻이 아니겠느냐!"

그런데 가만히 따져 보면, 그와 같은 한신의 마지막 한탄도 한신이 진희와 손잡고 모반을 꾸몄다는 기록을 의심스럽게 한다. 만약 정말로 한신이 진희와 내통하여 장안에서 일을 벌이려다 발각돼 죽게 된 것이라면, 마땅히 그 일부터 먼저 한탄했을 것이다. 곧 진희의 무능을 원망하거나 자신의 늑장 또는 방심을 한탄하는 것이 더 조리에 맞다. 그런데도 오래된 괴철의 일을 후회하며 죽는 것으로 보아, 어쩌면 한신이 모반의 유혹을 느꼈던 것이 그때뿐이었을지도 모른다는 느낌이 든다.

한신을 모살(謀殺)하는 것으로 한초(漢初)의 정치 전면에 처음 나선 여후는 다시 한신의 삼족을 모두 잡아 죽여 한 번 더 그녀의 모진 솜씨를 선보인다. 사람들은 유약한 아들 호혜태자를 지켜 내기 위한 어머니의 안간힘과 젊고 아름다운 비빈(妃嬪)들에게 여지없이 상처받은 정비(正妃)의 억눌린 투기심이 한순간 여후를 그토록 강인하고도 잔혹한 책략가로 만들었다고 보았다. 하지만 여후는 이미 오래전부터 안으로 끔찍한 복수의 악귀를 키워 가는 권력과 욕망의 화신으로 자라 가고 있었다.

사마온공(司馬溫公, 자치통감을 쓴 사마광)은 한신의 죽음에 이어 다음과 같은 글을 남겼다.

세상 사람들은 간혹 한신을 두고 이렇게 말한다.

"한신은 남보다 앞서 큰 계책을 세우고 고조(高祖)와 함께 한중(漢中)에서 일어나 삼진(三秦)을 평정하였다. 이윽고 병력을 나누어 북으로 위(魏)나라를 무찌르고 대(代)나라를 아울렀으며 조(趙)나라를 무너뜨리고 연(燕)나라를 위협해 항복을 받아 냈다. 동쪽으로 제(齊)나라를 쳐부수어 차지하고, 남쪽으로는 해하(垓下)에서 초(楚)나라를 쳐 없앴으니, 무릇 한(漢)나라가 천하를 얻게 된 것은 거의 모두가 한신의 공이라 할 수 있다. 괴철(蒯徹)의 말을 듣지 않은 것과 진(陳) 땅에서 교외까지 나가 고조를 맞이한 것을 보아서도 어찌 그에게 모반할 마음이 있었다 할 수 있겠는가. 실은 (초왕의) 직위를 잃자 불평과 불만으로 시뜻해하다가 급기야 패역(悖逆)에 빠진 것이리라. 노관(盧綰)은 한 마을에서 자란 옛정[里閈舊恩]으로 남면(南面)

하고 연(燕)나라의 왕 노릇을 하는데, 한신은 그저 한 열후(列
侯)로서 (장안에 갇혀) 조정의 명이나 받들게 되었으니, 어찌 고
조 또한 한신을 저버린 것이 아니라고 하겠는가.”

내가 보기에도 고조가 속임수와 꾀[詐謀]를 써서 한신을 진
(陳) 땅에서 사로잡은 것을 저버림이라고 한다면 (틀림없이) 그
런 면이 있다[言負則有之]. 허나 비록 그러하다 해도, 한신 또한
이를 불러들인 면이 있다[信亦有以取之也]. 처음에 한나라가 초
나라와 형양(榮陽)을 사이에 두고 힘겹게 맞서고 있을 때, 한신
은 제나라를 쳐 없애고도 돌아와 그 일을 아뢰지 않고 거기에
눌러앉아 스스로 왕위에 올랐다. 그 뒤 한나라 군사가 초나라
군사를 추격해 고릉(固陵)까지 갔을 때도 고조는 한신과 함께
초나라 군사를 치기 바랐으나, 한신은 끝내 그리로 오지 않았
다. 이때에 이르러 고조는 이미 한신의 마음을 알아차렸지만,
(그를 어쩌지 못한 것은) 그럴 힘이 모자람을 헤아렸기 때문일 뿐
이다. 그런데 천하가 이미 평정된 후, 어찌 (고조가) 다시 한신
에게 의지할 수 있겠는가. 기회를 틈타서 이득을 좇는[乘時而徼
利] 것은 저잣거리의 잡된 뜻이요, 세운 공에 응당하게 갚고
은덕에 보답하는 것[酬功而報德者]은 배움 깊고 덕망 높은 군자
[士君子]의 마음이다. 한신은 시정잡배의 마음으로 자기 잇속
을 차리면서, 남에게는 군자의 마음을 바라고 있었으니, 또한
어찌 어렵지 않겠는가.

이 때문에 태사공은 말하였다.

“만약 한신이 도리를 배우고 겸양하여 자기의 공로를 내세

우지 않고, 자기의 재주를 자랑하지 않았다면 한나라에 세운 공훈이 주(周)나라의 주공(周公)이나 소공(召公), 태공(太公)과 견줄 수도 있었을 것이며, 후세에까지 나라의 제향(祭享)을 받았을 것이다. 그런데 그렇게 되려고 애쓰지 않고 천하가 이미 안정된 뒤에 반역을 꾀하였으니, 종족(宗族)이 모두 죽임을 당한 것 또한 마땅하지 않은가.”

고제가 한신의 죽음을 들은 것은 진희의 모반을 평정하고 돌아오다가 잠시 낙양에 머물러 쉬고 있을 때였다. 동원을 우려빼 진희의 마지막 거점을 빼앗은 고제는 번쾌와 시무에게 대군을 나눠 주며 얼마 안 되는 잔병과 함께 달아난 진희를 뒤쫓게 하고, 어가를 장안으로 돌리게 했다. 그리고 돌아오는 길에 낙양 행궁에서 며칠 쉬고 있는데, 장안에서 여후가 보낸 사자가 달려왔다.

“회음후 한신이 진희와 내통하고 장안에서 변란을 일으키려하다가 황후 마마께 주살되었습니다.”

그 말을 들은 고제는 한편으로는 기쁘면서도 다른 한편으로는 한신을 가엾게 여겼다. 오랜 부담이며 때로는 보이지 않는 비수처럼 위협적이기도 하던 한신의 재능이 이제 더는 부담도 위협도 아니게 되었다는 것은 틀림없이 마음 홀가분한 일이었다. 하지만 천하 쟁패에서 그가 세운 공적을 돌이켜 보면 아깝고도 안타까운 죽음이었다.

특히 한신이 마지막으로 쓰고 죽은 죄목은 고제에게는 난데없어 보일 만큼 앞뒤가 잘 맞지 않았다. 모반을 진압하는 동안 수

많은 진희의 장수와 졸개들이 사로잡히거나 항복했지만, 어느 누구도 한신과의 내통을 일러바치는 사람은 없었다. 만약 여후에게 발각된 정도의 내통이 있었다면 진희 곁에도 누군가 그걸 알고 있는 사람이 있어야 이치에 맞았다. 진희가 사로잡혀 봐야 알겠지만, 고제의 짐작으로는 한신이 초왕 때 종리매를 숨겨 주며 꾸몄다는 모반보다 더 애매한 내통 같았다.

'내가 장안에 없는 사이 황후의 권세와 태자의 병권을 업고 조정을 장악한 여치가 꾸민 일일 것이다. 나는 한신이 결코 모반하여 나와 천하를 다툴 만한 그릇이 못 되며, 설령 그렇다 하더라도 크게 걱정할 게 없다고 보아 살려 두었다. 그러나 여치는 나약한 태자의 시대를 내다보고 대신들을 앞세워 한신에게 미리 손을 쓴 것 같다. 한신이 참으로 가엾구나. 하필이면 아녀자의 손에 죽다니……'

그렇게 한신의 죽음을 마음에 걸려 하던 고제는 장안으로 돌아와 여후를 만나기 바쁘게 물어보았다.

"한신이 죽을 때 무어라고 합디까?"

"달리 한 말은 없고, 다만 괴철의 계책을 쓰지 못하고 죽는 게 한스럽다고 했습니다."

여후가 천연덕스러운 얼굴로 그렇게 답했다. 그 말을 들은 고제의 얼굴이 무엇 때문인지 갑자기 굳어졌다.

"괴철이라면 짐도 아오. 그는 제나라의 뛰어난 변사였소."

그러고는 곧 사람을 풀어 괴철을 잡아 오게 하였다.

그때 괴철은 제나라 민간을 떠돌며 온갖 미치광이 짓으로 자신을 감추고 지냈다. 무당 노릇도 하고 점도 치다가 때로는 아주 실성한 사람 시늉을 하며 이리저리로 흘러 다니는데, 황제의 엄명을 받은 관리가 마침내 뒤를 밟아 와 오라지웠다.

"관부가 내 어지러운 자취를 좇아 기어이 여기까지 나를 잡으러 왔다면, 그 까닭이 회음후의 일밖에 더 있겠는가. 그 못난 사람이 하늘이 주는 것을 마다하며 받지 않더니, 끝내 끔찍한 벌을 받은 게 틀림없구나. 내 계책을 따라 주지 않은 것만으로도 모자라, 이제는 나까지 죽을 구덩이로 끌어들인 모양이다."

괴철이 드디어 미친 짓을 그만두고 오랏줄을 받으며 그렇게 한탄했다.

괴철이 장안으로 잡혀 오자 고제가 몸소 나서 그를 끌어오게 하여 물었다.

"회음후가 죽으며 네 계책을 쓰지 않은 걸 후회하였다. 네가 회음후에게 모반하라고 가르쳤느냐?"

"예, 그렇습니다. 신이 틀림없이 그렇게 하라고 했습니다. 그런데 그 더벅머리 못난이가 신의 계책을 따르지 않았기 때문에 그렇게 스스로 죽을 길을 갔습니다. 만약 그 못난이가 신의 계책을 따랐더라면 폐하께서 어찌 그를 죽일 수 있었겠습니까?"

괴철이 이미 먹은 마음이 있는 사람처럼 그렇게 대답했다. 고제가 벌컥 화를 내며 좌우를 보고 소리쳤다.

"한신이 반역할 위인이 못 됨은 짐이 잘 안다. 그런데 너와 같은 무리가 있어 그를 그릇되게 하였구나. 여봐라, 이놈을 삶아 죽여라!"

황제의 그와 같은 호령에 위사들이 다가와 괴철을 끌어냈다. 괴철이 긴 탄식과 함께 하늘을 올려다보며 말했다.

"아아, 참으로 원통하구나. 이렇게 삶겨 죽게 되다니!"

"네 이놈, 뱉으면 다 말인 줄 아느냐? 원통하다니? 한신더러 모반하라 가르쳐 놓고 네 무엇이 원통하단 말이냐?"

고제가 더욱 큰 소리로 그렇게 꾸짖었다. 괴철이 모든 걸 체념한 사람처럼 차분하면서도 당당하게 말하였다.

"진나라의 기강이 끊어지고 법도가 느슨해지니[綱絶而維弛] 산동(山東, 여기서는 효산의 동쪽, 곧 관동의 육국)이 크게 어지러워지며, 온갖 다른 성씨[異姓]가 아울러 일어나고 영웅 준걸이 까마귀 떼처럼 모여들었습니다[烏集]. 그리하여 진나라가 마침내 그 사슴[鹿, 祿. 천명 또는 제위]을 잃어버리자 천하가 모두 그 뒤를 쫓아, 재주 높고 발 빠른 이가 먼저 잡았습니다. 신이 제왕 한신에게 자립하기를 권한 일은 바로 모두가 그렇게 진나라가 놓친 사슴을 쫓고 있을 때였고, 그때 신의 주인은 바로 한신이었습니다.

도척(盜蹠)의 개가 요임금을 보고 짖는 것은 요임금이 어질지 않아서가 아니라, 개는 제 주인이 아니면 (누구에게든) 짖기 때문입니다[狗因吠非其主]. 그때 신은 오직 한신을 알았을 뿐, 폐하를 알지는 못하였습니다. 거기다가 그때만 해도 천하에는 칼끝을 날카롭게 갈아 지니고 폐하께서 이루신 일을 저도 해 보고자 설치는 자들이 매우 많았습니다. 그들이 폐하를 제치고 천자가 되지 못한 것은 다만 그렇게 할 수가 없어서였을 뿐이니, 폐하께서는 그들도 또한 모조리 삶아 죽이실 것입니까?"

그 말을 들은 고제가 잠시 괴철을 내려다보다가 고개를 끄덕이며 정위(廷尉)에게 말했다.

"저 사람을 내버려 두어라."

그런 다음 드디어 괴철의 죄를 용서하고 풀어 주었다.

팽월도 죽고

일찍이 한왕 유방은 다섯 제후와 56만 대군을 이끌고 팽성을 치러 갔다가 패왕 항우의 반격을 받아 크게 낭패를 당한 적이 있었다. 수십만 장졸을 수수에서 잃고 겨우 패군 수천 명을 거두어 쫓기던 끝에 하읍(下邑)에 이르렀을 때였다. 말에서 내린 한왕이 안장에 기대어 장량에게 물었다.

"과인이 함곡관 동쪽의 땅을 떼어 주고 나를 도와 천하를 평정할 대공(大功)을 세울 인걸을 사고자 하오. 자방 선생이 보기에 누가 그런 일을 해낼 수 있겠소?"

그때 장량이 말하였다.

"구강왕 경포는 초나라의 맹장이나 항왕과 사이가 좋지 않고, 팽월은 제왕 전영과 함께 양 땅에서 항왕과 맞서 싸웠으니, 먼저

이 두 사람을 끌어들여 써야 합니다. 그리고 대왕의 장수들 가운데는 한신이 또한 큰일을 맡기면 한몫을 해낼 것입니다. 만약 땅을 떼어 주고 크게 쓰려 하신다면, 이 세 사람을 불러 쓰셔야만 마침내 초나라를 쳐부술 수 있을 것입니다."

그때 한왕은 그와 같은 장량의 말을 받아들여 수하(隨何)를 보내 구강왕 경포를 달래는 한편 홀로 떨어져서 움직이던 팽월에게도 사람을 보내 가만히 연결을 맺었다. 또 대장군으로 부리던 한신을 따로 내보내 대, 조, 연, 제를 공략하게 함으로써 패왕을 꺾고 초나라를 쳐 없애는 데 크게 한몫을 하게 만들었다.

각기 활동한 지역이 달라 그들이 함께 힘을 합쳐 싸운 것은 단한 번 해하에서뿐이었지만, 그래도 그 세 사람은 크건 작건 남다른 동류의식을 느꼈을 것이라 짐작된다. 따라서 한신의 죽음은 살아남은 두 사람에게는 틀림없이 놀라움과 충격을 주었을 것이다. 특히 몇 해 전 진현 교외에서 초왕 한신이 고제에게 사로잡히는 광경을 두 눈으로 직접 본 적이 있는 양왕 팽월에게는 더욱 그랬을 것이다.

한 6년 겨울, 고제가 운몽 대택으로 순수를 나온다는 바람에 팽월이 진현으로 조현(朝見)을 갔을 때였다. 교외까지 마중 나온 초왕 한신이 고제의 수레 앞에서 예를 올리는데 돌연 고제의 성난 외침이 들리더니, 근흡이 이끈 무사들이 뛰쳐나와 한신을 무슨 모진 짐승처럼 밧줄로 얽어 함거(檻車)에 실었다. 그때 한신을 노려보는 고제의 눈빛이 얼마나 흉흉하던지, 나중에 한신이 사면을 받고 회음후(淮陰侯)로 살아남게 되었다는 소문을 들어도 그 게 얼른 믿기지 않을 정도였다.

그래도 한신은 한중에서 대장군이 된 때부터 따로 군사를 받아 대나라로 떠나기 전 몇 해 한왕 곁에서 손발처럼 지낸 적이 있었다. 고도(古道)로 진창에 나와 함께 삼진을 토벌하며 고락을 나누었고, 함곡관을 나와 팽성을 치러 갔다가 크게 지고 쫓기면서 생사의 고비를 함께 넘긴 정도 옅지 않았다. 한신만은 못하지만 경포도 그랬다. 구강 땅에서 쫓겨나 형양으로 찾아갔다가 이듬해 구강으로 돌아갈 때까지 한 해 가까이나 한왕 유방과 함께 다니며 싸웠다. 특히 완(宛)과 섭(葉) 사이를 오락가락하며 싸울 때는 그야말로 입술과 이 같은 사이[脣齒之間]가 되어 서로를 지켜 준 정이 있었다. 그러나 한왕 유방과 팽월 사이에는 그런 끈끈한 연결이나 인정의 교류가 거의 없었다.

팽월은 고제가 패공이던 시절 창읍을 칠 때 며칠 함께 싸우며 도운 것과 한왕이 된 이듬해 봄, 팽성을 치러 갈 때 외황에서 한나절 만나 본 것 말고는 함께 움직여 본 적이 없었다. 한왕과는 언제나 따로 떨어져 사람을 사이에 두고 군사적인 연결만 유지해 와 팽월의 군사는 한왕의 별동대라기보다는 위아래도 뚜렷하지 않은 동맹군에 가까웠다. 그것도 마지막 해하 싸움에서는 한왕이 몇 번이나 애타게 불러도 핑계만 대다가, 수양 북쪽에서 곡성에 이르는 땅과 양왕(梁王)의 봉호를 약속받고서야 출전해, 팽월의 야박함을 있는 대로 모두 드러내고 말았다. 또 팽월은 고제보다 나이가 많고 평생을 남의 우두머리 노릇만 해 와서 고제와 군신으로 마주하기에도 편치 않은 데가 있었다. 따라서 팽월은 만약 고제가 그들 셋 가운데 누구를 내치게 된다면, 그것은 틀림없이 인정에 얽매이지 않고 쉽게 내쳐 버릴 수 있는 자신이 가장 먼저일 것이라고 보았다.

거기다가 오래 무리를 모아 도적질을 하면서 절로 익히게 된 권력의 속성도 고제가 언젠가는 자신을 제거할 것이란 팽월의 의구(疑懼)를 키웠다. 그러다가 한신이 초왕에서 밀려나는 걸 보게 되면서 그 불안과 근심은 구체적인 공포로 바뀌었다. 어쩌다 한신이 먼저 당하게 되었지만 다음은 어김없이 자신이 될 것이란 두려움이, 늙어 잔걱정 많고 의심만 는 팽월을 밤낮 없이 괴롭혔다. 이에 팽월은 고제와 여후의 의심을 사지 않으려고 애쓰는 한편, 스스로 힘을 키워 무자비한 권력의 속성으로부터 자신을 지킬 수 있도록 했다.

팽월은 한 9년과 10년, 잇따라 늙은 몸을 이끌고 장안으로 들어가 고제를 알현하며 변함없는 충성을 다짐했고, 그때는 또 많은 예물로 여후와 조정 대신들의 마음까지 샀다. 그에 못지않게 팽월은 남몰래 군사를 기르는 일에도 힘을 쏟았다. 처음 군사를 일으킬 때부터 염통이나 배처럼 믿고 부려 온 호첩(扈輒)이란 장수를 시켜, 이런저런 명목으로 장정들을 끌어모으게 하고, 남의 눈에 뜨이지 않는 곳에서 조련케 하였다.

그런데 팽월이 그렇게 병력을 키우는 데 지나치게 매달린 것이 팽월에게 보다 쉽게 모반의 혐의를 덮어씌울 수 있는 빌미가 되었다. 한 10년 9월, 진희가 대 땅에서 모반하였을 때 고제는 몸소 장졸을 이끌고 한단에 이르러 양왕 팽월에게도 군사를 이끌고 나오라는 전갈을 보냈다. 그러나 팽월은 군사를 아껴, 몸이 아프다는 핑계를 대고 허술한 잡병 몇 천 명에 늙은 장수 하나를 붙여 보내는 것으로 그 징발을 때우려 했다. 이에 성난 고제가 사람을 정도로 보내 팽월을 꾸짖었다.

"지금 진희는 10만 대군에다 한왕(韓王) 신(信)의 잔당과 흉노까지 끌어들여 함곡관 동북을 어지럽히고 있소. 폐하께서 그 일을 크게 근심하시어 몸소 장졸을 이끌고 싸움터에 납시었는데, 양왕께서 어찌 이러실 수 있단 말이오? 스스로 전군을 거느리고 한단으로 달려와 역적을 치는 선봉을 맡아야 마땅하거늘, 폐하의 당부가 계신데도 겨우 늙고 쇠약한 군사 몇 천을 보내는 것으로 미봉하려 하니, 이러고도 번왕(藩王)의 소임을 다했다 할 수 있겠소?"

사신의 그런 꾸짖음을 듣고서야 팽월은 비로소 자신의 실수를 깨달았다. 군사 몇 천을 아끼려다 고제의 노여움과 의심만 샀다는 생각이 들자 그냥 있을 수 없었다.

"폐하의 노여움과 의심이 예사롭지 않은 듯하다. 아무래도 과인이 직접 한단으로 가서 폐하를 뵙고 이 일을 풀어야겠다. 장군은 어떻게 생각하는가?"

팽월이 호첩을 불러 마음속의 두려움을 드러내지 않으려고 애쓰며 그렇게 물었다. 호첩은 옛날 거야택에서 팽월을 따라나선 백 명의 젊은이 가운데 하나였다. 10년이 넘게 싸움터를 누비는 동안에 태반이 죽었건만 호첩은 멀쩡하게 살아남았을 뿐만 아니

라, 다른 누구보다 훌륭한 장수로 자라 그때는 팽월의 대장군이
되어 있었다.

팽월의 물음을 받은 호첩이 펄쩍 뛰며 말렸다.

"대왕께서는 처음 황제가 부를 때는 가지 않다가, 이제 사람을
보내 꾸짖자 몸소 가시려 하는데, 보기에 그리 좋은 모양새가 아
닙니다. 가셨다가는 반드시 사로잡혀 죄를 받게 되실 것입니다.
일이 이렇게 된 바에야 차라리 군사를 일으켜 한나라와 맞서 보
는 게 어떻겠습니까? 그동안 이런저런 이름으로 모아들여 남몰
래 기른 군사가 10만은 되고 쓸 만한 장수도 여럿 있습니다. 이
제라도 진희와 연결하여 위아래에서 함께 조나라로 밀고 든다면
못 이길 까닭도 없습니다."

하지만 그때 이미 팽월은 작은 군사로 치고 빠지며 진나라 관
병을 괴롭히던 거야택의 간 큰 도적도 아니고, 배짱 좋게 서초
땅을 넘나들며 끊임없이 초나라 군사의 양도를 끊어 패왕 항우
를 괴롭히던 위(魏) 상국 팽월 장군도 아니었다. 이미 5년 동안이
나 자신의 봉지에 안주하며 잔걱정과 의심만 키워 가던 늙은 양
왕 팽월이 있을 뿐이었다. 얼굴까지 허옇게 질려 두 손을 내저으
며 말했다.

"지금 천명은 이미 황상께 돌아갔고, 사해는 하나가 되었다. 진
희가 일시의 기세로 동북을 소란하게 만들고 있으나 오래가지는
못할 것이다. 장군은 두 번 다시 그런 말을 입 밖에 내지 말라."

하지만 호첩을 그렇게 말려 놓고도 팽월은 여전히 병을 핑계
로 고제에게 군사를 더 보내지 않았다. 그런데 팽월의 근시들 가

운데 누군가 그들 군신이 주고받는 말을 들은 자가 있어, 그게 입소문으로 양나라 궁궐 안을 가만히 떠돌게 되었다. 한 11년 봄, 한신이 마침내 여후의 독수에 걸려 허망하게 목숨을 잃을 무렵의 일이었다.

오래잖아 한신이 모반을 꾀하다가 죽었다는 소문이 팽월을 두려움에 질려 혼란케 하더니, 뒤이어 그것이 발각된 경위와 여후의 신속하고도 철저한 대응이 진진한 얘깃거리로 민간을 떠돌았다. 그리고 거기에 더하여 처음 고변을 한 한신의 사인 난열이 사람들의 입 끝에 오르내리기 시작했다. 주인을 팔아 영달을 산 간악한 종놈이기보다는 한낱 왕부의 시중꾼에서 단숨에 식읍 2천 호의 열후로 뛰어오른 행운아 쪽이 더 눈부시게 부각된 성공담으로서였다. 그리고 그 성공담은 또 다른 간악한 종놈에게 좋지 못한 암시가 되었다.

팽월에게는 양왕이 되면서부터 부리던 태복이 하나 있었다. 황궁의 태복은 황제가 타는 말과 수레를 모두 맡아 관장하는 벼슬아치로서 이른바 구경(九卿) 가운데 하나였으나, 왕부의 태복은 오직 왕의 수레만을 모는 어자(御者)나 말구종에 가까웠다. 그런데 양왕 팽월의 태복은 위인이 영악하여 눈치가 빠르고 아첨을 잘하는 데다, 항시 팽월 곁에 붙어 입의 혀같이 굴다 보니, 그 총애를 입고 작지 않은 권세까지 누리게 되었다.

소인에게 권세가 생기면 못된 짓부터 하게 된다. 팽월의 태복도 마찬가지로 팽월의 수레채를 잡고 얻은 권세로 힘없고 가난

한 백성들을 쥐어짜 재물을 불리는 데 재미를 붙여 갔다. 하지만 과일이 무르익으면 절로 떨어지듯이 죄업도 오래 쌓이면 절로 드러나는 법이라, 마침내 그 태복의 사특하고 탐욕스러운 짓거리가 팽월의 귀에 들어가게 되었다. 성난 팽월이 그를 잡아 목 베려 하자 낌새를 알아차린 태복은 우선 양나라 왕궁에서 멀리 달아났다. 그리고 양적(陽翟)의 민가에 숨어 그 어려운 지경에서 어떻게 벗어날까를 궁리하다가 문득 그 봄 양왕 팽월의 궁궐에 은밀하게 나돌던 소문을 떠올렸다.

'대장군 호첩이 양왕에게 모반을 권했는데 양왕이 듣지 않았다고 했겠다. 허나 모반을 권하는 소리를 듣고도 호첩을 벌하기는커녕 아직까지도 대장군으로 끼고 있는 것은 장차 모반하겠다는 것이나 다름없다. 거기다가 양왕은 이리저리 많은 군사를 길러 놓고도 진희를 토벌하러 가는 데는 겨우 수천 명의 노약한 병졸만 보내 황제의 노여움을 샀다고 한다. 그래 놓고도 멀쩡한 몸으로 병을 핑계 대며 아직도 황제께 사죄조차 가지 않고 있다. 됐다. 이만하면 고변거리로 넉넉하다. 회음후 한신의 일로 미루어 보건대, 황실과 조정은 은근히 그와 같은 고변을 기다리고 있는 눈치다. 내가 웬만큼만 읽어 주면 나머지는 정위와 옥리가 알아서 마무리 지을 것이다. 이제 나는 살았다. 아니 나도 열후에 오를 길이 생겼다. 한신의 사인 난열만 화를 복으로 바꾼 게 아니다.'

양왕 팽월의 태복은 생각이 거기에 미치자 그날로 말을 빌려 낙양으로 달려갔다.

한왕 신을 토벌하던 때와 마찬가지로 진희를 잡는 일이 오래 시일을 끌자 고제는 이따금 관동으로 나와 낙양에 머무르며 경과를 살폈다. 팽월의 태복이 낙양으로 달려간 것도 고제가 그렇게 함곡관을 나와 낙양에 어가를 멈추고 있을 때였다. 번쾌 등이 아직 진희를 잡아 죽이지 못한 터라, 거기에 얼마간 머무르면서 변경의 형세를 알아보려 함이었다. 그런데 어느 날 정위가 퍼렇게 질린 얼굴로 들어와 말했다.

"옥리가 이르기를 양왕 팽월이 모반을 꾸민다고 고변해 온 자가 있다고 하옵니다."

"그게 누구며 팽월은 어떻게 모반을 꾀하고 있다고 하던가?"

잇따른 모반에 진저리가 났는지 고제가 흠칫하며 물었다. 정위가 떨리는 목소리로 답했다.

"고변을 해 온 것은 팽월의 태복이었던 자이옵니다. 그자에 따르면, 팽월은 그 장수 호첩과 함께 몰래 군사를 길러 왔는데, 이번에 팽월이 폐하의 진노를 사게 되자 둘이서 머리를 맞대고 모반을 꾸몄다고 합니다. 10만 대군을 일으켜 진희와 손을 잡고 양, 조, 연, 대를 베어 내어 자립하려 한다는 것입니다."

그와 같은 정위의 말에 낙양 행궁은 벌컥 뒤집혔다. 고제는 곧 장수와 대신들을 궁궐로 불러 모은 뒤 정위에게 들은 말을 대강 전하고 물었다.

"장차 이 일을 어찌하면 좋겠는가?"

그때 장량은 몸이 아파 장안에 남아 있었으나 진평은 호군중위로 그곳까지 따라와 있었다. 장수들이 눈을 부릅뜨고 성난 목소리로 팽월을 쳐야 한다고 떠드는 걸 듣고 있다가 가만히 일어나 말했다.

"아직 진희를 사로잡지 못한 이때 양왕이 다시 군사를 일으키게 한다면 이는 곧 깜부기불을 들쑤셔 모닥불로 키워 놓는 꼴이 되고 맙니다. 그리하여 그들 둘이 손이라도 잡게 되면 관동에는 한동안 폐하의 다스림이 미치지 않게 될 것입니다. 양왕이 군사를 일으키기 전에 반드시 군사를 쓰지 않고 그를 사로잡아야 합니다. 양왕에게 군사를 일으킬 틈과 구실을 주어서는 결코 아니 됩니다."

"팽월이 이미 반심을 드러냈는데, 군사를 쓰지 않고 어떻게 사로잡는단 말인가? 한신을 사로잡을 때처럼 순수라도 나가자는 것인가? 허나 이번에는 짐이 순수를 나간다 해도 팽월이 속아 주지 않을 것이다."

고제가 걱정스러운 얼굴로 진평을 보며 그렇게 말했다. 진평이 가만히 웃으며 받았다.

"아무리 빼어난 책략도 같은 적에게 되풀이해서 쓰면 듣지 않는 법입니다. 양왕과 회음후는 같은 부류인데, 이미 회음후에게 쓴 계책을 다시 양왕에게 펼쳐서야 되겠습니까? 하오나 양왕도 아직 자기 태복이 고변한 것을 모르는 듯하니, 일의 순서를 바꾸고 겉꾸밈을 다르게 하면 그를 잡을 계책이 전혀 없는 것도 아닙니다."

"그게 어떤 계책인가?"

"이 계책은 대군을 거느리고 자신의 도성에 틀어박혀 있는 양왕 팽월에게 폐하의 사자 몇 명을 보내 불시에 사로잡으려는 것이니 실로 비상하다 할 만합니다. 또 비상한 계책은 대개 은밀과 신속을 위주로 하는 법이니, 폐하께서는 먼저 이 자리에 모인 장상들뿐만 아니라 궁궐 안팎의 입을 엄히 단속하여 폐하께서 팽월의 모반을 알고 계신다는 것이 밖으로 새 나가지 못하게 하십시오. 그런 다음 재빨리 팽월에게 사자를 보내 뜻 아니한 때에 그를 치고 사로잡아야 하는데, 그와 같은 계책을 짜는 것은 이렇게 여럿이 모여 큰 소리로 떠들 일이 못 됩니다."

그러자 고제가 비로소 걱정스러워하는 낯빛을 거두고 진평이 말하는 대로 따라 주었다. 대신들과 장수들의 입을 엄히 단속하고 내보낸 뒤 진평만 남기고 그의 계책을 들었다.

한(漢) 11년 4월 하순, 때 이른 초여름 더위 속에 전거(傳車, 네 마리 말이 끄는 역마차) 한 대와 말 탄 이졸 다섯이 달려와 정도에 있는 양왕 팽월의 궁궐 앞에 이르렀다. 전거에서 내린 것은 낙양에서 황제의 명을 받고 달려왔다는 두 사람의 사자였고, 전거를 호위하듯 말을 타고 뒤따라온 다섯은 사자의 시중꾼[從卒]들이었다.

"양왕께 아뢰어라. 조(趙) 승상 주창(周昌)과 낭중 장과(張果)가 황상의 명을 받들어 양왕을 뵈러 왔느니라."

양왕 팽월은 처음 낙양에서 황제의 사자가 왔다는 전갈에 잠시 움찔했지만, 주창과 장과라는 이름을 듣자 긴장으로 굳어졌던 마음이 이내 풀어졌다. 주창은 강직함 하나로 조나라의 상국까지 맡게 된 조정 대신이요, 장과는 패왕 항우가 살아 있을 때부터 고제와 자신 사이를 오락가락하며 전령 노릇을 해 온 낭중이라, 둘 모두 자신을 속이거나 해치러 온 사람들 같지 않았기 때문이었다. 그들을 따라온 이졸이 겨우 다섯 기밖에 안 되는 것도 언뜻 일었던 팽월의 의심을 쉽게 가라앉혔다.

이에 마음을 놓은 팽월이 예를 갖춰 주창과 장과를 궁궐 안으로 맞아들이게 하고 두 사람에게 물었다.

"폐하께서는 무슨 일로 두 분을 과인에게 보내셨소?"

그러자 주창이 바위처럼 굳은 얼굴로 말했다.

"폐하의 밀지를 받들고 왔으니 양왕께서는 잠시 좌우를 물리쳐 주시오."

오래된 생강이 맵다더니, 그런 주창의 말을 받는 팽월이 그랬다. 새삼 마음속에 어지럽게 이는 의심과 걱정을 주창 못지않게 표정 없는 얼굴로 감추고 좌우를 돌아보며 나직하게 소리쳤다.

"모두 물러가거라!"

그 소리에 대전에 있던 근시들이 모두 물러났다. 팽월만 남기를 기다려 주창이 계략이나 모책과는 전혀 어울리지 않아 보이는 어눌한 말투로 한꺼번에 쏟아 놓았다.

"양왕께서 모반을 꾸민다는 고변이 들어왔소. 바로 양왕의 태복이 고변한 것이라 황상께서도 걱정이 많으시오. 옥리가 문초하여 다행히 양왕의 무고함이 밝혀지기는 하였으나, 장군 호첩의 일은 그냥 넘길 수 없다 하시며 폐하께서 진노하셨소이다. 양왕께서는 하루빨리 낙양으로 가셔서 폐하께 그 일을 발명(發明)하고 죄를 빌어야 할 것이오!"

"태복이 사특하여 못된 짓을 하다가 보이지 않더니 감히 폐하께 가서 과인을 모함하였구나. 허나 호첩의 일은 이미 지난 일인데, 폐하께서 진노하시는 까닭이 무엇이오?"

주창이 워낙 숨김없이 털어놓자 팽월이 가슴 섬뜩해하면서도 크게 걱정하지 않고 그렇게 물었다. 그러자 이번에는 장과가 주창을 대신해 대답했다.

"호첩의 권유를 꾸짖어 물리친 대왕의 충정은 황상께서 가납하셨으나, 그런 호첩을 아직껏 주살하지 않고 장수로 세워 두고 있는 것을 걱정하시는 것 같습니다. 이번에 가실 때 호첩을 함거에 실어 폐하께 바치고 정성으로 죄를 빌어야 할 것입니다."

장과 역시 속임수나 잔꾀의 냄새가 전혀 나지 않는 말투였다. 팽월이 늙은이다운 조심성으로 다시 한번 사태를 헤아려 보다가 천천히 말했다.

"호첩이 비록 불측하나 일시의 혈기로 한 소리라 여겨 엄하게 꾸짖고 말았는데, 황상께서 걱정하신다는 말을 듣고 보니 송구하여 실로 몸 둘 바를 모르겠소. 알겠소. 두 분의 가르침대로 하겠소. 허나 오늘은 먼 길 오시느라 고단하셨을 테니 객관으로 가서 쉬시오. 일이 화급하다고는 해도 낙양이 여기서 천 리 길이라 채비하자면 날이 좀 걸릴 게요."

그리고 두 사람이 물러나자 다시 홀로 가만히 헤아려 보았다.

'저 두 사람이 하는 걸 보니, 다행히도 내가 모반의 혐의를 받고 있는 것 같지는 않구나. 그래도 회음후 한신의 일로 미루어

아주 마음을 놓을 수는 없겠다. 황제가 진희를 사로잡은 뒤 한신과 진희를 대질시켜 보는 수도 있고, 달리 한신이 모반한 증거를 찾아볼 수도 있었는데, 여후는 오직 그 간악한 사인 놈의 모함만 믿고 회음후의 목부터 잘랐다. 하지만 이미 호첩의 일이 황제의 귀에 들어갔다니 나도 마냥 이대로 있을 수는 없겠다. 저들이 시키는 대로 우선 호첩이나 함거에 실어 보내 폐하께 목숨을 빌게 해 보자. 나는 지금까지도 병을 핑계 대고 움직이지 않았으니, 이번에도 병을 핑계로 여기 남아 지켜보는 게 좋겠다. 황제가 호첩에게 어떻게 하는가를 보아 가며, 내가 몸소 죄를 빌러 가든지, 아니면 여기서 군사를 일으켜 한나라에 맞서든지를 결정해도 늦지 않을 것이다.'

마침내 그렇게 마음을 정한 팽월은 이튿날 하루 종일 누워 앓는 시늉을 하다가 그다음 날에야 주창과 장과를 불러 다 죽어 가는 소리로 말하였다.

"황상께서 못난 신을 근심하신다 하니 급한 마음은 하루가 백날 같으나, 보시다시피 늙은 몸이 병이 도져 당장은 낙양까지 천리 길을 감당해 낼 것 같지가 않소이다. 두 분께서 먼저 호첩을 데리고 낙양으로 가시어 폐하의 진노부터 덜어 드리도록 하시오. 과인도 몸을 추스르는 대로 호첩의 함거를 뒤따르도록 하겠소이다."

팽월 스스로 돌아봐도 너무 빤한 핑계라 강직한 주창이 믿어줄까 걱정이었으나, 주창은 별 의심 없이 그 말을 받아들였다.

"그토록 옥체가 미령(靡寧)하시다니 양왕의 일은 양왕께서 알아서 행하시오. 호첩만 내어주신다면 우리들은 그것으로 먼 길을 온 보람으로 삼겠소이다. 양왕의 일은 여기서 본 대로 아뢰어 따로 분부를 받들도록 하겠소."

그와 같은 주창의 말에 팽월은 속으로 한시름을 던 느낌이었다. 그때 장과가 곁에서 주창을 깨우쳐 주듯 말했다.

"비록 대왕께서 호첩을 묶어 함거에 실어 주신다 해도 낙양까지 호송해 갈 일이 걱정입니다. 호첩은 오랫동안 양나라의 대장군 노릇을 해 온 터라 군중에 그를 따르는 무리가 적지 않을 것입니다. 거기다가 낙양까지 가자면 여러 날 양나라 땅을 거쳐야 하는데, 저희가 데려온 이졸은 겨우 다섯뿐이니 무슨 수로 호첩의 함거를 지켜 내겠습니까?"

"그 일이라면 우리 군사들을 시켜 낙양까지 호송해 주겠소."

"허나 여기서 떠나 서쪽으로 양나라 경계를 빠져나가려면 외황, 고양, 옹구, 진류 같은 읍성들을 수없이 지나야 합니다. 그런데 호첩은 거야택의 젊은이로 대왕을 따라나서 오늘날 마침내 대장군에까지 오른 사람이라, 그를 우러르고 따르는 양나라 장수들이 적지 않을 것입니다. 양나라를 빠져나가면서 거쳐야 할 그 수많은 성읍의 수장들 가운데 하나만 호첩의 사람이어도 우리가 무사히 낙양에 이르기는 어렵습니다."

말을 듣고 보니 팽월도 그 일이 은근히 걱정되었다. 얼른 대답을 못하고 머릿속으로 방도를 찾고 있는데 갑자기 주창이 먼저 입을 열었다.

"만일 일이 잘못되어 그들에게 호첩을 뺏기기라도 하는 날이면, 화는 우리에게만 미치는 것이 아니오. 한번 모반의 죄를 쓰시게 되면, 양왕께서도 쇠 모탕 위에 목을 늘이고 도끼를 받게 되실 뿐만 아니라, 무고한 삼족까지 하나도 살아남지 못할 것이니 그보다 더 참혹한 일이 어디 있겠소?"

그렇게 평소의 강직함을 드러내어 팽월을 으스스하게 만든 뒤 지긋한 목소리로 이었다.

"그러니 이렇게 하면 어떻겠소? 길은 조금 돌게 되겠지만 호첩의 함거를 우리 조나라를 통해 낙양으로 압송하는 것도 한 방도가 될 것이오. 내가 지금 한단으로 유성마를 띄워 우리 대왕[趙王]께 죄수를 압송할 군사를 청해 보겠소. 호첩의 함거가 조나라 경내에 이르면 조나라가 군사를 내어 맞고, 그 뒤 호첩을 조나라 땅을 거쳐 낙양으로 압송하게 하려는 것이오. 아직 진희가 사로잡히지는 않았으나, 조나라는 이미 평온해져 날랜 군사 몇 백 명만 있어도 압송하는 도중에 죄수를 뺏기는 낭패는 당하지 않을 것이외다.

다만 호첩을 조나라로 압송할 때 양나라 경계를 벗어나기까지는 양왕께서 몸소 장졸을 거느리고 그 함거를 지켜 주셔야 하겠소이다. 그러면 양나라 군중에서는 누구도 호첩을 빼낼 엄두조차 내지 못할 것이오. 걱정은 양왕께서 미령하신 것이나, 다행히도 여기서 조나라 경계까지는 백 리가 넘지 않소. 큰 수레[輜車]에 이부자리를 펴고 누워 따르신다 해도 하루면 왕궁으로 되돌아와 병을 다스릴 수 있을 것이외다."

늙어 잔걱정 많고 의심만 는 팽월이었지만, 그 말을 듣고 보니 군이 마다할 수 없는 방책이었다. 이왕 들어줄 것 생색이나 한 번 더 낸다는 기분으로 주창의 말을 받았다.

"주 상국께서 강직하다는 소문은 익히 들어 알고 있었지만, 이렇게 만나 보니 실로 세상이 공연히 떠드는 소리가 아닌 듯하오. 좋소이다. 폐하의 심려를 더는 길이라면 살이 타고 뼈가 부서진들 하지 못할 일이 있겠소이까? 관에 실려 돌아오더라도 조나라 경계까지는 과인이 모셔다 드리겠소."

양왕 팽월이 허락하자 주창은 그 길로 객관에 나가 시중꾼 가운데 하나에게 빠른 말을 구해 주며 한단으로 달려가게 했다.

팽월은 팽월대로 그 이틀 형세를 지켜보느라 미뤄 뒀던 일을 재빠르게 해치웠다. 먼저 위사(衛士)들을 불러 대전 안에 감춰 놓고 사람을 보내 대장군 호첩을 불렀다. 호첩이 낙양에서 황제의 사자가 왔다는 소문에 까닭 모르게 뒤숭숭한 가슴을 달래며 궁궐로 들어오자 팽월이 남의 말을 하듯 무덤덤하게 말했다.

"지난달 장군이 과인에게 군사를 일으켜 한나라 조정에 맞서자고 한 말이 황제 폐하의 귀에까지 들어가고 말았다. 태복이 못된 짓을 하기에 목을 베려 했더니 달아나 보이지 않았는데, 그새 낙양으로 달려가 과인이 모반하려 한다고 무고하면서 장군이 한 말을 일러바쳤다고 한다. 다행히 폐하께서 과인의 무고함은 알아보신 듯하나, 장군에게는 진노를 거두시지 않고 있다니 실로 걱정이다. 아무래도 장군은 낙양으로 가서 황상께 스스로를 발명하는 것이 좋을 듯하다. 괴롭고 위태로운 길이 되겠지만 그리해야

만 장군을 스스로 구할 수가 있을 것이다. 그리고 장군이 스스로를 구하면 과인 또한 그 못된 종놈의 무고에서 온전히 놓여날 수 있다."

그 말에 단박 시뻘겋게 달아오른 호첩이 목소리를 높였다.

"그게 낙양에서 왔다는 사자가 한 말이었습니까? 그래서 저를 낙양으로 묶어 보내면 대왕께서는 모반의 혐의를 깨끗이 벗게 되실 거라고 합디까? 그렇다면 그들에게 속으셨습니다. 대왕께서는 초왕 한신이 사로잡히던 광경을 몸소 보지 않으셨습니까? 그때 한신은 오랜 벗인 종리매의 목까지 베어다 바쳤지만, 끝내는 사지가 짐승처럼 옭혀 죄수 싣는 수레에 실렸습니다. 그리고 욕스럽게 사면을 받은 뒤에도 죄수처럼 장안성 안에 갇혀 살다가 마침내 여후의 치맛자락 아래서 그 머리를 잃고 말았습니다. 지금 대왕의 처지도 그때의 초왕 한신과 크게 다르지 않습니다. 한제(漢帝)는 대왕의 공을 시기하고 대왕께 나누어 준 땅을 아까워하여 진작부터 대왕을 주살할 구실만 찾고 있었습니다. 그런데 대왕의 태복이 제 발로 찾아가 고변을 하였으니, 어찌 그같이 대왕을 죽이기 좋은 구실을 그냥 버리려 하겠습니까?"

"아니다. 너그러우신 폐하께서는 장군에게도 죄를 씻을 기회를 주려고 그들을 보냈다."

"결코 그렇지 않습니다. 대왕께서는 부디 저들의 간사한 말에 속지 마시고 고쳐 생각해 주십시오. 지금이라도 늦지 않았으니 저 둘의 목을 베어 대왕의 뜻을 밝히시고, 그동안 기른 군사를 모두 일으켜 먼저 북쪽으로 밀고 드십시오. 진희와 손을 잡고 두 갈래로 들이치면 조, 연, 대 세 나라는 한 달이 안 돼 모두 대왕의 차지가 될 것입니다. 그런 다음 그 세 나라와 우리 양을 묶어 굳게 지키며 세력을 키우는 한편, 대왕과 똑같은 불안에 떨고 있을 회남왕 영포를 끌어들이면 천하 일은 알 수가 없게 됩니다."

"너는 진정으로 과인이 모반하기를 조르고 있구나. 아니 된다. 용서할 수 없는 불충이다. 과인은 지난날 몇 번이나 과인의 안위와 득실을 헤아리느라 폐하의 곤궁을 돌아보지 않았으나, 폐하께서는 해하의 한 싸움으로 그 모든 과인의 허물을 덮어 주시고 마침내는 양왕으로까지 올려 세우셨다. 과인은 그런 폐하의 은의를 결코 저버릴 수 없다. 정히 장군이 그리 고집하면 한 죄수로서 함거에 태워 폐하께 보내는 수밖에 없다."

팽월이 짐짓 엄한 표정을 지어 꾸짖듯 그렇게 말했다. 그러자 망연히 팽월을 바라보던 호첩이 한숨과 함께 받았다.

"대왕은 이미 젊은 우리가 거야택에서 우러르던 그 팽월 어른[老彭越]이 아니십니다. 늙고 허약해진 몸을 아끼고 누리는 걸 모두 지키려다 보니 그리되신 것입니까? 원래 있지도 않은 충심을 내세워 기꺼이 한나라의 동쪽 울타리를 지키는 번견(番犬)이 되려 하고 계십니다. 하오나 지난 10여 년 대왕을 주군으로 모시고 피 튀기는 싸움터에 젊은 날을 바친 신하로서 간절히 비옵니다. 정히 신을 한제에게 바쳐야 한다면, 차라리 제게 자결을 허락해 옥리의 모진 매질과 불에 단 쇠꼬챙이 아래 죽는 고통이나 면하게 해 주십시오. 죽은 제 머리를 잘라다 바쳐도 한제에게 대왕의 충심을 증명하기에는 넉넉할 것입니다."

"아니 된다. 너는 이미 황상께서 사자를 보내 찾는 죄인이 되었다. 누구도 함부로 네 목숨을 거둘 수는 없다. 함거를 타고 가서 폐하의 가을 하늘처럼 어진 마음[昊天之心]에 네 죄를 빌어 보아라. 하늘은 호생지덕(好生之德)을 지녔으니 폐하께서는 반드시 너를 용서하실 것이다. 그리고 네가 용서를 받아야 과인도 남은 삶을 마음 편하게 살 수 있다."

"헛된 바람이십니다. 이미 대왕의 목은 쇠 모탕 위에 올려져 있는 것이나 다름없습니다. 한제는 신을 죽이려고 잡아들이는 것뿐이니, 다음 차례는 대왕이십니다. 신이 살고 아울러 대왕을 구하는 길은 결코 없습니다."

"만약 네가 죽는다면, 그때는 네 말대로 크게 군사를 일으켜, 네 원수를 갚아 주고 과인도 스스로를 지키마."

"그때는 이미 늦습니다. 신이 한번 끌려가고 나면 대왕께서는 이미 굽히기도 젖히기도 어렵게 될 것입니다."

호첩이 피를 토하듯 그렇게 소리쳤다. 거기까지 들어주던 팽월이 마침내 더 참지 못하고 좌우를 돌아보며 소리쳤다.

"위사들은 모두 어디 있느냐? 어서 저 죄인을 잡아 가두어라. 그리고 내일 함거에 실어 압송할 때까지 아무에게도 호첩이 갇힌 것을 알리지 말라!"

그러자 대전 구석구석에 숨어 있던 위사들이 우르르 쏟아져 나와 호첩을 묶었다. 호첩은 무사들에게 끌려가면서도 팽월을 돌아보며 소리쳐 깨우쳐 주기를 마지않았다.

"대왕, 다시 한번 굽어 살펴 주십시오. 대왕의 목은 쇠 모탕 위에 올려져 있고, 신이 죽으면 오래잖아 대왕의 목 위에도 볼 넓은 도끼가 떨어질 것입니다. 이제라도 늦지 않으니 돌이켜 헤아리십시오……."

다음 날 팽월은 보기 3천으로 호첩이 실린 함거를 지키게 하고 자신은 짐짓 치거(馳車)에 자리를 펴고 누워 황제의 사자들과 함께 정도를 떠났다. 성을 나와 반나절을 갔을 때 조나라 국경 쪽에서 전날 보낸 사자의 시중꾼이 말을 달려와 알렸다.

"조나라에서 군사 5백을 보내 국경에서 기다리고 있습니다. 이제 한 시진만 가면 대왕과 양나라 군사를 갈음하여 죄인을 낙양으로 압송해 가게 될 것입니다."

왕궁 안에서 호첩을 불시에 잡아 가둬 두었다가 여럿의 눈에 띄지 않게 함거로 옮겨 실었지만, 그래도 말이 새어 나갈 수 있었다. 호첩을 따르는 무리가 그 일을 알고 도중에 무슨 일을 저지를까 은근히 마음을 졸였던 팽월은 그 말에 적이 마음이 놓였다. 어서 조나라 군사들에게 호첩을 넘기고 돌아갈 생각으로 행렬을 재촉했다.

그런데 한 시진도 가기 전에 갑자기 기마대의 요란한 말발굽 소리와 함께 조나라 국경 쪽 숲속에서 부옇게 먼지가 피어올랐다.

"조나라 군사들이 죄수의 함거를 압송하러 이리로 다가오는 것 같습니다."

미리 달려와 조나라 군사들이 기다리고 있음을 알렸던 시중꾼이 그렇게 말했다. 치거에 누워 있던 팽월이 얼른 몸을 일으켜 밖을 내다보며 소리쳤다.

"이것은 5백 군사가 다가오는 소리가 아니다. 적어도 3천은 되는 기마대가 기다리고 있다가 갑자기 속력을 다해 달려오고 있다. 이게 어찌 된 일이냐?"

그 소리에 양나라 기장들이 팽월의 수레 곁으로 몰려왔다. 그들도 뭔가 심상찮은 느낌을 받은 듯했다. 그때 갑자기 숲속에서 수천의 기마대가 쏟아져 나오더니 잠깐 사이에 함거를 호송하는 팽월과 양나라 장졸들을 에워쌌다. 진희를 뒤쫓기 위해 조나라에 남아 있던 시무(柴武)가 고제의 밀명을 받고 골라 뽑아 보낸 3천의 정예한 기병이었다.

"멈춰라! 나는 황제의 명을 받들고 양왕 팽월과 그 대장군 호첩을 압송하러 왔다. 양나라 장졸들은 순순히 팽월과 호첩을 내놓아라."

그제야 놀란 팽월이 퉁기듯 일어나 양나라 장졸들을 돌아보며 소리쳤다.

"속았다! 모두 싸울 채비를 하고 내 말을 끌어오너라."

하지만 뜻밖의 변화에 혼란된 양나라 장졸보다 사자를 따라왔던 다섯 시중꾼이 더 빨랐다. 무슨 새처럼 말 위에서 몸을 날려 팽월이 있는 수레 위로 뛰어들더니 저마다 날카로운 병기를 뽑아 팽월의 목을 겨누었다. 모두 애초부터 황궁의 시위 가운데서도 가장 날래고 솜씨 좋은 무사만 골라 보낸 듯했다.

"황제 폐하의 엄명이시다. 누구든 나서면 대역의 죄를 물을 것이다!"

그들이 그렇게 외쳐 양나라 장졸들을 머뭇거리게 하는 사이에 조나라 기병들이 달려와 팽월의 수레와 호첩의 함거를 수풀처럼 에워쌌다. 그제야 주창이 나서 감정이 격할수록 더듬거리는 버릇대로 팽월을 달래듯 말했다.

"황상께서 처음부터 반드시 양왕을 모셔 오란 분부라…… 어쩔 수 없이 속임수를 썼소. 양왕께서는…… 헛되이 옥체를 상하지 말고 자중하시오. 순순히 우리를 따라…… 장안으로 갑시다. 양왕께서 참으로 모반을 꾀한 적이 없으면…… 별일 없이 돌아올 수 있을 것이오."

그 말을 듣자 팽월은 아뜩한 가운데도 온몸에서 힘이 쭉 빠졌다. 당장 대꾸할 말을 찾지 못하고 숨만 가쁘게 몰아쉬고 있는데 함거 안에 실려 있던 호첩이 앙연히 소리쳤다.

"이놈 팽월아, 네가 어리석어 우리 주종이 함께 머리 없는 귀신이 되겠구나. 너는 그리 죽어 싸다 쳐도 가여운 네 삼족은 어찌하려느냐! 허나 이미 엎질러진 물이니 뉘우쳐도 바로잡지 못할 터, 조용히 수레나 갈아타거라."

팽월이 황제가 보낸 사자에게 급습당하듯 사로잡혀 낙양으로 압송돼 오자, 고제 유방은 그를 유사(有司)에게 넘겨 모반한 형적을 찾아보게 하였다. 호첩이 옥리의 매 아래 죽고 더 많은 양나라 관원들이 낙양으로 끌려와 엄한 문초를 받았으나, 호첩의 일 말고 달리 팽월이 모반한 정상은 드러나지 않았다. 팽월을 다그쳐 봐도 마찬가지였다.

하지만 유사는 그래도 황제에게 팽월이 모반한 형적이 드러났다[反形已見] 아뢰고 법에 따라 벌을 주어야 한다고 우겼다. 어떤 이는 호첩이 모반을 권했으나 팽월이 듣지 않았는데도 모반의 형색이 드러났다고 했으니 유사가 그른 것이라고 하고, 또 어떤 사람은 호첩이 그런 소리를 하는데도 그를 죽이지 않은 것이 바로 팽월이 드러낸 모반의 형적이라고 말하기도 한다.

은근히 바라던 대로 죄상이 드러났지만 고제는 차마 팽월을 죽이지 못했다. 나라와 왕위를 빼앗아 서인(庶人)을 만드는 것으로 죄를 사면해 준 뒤 촉 땅의 청의현으로 귀양을 보냈다. 팽월이 여러 길로 자신이 무고함을 고제에게 간곡하게 아뢰게 했으나 아무 소용이 없었다.

팽월이 모반의 죄로 왕위를 잃고 촉 땅 첩첩산중으로 귀양 가게 되었다는 소문이 나자 평소 그를 따르던 사람들이 낙양으로 몰려 팽월의 함거를 뒤따랐다. 거야택에서 그를 따라 나선 백 명의 젊은이들 가운데 살아남아 장수가 된 이들과 양나라의 관리들 가운데 특별히 팽월을 우러러 섬기던 사람들을 합쳐 수십 명이었다.

그들이 노복 차림으로 앞서거니 뒤서거니 하며 따르는 팽월의 함거가 서쪽으로 가다가 정(鄭) 땅에 이르렀을 때였다. 장안에서 동쪽으로 오고 있는 호화로운 수레의 행렬과 서로 마주치게 되었다. 마침 낙양으로 가는 여후 일행이었다. 그걸 알아본 팽월이 호송하는 관리에게 사정하여 여후의 수레 앞으로 함거를 몰고 가게 하며 큰 소리로 외쳤다.

"황후 마마, 저를 알아보시겠습니까?"

그러잖아도 팽월의 모반이 고발되었다는 소문을 듣고 궁금해서 알아보려고 낙양으로 가던 여후였다. 팽월이 조회에 들어왔을 때 몇 번 본 것뿐이지만, 여후는 금세 팽월을 알아보았다. 가볍게 고개를 끄덕여 알은체를 하고 궁금한 것부터 물어보았다.

"그런데 양왕께서는 지금 어디로 가시는 길이오?"

"죄인 팽월은 모반을 꾀하였다 하여 서인으로 내쳐지고, 이제 청의현으로 부처(付處)되어 가는 길입니다. 하오나 황후 마마, 신은 억울하고 원통하옵니다."

팽월은 전에 여후가 조정에서 본 그 당당한 양왕 같지 않게 애절한 목소리로 그렇게 말하였다. 그러잖아도 그 일을 가장 알고 싶어 하던 여후가 짐짓 걱정해 주는 표정으로 다시 물었다.

"나도 놀라운 소문을 들었소만, 도대체 어찌 된 일이오? 양왕께서 모반을 꾀했다니 아무래도 믿기지가 않았소."

그러자 팽월이 늙어 주름진 얼굴을 눈물로 적시며 하소하듯 늘어놓았다.

"감히 불궤(不軌)를 입에 담은 것은 신의 대장군 호첩이었고, 신은 그자를 엄하게 꾸짖어 두 번 다시 그 말을 입 밖에 내지 못하게 했습니다. 다만 그 자리에서 호첩을 주살하지 못한 것은 10여 년 신을 따라다니며 바친 정성이 가긍해서였습니다. 하오나 이제 호첩은 매 아래 죽고 신만 남아 그 죄를 모두 뒤집어쓰게 되었습니다. 다행히도 폐하의 너그러움으로 한 목숨을 건져 청의현으로 내쳐지고 있지만, 그 첩첩산중에 한번 내몰리고 나면

신은 이미 살아도 사는 게 아닌 목숨이 되고 맙니다. 부디 신을 가련히 여기시어 통촉하여 주시옵소서."

처음 팽월이 모반을 꾀하다 사로잡혀 왔다는 말을 들었을 때 여후는 유약한 태자를 위해 차라리 잘된 일이라 여겼다. 어떻게 하든 팽월의 죄를 찾아내 죽이게 해야 한다는 생각으로 급히 낙양으로 가는 길이었으나 늙은 팽월이 눈물로 호소하자 마음이 약해졌다.

"모든 일은 폐하께서 헤아려 행하시는 바니 구중궁궐 깊숙이 들어앉은 아녀자가 무얼 할 수 있겠소? 허나 양왕의 형색이 하 딱해 보여 묻지 않을 수 없구려. 이 몸이 양왕을 위해 무얼 어찌 해 주었으면 좋겠소?"

"폐하께 아뢰어 신을 고향으로 보내 주시옵소서. 나고 자란 창읍에서 이 늙은 뼈를 묻게 해 주옵소서. 그리만 되면 원도 한도 없겠습니다."

우리에 갇힌 짐승이 울부짖듯 함거 안의 팽월이 줄줄이 눈물을 흘리며 빌었다. 그 소리에 여후는 더욱 마음이 약해졌다.

'그래, 어쩌면 팽월은 아닐지 모르겠다. 저 사람의 지난날은 볼 만한 데가 있었지만, 앞으로 살아남아 우리 태자를 위협하기에는 이미 너무 늙었다. 오히려 저 사람을 살려 스스로 시들어 가는 모습을 세상 사람들에게 보여 주게 하는 것이 보다 더 태자의 시대를 위하는 것이 될지도 모르겠다……'

그런 마음으로 다시 한번 함거 안에서 애절하게 자신을 올려다보는 팽월의 얼굴을 살피는데 문득 무언가 번쩍하는 것이 있었다. 눈물에 젖은 팽월의 깊고 어두운 두 눈에서 언뜻 쏘아져 나왔다가 사라진 빛줄기였다. 목적하는 것만 얻어 낼 수 있다면 어떠한 굴욕도 달게 받아들이겠다는 결연함 같은 것이 눈물로 과장된 처량함과 비굴함을 뚫고 새어 나온 듯했다. 그걸 알아보고 가슴이 서늘해진 여후가 새삼스러운 눈길로 살펴보니 팽월의 함거를 앞뒤로 에워싸듯 하고 따르는 사람들도 이상했다. 중년의 사내들로부터 초로의 늙은이까지 수십 명은 되었는데, 모두가 관노(官奴)나 종졸(從卒)의 복색을 하고 있어도 하나같이 그 풍채들이 예사롭지 않았다. 말없이 올려다보는 눈길 속에도 팽월의 그것과 같은 빛줄기가 숨어 있었다.

'유배지까지 팽월을 따라갈 사람들이로구나. 범상치 않은 이력을 지닌 호걸들 같다. 팽월이 비록 늙었다 하나 본시 범 같은 장사였던 데다, 이제는 날카로운 이빨과 발톱을 눈물로 감출 줄 아는 노회(老獪)함까지 갖추었다. 그런데 거기에 저 사람들이 따라붙으면 범에게 나래까지 보태는 꼴이다. 저들을 다시 숲으로 놓아 보내서는 결코 아니 된다.'

그러자 뒷날 여씨의 천하를 열 황후의 무서운 응변 능력이 홀연 빛을 뿜기 시작했다. 봄바람같이 부드러운 미소로 무서운 속셈을 숨기며 말했다.

"알겠소. 팽왕(彭王)께서는 너무 상심하지 마시오. 내 황상께 간곡히 아뢰어 반드시 팽왕을 고향인 창읍으로 돌아갈 수 있게 해 드리겠소. 이 길로 나와 함께 낙양으로 돌아갑시다."

그러고는 팽월의 함거를 호송하는 군사들의 우두머리를 불러 말하였다.

"어서 수레를 동쪽으로 돌려라. 내 몸소 폐하를 찾아뵙고 팽왕을 위해 아뢸 것이니라."

그 말에 팽월은 감동의 눈물을 줄줄 흘리면서 연신 머리를 조아려 고마움을 드러냈다.

팽월의 함거를 되돌려 앞세우고 낙양으로 간 여후는 팽월을 대전 뜰에 세워 놓고 대전으로 들어가 고제와 호젓하게 만났다. 놀란 고제가 여후에게 물었다.

"이게 어찌 된 일이오? 무슨 일로 왔으며 팽월은 또 무엇 때문에 도로 데리고 왔소?"

"팽월이 모반을 꾀해 잡혀 왔다고 들었는데, 폐하께서는 어찌하여 그를 놓아주었습니까?"

여후가 거침없는 기세로 그렇게 되물었다. 고제가 이맛살을 찌푸리며 받았다.

"모반을 권한 것은 팽월의 장수 호첩이었고 팽월은 다만 호첩의 말을 들은 죄밖에 없었소. 유사는 호첩을 주살하지 않은 것만으로도 모반의 죄를 물어야 한다고 했으나, 그 일로 차마 팽월을 죽일 수는 없었소. 그래서 왕위를 뺏고 촉중(蜀中) 깊은 곳 청의현으로 귀양을 보냈는데, 놓아주다니 그 무슨 소리요?"

"팽월은 본시 천하가 다 알아주는 장사로서 죽음으로 그를 따르려는 무리 또한 적지 아니합니다. 하온데 그런 팽월을 촉중으로 보내려 하시니, 이는 호랑이를 숲으로 놓아 보내는 것이나 다

름이 없습니다. 폐하께서도 파촉을 밑천 삼아 힘을 기르시어 삼
진을 평정하고 함곡관을 나오지 않으셨습니까? 팽월을 살려 두
면 반드시 큰 우환거리를 남기게 될 것이니 이번 기회에 반드시
그를 죽여야 합니다. 신첩은 그 때문에 팽월의 함거를 되돌려 이
리로 데려온 것입니다."

"허나 짐은 이미 팽월의 죄를 사면해 주고 귀양을 보낸 것으로
마무리를 지었소. 유사에게도 그렇게 알려 시행한 것인데, 제왕
이 되어 어떻게 한 입으로 두말을 할 수 있겠소?"

고제가 난감한 표정으로 그렇게 받았다. 그러자 여후가 미리
작정이라도 하고 있었던 사람처럼 말했다.

"아무리 제왕의 처결이라도 새로운 죄가 드러나면 얼마든지
고쳐 말할 수 있습니다. 새로 팽월의 죄를 고발하는 사람이 있다
면 다시 그를 벌할 수도 있지 않겠습니까?"

"그렇다고 없는 죄를 만들어 낼 수는 없지 않소? 더구나 팽월
은 지난날 초나라 군사의 양도를 끊어 마침내 항우를 사로잡는
데 누구보다 큰 공을 세웠소. 없는 죄를 씌워 가며 그를 죽일 수
는 없소."

"폐하, 유약한 태자를 돌아보시고 그가 다스릴 천하를 걱정해
주옵소서. 태자가 무슨 수로 팽월이나 경포같이 사나운 무리를
휘어잡을 수가 있겠습니까? 그러니 빌미가 있을 때 팽월을 죽여
야 합니다. 이는 또한 자식을 사랑하는 어미의 정성이기도 하오
니, 팽월을 죽이는 일은 이만 신첩에게 맡겨 주옵소서."

그러고는 사람을 급히 정도로 보내 팽월의 사인이었던 자를

데려오게 해 또 다른 증거로 팽월의 모반을 고발하게 하였다. 한편으로는 여후의 위세에 눌리고 다른 한편으로는 약속받은 벼슬과 재물에 넋이 홀려 팽월의 사인은 전보다 훨씬 더 엄중한 증거를 날조해 팽월을 고발하였다.

일이 그렇게 되자 전보다 더 많은 사람이 끌려오고 더 엄중한 문초가 시작되었다. 지난번에는 왕후(王侯)에 대한 예우로 몸에 직접 형구가 닿는 것을 면했던 팽월도 이번에는 성치 못했다. 여후의 부추김을 받은 정위 왕염개(王恬開)가 나서 문초를 다그치고 죄를 엮으니 팽월이 아무리 발버둥 쳐도 빠져나갈 길이 없었다.

팽월이 낙양으로 되끌려온 지 열흘도 안 돼 서둘러 죄안(罪案)을 마무리한 왕염개가 마침내 황제 앞에 나아가 아뢰었다.

"팽월이 모반을 꾀한 것은 의심할 나위 없이 명백합니다. 팽월을 목 베 그 머리를 저잣거리에 내걸고 아울러 그 종족(宗族)을 모두 죽여 없애야 합니다."

종족이라면 멀고 가깝고를 가리지 않고 성(姓)과 본관(本貫)을 함께하는 모든 사람이니 팽월에게 내려진 처분이 얼마나 가혹했는지 짐작할 만하다. 거기다가 팽월 자신이 받은 형벌도 잘린 머리가 내걸리는 것으로 그치지 않고, 그 살덩이는 소금에 절여져 각처의 제후들에게 돌려지기까지 했다. 이미 한신을 죽여 피 맛을 본 여후의 독한 입김이 느껴지는 대목이다.

그런데 처음 팽월을 살려 주려고까지 했던 고제가 정위 왕염개의 주청대로 따른 것을 두고 사람들은 두 가지로 달리 추측한다. 그 하나는 태자를 끼고 키운 여후의 위세가 그때 이미 고제도 어찌해 볼 수 없을 만큼 되었다는 것이었다. 그로부터 한 해도 못 넘기고 죽게 되는 고제의 나이와 체력을 감안하면 그럴 수도 있는 일이다. 다른 하나는 마지막 친국(親鞫)에서 살기를 단념한 팽월이 고제에게 퍼부은 악담 때문이라는 것인데, 거기 따르면 그때 팽월은 고제를 향해 피를 토하듯 꾸짖었다고 한다.

"이놈 배은망덕한 유방아, 내 비록 죽어도 반드시 되살아나 이 원수를 갚으리라. 그때 네놈이 죽고 없어도 네놈이 세운 나라와 그걸 이어 갈 자손은 있을 터. 내 반드시 그 나라를 망하게 하고 그 임금을 죽여 구천을 떠도는 네 넋이라도 피눈물을 쏟게 하리라!"

그리고 그런 팽월의 악담은 민담과 전설 속을 오락가락하며 끈질기게 이어지다가 천여 년 뒤 이른바 '명토재판(冥土裁判)'의 설화로 구성되면서 『삼국지연의』의 출발점이 된다.

팽월의 잘린 머리가 낙양성 아래 높이 내걸릴 때 고제의 엄한 조칙도 함께 내려졌다.

"누구든 감히 (이 머리를) 거두어 보살피는 자[有敢收視者]가 있으면 바로 잡아들이리라!"

그런데 며칠 안 돼 팽월의 머리를 지키던 군리가 고제에게 알려 왔다.

"팽월의 머리 아래에서 통곡하며 제사를 지내고, 그 명을 받아 사행(使行) 나갔던 일을 고해바치는 자가 있어 잡아들였습니다."

이에 성난 고제가 끌어오게 해서 보니 고제도 잘 알고 있는 난포(鸞布)란 자였다.

난포는 양나라 사람으로, 양왕 팽월과는 일찍이 서인[家人] 시절부터 가깝게 사귀었다. 두 사람은 가난하였기 때문에 제나라에서 남의 일꾼 노릇을 하기도 하고, 술집에서 점원으로 함께 일하기도 하였다. 그러다가 몇 년 뒤 팽월은 제나라를 떠나 거야택으로 가서 도둑이 되었고, 난포는 사람 장사꾼에게 잘못 걸려 연나라로 팔려가 남의 종이 되었다.

억지로 끌려가 하게 된 종살이였지만 난포는 주인에게 신의를 다하였다. 주인이 원통한 일을 당하자 그 원수를 갚아 주어 이름을 얻고 연나라 장수 장도(臧荼)의 눈에 들었다. 장도는 난포를 천거하여 도위에 오르게 하더니, 자신이 연왕(燕王)이 되자 그를 장군으로 올려세웠다. 하지만 장도가 한나라에 반란을 일으키자 난포의 신세는 다시 험하게 바뀌었다. 고제가 노관을 보내 장도를 치고 난포를 사로잡으니, 난포는 다시 모반한 장도를 주군으로 섬긴 장수로 사로잡혀 내일을 기약할 수 없는 처지가 되고 말았다.

그 무렵 양왕이 되어 있던 팽월이 그 일을 알고 옛 벗인 난포를 구해 냈다. 팽월은 먼저 황제에게 빌고 많은 금을 바쳐 난포가 지은 죄를 사면받은 뒤, 그를 양나라로 데려가 대부(大夫)로 삼았다. 고제가 난포를 알아보게 된 것은 그때 팽월이 하도 난포를 치켜세워 절로 그를 기억하게 된 때문이었다.

양왕 팽월이 낙양으로 끌려갈 때 난포는 제나라에 사신으로 가고 없었다. 사행을 마치고 정도로 돌아와서야 팽월이 사로잡혀

간 것을 알게 된 난포는 그날로 낙양을 향해 떠났다. 하지만 난포가 낙양에 이르니 팽월은 이미 종족 모두와 함께 죽임을 당하고 그 머리만 성 아래 매달려 있었다.

"너도 팽월과 함께 모반을 꾀하였느냐? 짐이 팽월의 머리를 거두어 보살피지 말도록 엄명하였는데도, 유독 너는 그 앞에 엎드려 통곡하며 제사까지 올렸으니 용서할 수 없다. 너도 팽월과 함께 모반을 꾀하였음에 분명하다."

고제가 끌려온 난포를 성난 목소리로 그렇게 꾸짖다가 문득 좌우를 돌아보며 소리쳤다.

"여봐라, 어서 저놈을 삶아 죽여라!"

그러자 시위들이 달려와 난포를 끓는 물이 든 솥으로 끌고 갔다. 끌려가던 난포가 문득 고제를 돌아보며 소리쳤다.

"폐하, 바라건대 한마디만 하고 죽게 해 주십시오."

"무슨 말이냐? 할 말이 있거든 해 보아라."

고제가 그렇게 난포에게 허락했다. 난포가 죽음을 앞둔 사람 같지 않게 낭랑한 목소리로 말했다.

"폐하께서 팽성을 치셨다가 고단한 지경에 빠지시고, 형양과 성고 사이에서 되풀이해 지셨는데도 항왕이 서쪽으로 밀고 들어오지 못한 것은 팽왕이 양나라 땅을 차지하고 있으면서 한나라와 손잡고 초나라 군대를 괴롭혔기 때문입니다. 그때 팽왕이 한쪽으로 치우쳐서 초나라와 손을 잡으면 한나라가 무너지게 되어 있었고, 한나라와 손을 잡으면 초나라가 무너지게 되어 있었습니다. 거기다가 해하의 싸움에 팽왕이 가서 폐하를 거들지 않았다면 항왕은 결코 망하지 않았을 것입니다. 그런데도 팽왕은 끝내 한나라와 손잡고 폐하를 도와 항왕을 죽이고 천하를 평정하였습니다.

그 뒤 팽왕이 부절을 쪼개 받고 봉토를 얻었을 때는 마땅히 그것이 자손만대에 전해지게 되기를 기대했을 것입니다. 그런데 폐하께서는 양나라에서 군대를 징집하시면서 팽왕이 병으로 부르심에 응하지 못하자 바로 모반을 의심하셨습니다. 그리고 모반의 형색이 드러난 게 없는데도 팽왕을 모질게 다루시더니, 마침내는 간사한 종놈들의 말만 믿고 팽왕과 그 종족을 모두 주멸하셨습니다. 신이 참으로 근심하는 바는, 이제 공신들마다 스스로 위태롭다고 여겨 우왕좌왕하게 되는 일입니다. 한나라를 떠받드는 마룻대와 들보[棟樑] 같은 이들이 저마다 폐하를 의심하고 두려워하며 살길을 찾아 헤매게 된다면 천하가 얼마나 어지러워지겠습니까?

자, 이제 신의 말은 끝났습니다. 이미 팽왕이 죽어 신은 살아 있는 것보다 죽는 것이 나으니, 어서 신을 삶아 죽이십시오.”

그러고는 시위들에 앞서 물이 끓고 있는 가마솥 쪽으로 성큼성큼 걸어갔다. 그런 난포를 물끄러미 바라보던 고제가 시위들에게 가만히 일렀다.

“그를 살려 주어라!”

그리고 난포를 사면한 뒤 오래잖아 다시 불러 도위로 썼다.

경포, 드디어 반기를 들다

한 6년 초왕 한신이 장안으로 사로잡혀 가 회음후로 낮아지고 간히다시피 하여 장안에만 머물러 살게 되자, 영포(英布)라는 원래의 이름보다 경포(黥布)라는 별칭으로 더 잘 알려진 회남왕(淮南王)도 팽월에 못지않게 겁을 먹고 움츠러들었다. 『사기』「열전(列傳)」에조차 경포란 이름으로 올라 있는 그 역시 해마다 고제를 찾아봄으로써 의심을 사지 않으려고 애썼다. 한 7년에는 진현으로 내려온 고제를 찾아가 알현하였고, 한 8년에는 낙양 행궁으로 가서 조현하였으며, 한 9년에는 장안으로 들어가 조회에 참례하였다. 또 한 10년에 진희가 모반하였을 때는, 봉국(封國)이 남쪽에 치우쳐 있어 군사는 징발당하지 않았으나, 군량과 마필을 보내 정성을 다했다.

그런데 한신이 기어이 모반의 죄를 쓰고 죽임을 당하자 회남 왕 경포의 심사 또한 이전 같을 수가 없었다. 막연한 두려움이 아니라 점점 더 올가미가 죄어 오는 듯한 불안으로 앉으나 서나 편치 못했다. 때로는 같은 처지인 팽월과 만나 신세 한탄이나 하고 싶어도, 한신과 진희처럼 내통으로 몰릴까 봐 그럴 수도 없었다. 때 아닌 황음(荒淫)에 빠져 수많은 비빈(妃嬪), 총희(寵姬)들과 흥청거리다가, 그 재미도 시들해지면 사냥을 나가 들짐승을 쫓으며 답답하고 울적한 심사를 달랬다.

소금에 절인 팽월의 살덩이가 회남에 이른 것은 한 11월 늦여름이었다. 그 무렵 양왕 팽월까지 낙양으로 잡혀갔다는 소문이 돌아 경포는 더욱 마음을 잡지 못하고 들짐승을 쫓는 일로 소일하는데, 천자의 사자가 사냥터까지 찾아왔다. 사자가 낯익은 얼굴이라 회남왕 경포가 편치 않은 심사를 감추며 물었다.

"폐하께서 무슨 일로 이 같은 염천(炎天)에 그대를 이리 멀리 보내셨소?"

사자가 전에 알고 지내던 사람 같지 않게 엄중한 표정을 지으며 말했다.

"양왕 팽월이 모반을 꾀하다가 발각되어 주살당했습니다. 팽월의 목은 낙양성 아래 높이 걸리고 그 살덩이는 소금에 절여지는 형[醢]을 받았습니다. 황상께서는 천하에 경계를 삼고자 소금에 절인 그 살덩이를 그릇에 담아 널리 제후들에게 돌리게 하셨기로 회남왕께도 가져왔습니다."

그러고는 종자가 지고 온 상자에서 그릇 하나를 꺼내 뚜껑을 열어 보였다. 그릇 안에는 더운 날씨 때문인지 이미 젓갈이 된 살덩이가 들어 있었다. 그게 그토록 대담하면서도 민첩하던 노장 팽월의 살점이라 생각하니 대담하기로는 또한 누구에게도 지지 않을 경포도 두려움에 가슴이 써늘해 왔다. 하지만 그 두려움은 전과 달리 무디고 마비돼 있던 경포의 의식을 한순간에 일깨웠다.

회남왕 경포는 사자가 떠나가자마자 믿을 만한 장수들을 가만히 불러 모아 놓고 말했다.

"과인은 항우가 죽음으로써 난세가 끝난 것으로 알았으나, 이제 오히려 더한 난세가 오고 있다. 한왕(韓王) 신(信)의 모반 이래로 해마다 모반이 그치지 않아 마침내는 회음후 한신에, 양왕 팽월까지 모반의 죄를 쓰고 죽었다. 허나 과인이 보기에는 그들이 진실로 모반을 꾀하다가 죽은 것이 아니라, 공변되지 못한 황제의 법으로부터 자신을 지킬 힘이 없어 죽었다. 곧 황제가 모반을 구실로 공을 세운 제후를 함부로 죽이니, 또다시 저마다 힘으로 스스로를 지켜야 할 시절이 오고 말았다. 그대들은 이제부터 길을 나누어 회남의 여러 땅을 돌며 장정들을 끌어모으고, 되도록 빨리 그들을 조련해 정병으로 키우라. 또 이웃 고을의 움직임을 면밀히 살펴 알지 못하는 사이에 우리 회남이 위급에 빠지는 일이 없도록 경계를 게을리 하지 말라."

그러고는 그날부터 마음을 다잡아 여자와 사냥을 멀리하고 남몰래 군사를 키우는 일에 힘을 쏟았다. 하지만 그 몇 년 어지러운 황음의 시절에 뿌려진 환란의 씨앗은 이미 움이 돋고 있었다.

106

스스로 경포라고 불리기를 더 좋아하던 회남왕 경포는 일찍이 진승의 봉기가 있자 무리를 이끌고 진나라 파현의 현령이었던 오예(吳芮)를 찾아가 그와 함께 진나라에 맞서는 군사를 일으켰다. 파군(番君) 오예는 나중에 패왕 밑에서 형산왕(衡山王)이 되었다가, 다시 한나라의 장사왕(長沙王)으로 살아남게 되는 사람이다. 그 능란한 처세만큼 사람을 알아보는 눈이 있었던지 그런 경포를 반갑게 받아들이고 딸을 주어 사위로 삼았다.

죄를 짓고 경형(黥刑)을 받은 뒤 여산(驪山)으로 끌려갔다가 진시황의 능묘를 만드는 죄수들 가운데서 두각을 드러낸 경포였다. 여산을 벗어나자 무리를 모아 강수를 오르내리며 수적질로 거칠게 살아온 경포에게는 진나라 현령의 딸로 곱게 자란 어린 아내가 사랑스러울 수밖에 없었다. 어지러운 싸움터를 떠돌면서도 아들딸 낳고 금슬 좋게 살다가 경포가 구강왕(九江王)이 되면서 그녀를 정비(正妃)로 삼았다.

그런데 한 3년에 끔찍한 일이 그들에게 일어났다. 구강왕 경포가 한왕 유방에게로 넘어가자, 성난 패왕 항우가 용저와 항성을 시켜 구강을 쓸어버리고, 다시 항백을 보내 사로잡힌 경포의 아내와 아들딸을 모조리 죽여 버렸다. 그 뒤 경포는 한나라로부터 회남왕으로 세워지고 비빈도 새로 맞아들였으나 가련하게 죽은 아내와의 첫정을 잊지 못했다. 그 바람에 새로 맞은 비빈에게 정을 붙이지 못하니 후궁과 총희(寵姬)의 머릿수만 늘어 갔다.

그러다가 그 무렵 회남왕 경포에게 유별나게 사랑받는 총희[幸姬]가 하나 생겼다. 그 총희는 생김이 죽은 첫 아내를 빼다 꽂은

듯 닮은 데다 말재간이 있고 애교가 넘쳐, 한신과 팽월의 일로 한창 어지럽던 회남왕의 마음을 이내 사로잡았다. 회남왕은 당장 그녀를 비빈으로 올려 세우지는 못했으나, 궁궐 안에 들여놓고 다른 어떤 후궁이나 총희보다 더 사랑했다. 그런데 그 무렵 병이 난 그녀가 궁궐 밖에 있는 의자(醫者)에게 치료를 받으러 나다니게 되면서 일이 고약하게 꼬여 갔다.

회남왕 경포의 총희가 드나들게 된 의자의 집은 회남의 중대부(中大夫) 비혁(賁赫)의 집과 마주 보고 있었다. 비혁은 전에 경포의 시중으로 일한 적이 있었는데, 경포의 총희가 자주 제 집 앞에 사는 의자의 집으로 오는 것을 보고 많은 선물을 바쳐 그녀의 호감을 사고자 했다. 그녀의 도움을 받아 경포의 총애를 입어 보고자 하는 비루한 바람에서였다.

소금 먹은 놈이 물켠다고 경포의 총희도 여러 번 비혁의 선물을 받자 그냥 있지 못했다. 비혁을 의자의 집으로 불러 고마운 뜻을 전하다가, 마침내는 의자의 집에서 함께 술을 마실 만큼 비혁과 가깝게 지냈다. 그러다 보니 회남왕 경포의 총희는 갈수록 비혁을 좋게 보게 되었고, 비혁이 애초부터 바란 대로 회남왕에게도 비혁을 무겁게 쓰도록 권하고 싶어졌다.

어느 날 그 총희가 회남왕과 더불어 한가롭게 얘기를 나누다가 불쑥 말했다.

"전에 우리 왕부에서 시중으로 일한 적이 있는 비혁은 실로 장자(長者)라 할 만한 사람입니다. 대왕께서는 어찌하여 그를 무겁게 쓰지 않으십니까?"

그 말을 듣자 경포는 비혁의 젊고 훤한 풍채부터 떠올렸다. 불현듯 중년을 넘어 시들어 가는 자신을 돌아보며, 치밀어 오르는 투기를 억누르고 가만히 물었다.

"어찌하여 비혁을 장자라 할 수 있느냐?"

"그는 덕망이 있고 너그러운 사람입니다. 뿐만 아니라 세상일에 밝고 널리 보고 들은 게 많아 여간 지혜롭지 않습니다."

"너는 어디서 그렇게 비혁을 잘 알게 되었느냐?"

경포가 드디어 성난 기색을 감추지 않고 그렇게 물었다. 그제야 놀란 총희가 가진 말재간을 다해 비혁을 알게 된 경위를 자세히 경포에게 말해 주었다. 하지만 늙고 비뚤어진 경포의 심사는 쉽게 풀어지지 않았다. 비혁과 총희가 몰래 만나 음란한 짓을 한 걸로 의심하고 사람을 시켜 실상을 알아보게 했다.

뜻밖으로 경포의 의심을 산 총희는 가만히 비혁에게 사람을 보내 그 일을 알렸다. 비혁은 놀라고 근심하다가 몸이 아프다는 핑계로 드러누웠다. 비혁은 병을 내세워 회남왕의 총희와 간통하였다는 의심까지 풀어 보려 했으나, 회남왕은 그런 비혁의 잔꾀에 더욱 화를 냈다.

"여봐라, 당장 옥리를 보내 비혁을 잡아 가두어라."

살피러 갔던 사람이 돌아와 비혁이 앓아누웠다는 말을 하자, 경포가 좌우를 돌아보며 그렇게 소리쳤다.

하지만 비혁이 먼저 경포가 사람을 보내 자신을 엿보는 낌새를 알아채고 육(六) 땅에서 빠져나갔다. 경포가 기어코 의심을 풀지 않는다면 자신이 살아날 길은 한신의 사인이나 팽월의 태복이 간 길을 따라가는 수밖에 없다고 생각했다. 더구나 회남왕이 널리 인마를 모아 들여 몰래 군사를 키우려 하고 있다는 것은 비혁도 잘 알고 있었다. 얼른 장안으로 달려가 한나라 조정에 경포의 모반을 고발하여 화(禍)를 복(福)으로 바꾸기로 하고 역마에 올랐다.

오래잖아 회남왕이 그걸 알고 빠른 기마를 놓아 비혁을 뒤쫓게 했다. 그러나 이미 비혁이 떠난 지 오래되어 끝내 따라잡지 못하였다.

'회남왕 영포가 모반을 꾀하려는 단서가 여럿 있습니다. 일이 터지기 전에 먼저 그를 잡아 죽여야 합니다.'

장안에 이른 비혁은 황제에게 그런 글을 올려 변란이 일어났음을 알렸다. 화는 사랑하는 계집이 심어 일어나고[禍之興自愛姬植] 강샘에서 환란이 생겨난다[妬媚生患]더니 회남왕의 일이 꼭 그렇게 되고 말았다.

고변을 담은 비혁의 상소가 탑전(榻前)에 이르렀을 때 마침 고제는 병이 깊어 정사를 접어 두고 궁궐 깊숙한 곳에서 누워 지냈다. 고제는 병들고 쇠약해진 자신의 모습을 내보이기 싫어서인지 사람 만나기를 몹시 꺼려했다. 시위들로 하여금 침전을 에워싸게 하고 아무도 안으로 들이지 못하게 했다. 시위들이 대신들마저 들지 못하게 하니, 주발이나 관영 같은 대신들까지도 고제를 만나 볼 길이 없었다.

열흘이 지나자 참다 못한 번쾌가 나서 앞장을 섰다. 대신들을 데리고 궁궐로 들어간 번쾌는 침전에 이르는 작은 문[闥]을 열어 젖히고 곧장 고제가 앓고 있는 방으로 갔다. 그때 고제는 내시 하나를 베개 삼아 홀로 누워 있었다. 대신들을 이끌고 그런 고제 앞에 엎드린 번쾌가 눈물을 흘리며 말하였다.

"처음 폐하께서 저희들과 함께 풍, 패에서 일어나 천하를 평정하셨을 때 그 기상이 얼마나 씩씩하셨습니까? 그런데 이제 천하가 자리를 잡고 평안해졌는데도, 오히려 폐하께서는 왜 이리도 지치고 고단해 보이시는지요! 더군다나 폐하께서 병이 깊으시다 하여 모든 대신들이 두려워 떨고 있는데, 어찌 저희를 불러 나랏일을 의논하지 않으십니까? 오직 환관 하나만 바라보시면서 바깥과 소통을 끊고 계시니, 폐하께서는 조고(趙高)의 일을 보지도 못하셨습니까?"

조고의 일이란, 환관 조고가 이세황제를 속여 대신들을 아무도 만나지 못하게 하고 모든 일을 자신을 통하여 처결하게 하다가, 마침내 충성스러운 대신들을 해치고 나라를 망하게 한 일을 말한다. 마음이 철석같기로 소문난 번쾌가 줄줄이 눈물을 흘리며 그렇게 소리치자 고제가 웃으며 몸을 일으켰다.

"알았다. 경들은 걱정 말고 물러나 있으라. 내 곧 대전으로 나가 정사를 돌보리라."

그리고 세상 누구도 만나고 싶지 않을 만큼 앓던 사람 같지 않게 자리를 털고 일어났다.

다음 날 대전으로 나온 고제는 비혁의 상소부터 읽게 되었다. 다 읽고 보니 회남의 일이 여간 걱정되지 않았다. 이에 먼저 승상 소하를 불러 물었다.

"회남의 중대부 비혁이 글을 올려 그 왕 경포가 모반을 꾸미고 있다고 알려 왔다. 이 일을 어찌하면 좋겠는가?"

물음을 받은 소하가 전에 없이 신중하게 대답했다.

"회남왕 경포는 한때 항우의 오른팔이 되어 언제나 초나라 군의 앞장을 섰으나, 뒷날 스스로 뜻을 바꾸어 폐하를 찾아온 사람입니다. 또 한신이나 팽월과는 달리, 한실(漢室)의 제후 왕이 된 뒤에는 한 번도 폐하의 부르심에 몸을 사려 망설인 적이 없었습니다. 가볍게 그런 불측한 짓을 저지를 사람이 아닙니다. 비혁이란 자가 회남왕과 원수진 일이라도 있어 망령되이 무고한 것이나 아닌지 걱정됩니다. 바라건대 비혁을 잠시 붙잡아 두고, 사람을 가만히 회남으로 보내 경포가 모반을 꾀한 단서부터 살펴 오게 하십시오."

그때 고제는 한신에 이어 팽월까지 죽인 뒤라 그러잖아도 그 고변을 선뜻 받아들이고 싶지 않았다. 그런데 소하가 그렇게 말하자 고제는 오히려 반가워하며 그대로 따랐다.

한편 회남왕 경포는 비혁이 죄를 짓고 달아난 데다 뒤쫓으려다가 끝내 놓쳐 버리자 더욱 걱정이 되었다. 틀림없이 황제에게 모반을 일러바쳤을 것이라 여겨 걱정으로 안절부절못하며 밤낮을 보냈다. 그런데 한 보름이 지나 대신 몇이 회남왕을 찾아와 걱정스레 말했다.

"요즘 알 수 없는 사람들이 회남으로 몰려와 여기저기를 살펴보고 다닙니다. 아마도 황제께서 보내 대왕의 뒤를 몰래 캐고 있는 자들 같습니다."

그 말을 듣자 경포는 자신이 몰래 꾸민 일이 모두 드러났다고 보았다. 회남의 대신들과 장수들을 모두 불러 모으고 말했다.

"아무래도 비혁 그 더러운 간물(奸物)이 황제에게 달려가, 있는 것 없는 것 모두 일러바친 모양이다. 근래 황제가 보낸 자들이 몰래 내려와 회남 땅을 헤집고 다니며 이것저것 다 알아보고 갔다고 한다. 이제 이 일을 어찌하면 좋겠는가?"

그러자 평원군(平原君) 주건(朱建)이 나서서 말했다.

"번왕(藩王)이 되어 군사를 기르는 것은 얼마든지 있을 수 있는 일입니다. 장안에서 온 사자들이 모반의 단서를 잡아 갔다 해도 기껏 그것뿐일 터이니, 지금이라도 폐하께 사신을 보내 적당한 구실을 대면, 오히려 비혁의 고변을 무고로 돌릴 수가 있을 듯합니다. 폐하께서 여기까지 사람을 보내 몰래 살펴보게 하신 것도 비혁이 제멋대로 지어내 일러바친 말을 믿지 못하셨기 때문이 아니겠습니까?"

평원군 주건은 초나라 사람으로 강직하고 청렴하여 이름을 얻었다. 일찍이 회남왕 경포 밑에 들어 상국을 지낸 적이 있었으나, 무언가 큰 죄를 짓고 벼슬에서 쫓겨났다 다시 돌아와 경포를 임금으로 섬기고 있었다. 그때까지도 자신을 용서하고 다시 받아준 회남왕의 너그러움을 고마워하던 터라 성심으로 그렇게 말했다. 그러나 회남왕은 그의 말을 바로 받아들여 주지 않고 되물었다.

"황제는 모반의 형색이 뚜렷하지 않은데도 끝내 한신과 팽월을 죽였다. 그런데 크게 군사를 길러 그들보다 훨씬 더 뚜렷한 형색을 드러낸 과인을 어찌 용서하겠는가?"

"대왕께서 자복(自服)하신다면, 이미 회음후와 양왕을 죽였기 때문에 폐하께서는 오히려 너그러이 대왕을 용서하실 수 있을 것입니다. 세 사람이 모두 살아 있을 때는 폐하의 걱정거리가 되었겠지만, 이미 둘이 죽고 대왕 하나만 남은 지금에는 폐하께서도 크게 걱정하시지 않을 것이기 때문입니다. 대왕께서는 결코 함부로 군사를 일으키셔서는 아니 됩니다. 항왕(項王)을 비롯하여 이날까지 우리 황상께 맞서 살아남은 자는 아무도 없습니다."

그때 양보(梁父) 사람 후수(候遂)가 일어나 격한 목소리로 외쳤다.

"대왕께서는 그 비루한 말을 귀담아듣지 마십시오. 평원군 주건은 대왕께 큰 죄를 짓고 쫓겨났다가 용서받아 돌아온 자로서, 대왕을 위해 아뢰는 것이 아니라 멀리 장안에 있는 한나라 황제에게 아첨하고 있습니다. 대왕께서는 회음후 한신과 양왕 팽월이 어떻게 죽었는지를 하마 잊으셨습니까? 신이 보기에 한제(漢帝)는 반드시 대왕까지 죽인 뒤라야 두 다리를 뻗고 잠들 수 있을 것입니다.

일이 이미 여기에 이르렀으니 대왕께서는 마땅히 크게 군사를 일으키시어 한제와 천하를 다투어 보도록 하십시오. 한제는 이미 늙고 오랜 싸움에 지쳐 이제 더는 싸움터에 나오지 못할 것입니다. 여러 장수들을 보내겠지만, 그들 가운데 대왕께서 걱정할 만한 이는 오직 회음후 한신과 양왕 팽월이 있었을 뿐입니다. 그런데 이제 그 두 사람이 모두 죽었으니, 달리 대왕께서 두려워할 일이 무에 있겠습니까?"

그와 같은 후수의 말을 들은 회남왕 경포가 크게 기뻐하며 받았다.

"그대의 말이 정녕 내 뜻과 같다. 내 이제 황제 자리를 놓고 유방과 더불어 크게 한번 다투어 보리라."

그러면서 그 자리에서 명을 내려 비혁의 일족을 모조리 잡아 죽이게 하고, 그동안 몰래 키워 두었던 군사를 함빡 일으켜 한나라와 싸울 채비를 하게 했다.

회남왕 경포가 비혁의 일족을 모두 죽이고 크게 군사를 일으켜 모반의 뜻을 공공연하게 드러냈다는 소식이 들어오자 고제는 곧 비혁을 풀어 주고 장수로 삼았다. 그런 다음 장상들을 모두 조정으로 불러들이고 걱정스럽게 물었다.

"경포가 드디어 모반을 일으켰다고 한다. 이 일을 어찌했으면 좋겠는가?"

그러자 그 자리에 모인 장군과 대신들이 입을 모아 말했다.

"왕사를 크게 일으켜 쳐부순 뒤에, 그 무엄한 더벅머리 놈[豎子]을 구덩이에 묻어 죽이는 것 말고 달리 할 일이 무엇이겠습니까?"

그때 여음후(汝陰侯) 등공(滕公)이 나와서 황제께 아뢰었다.

"신이 데리고 있는 문객 가운데 초나라의 영윤(令尹)을 지낸 설공(薛公)이란 사람이 있는데, 식견이 뛰어나고 대단한 재략(才

略)을 지녔습니다. 그를 불러 물어보는 것이 좋겠습니다."

여기서 등공 하후영이 말하는 설공은 기장 관영이 하비에서 목을 벤 초나라 장수 설공과 이름은 같아도 다른 사람 같다. 그런 하후영의 말을 들은 고제가 얼른 물었다.

"공은 그가 식견이 뛰어나고 재략이 대단한지를 어떻게 아는가?"

"경포가 모반하려 한다는 소문이 돌 때, 신이 그에게 앞으로 일이 어떻게 될지를 물어본 적이 있습니다. 그러자 그가 대답하기를, 경포는 당연히 모반을 꾀할 것이라고 했습니다. 이에 신은 다시 황상께서 땅을 떼어 주시며 왕으로 세우시고, 크게 작위를 내려 귀하게 만드시어, 남면(南面)하고 앉아 싸움 수레 만승(萬乘)을 낼 수 있는 임금이 되고서도 경포가 모반하게 되는 까닭이 무엇인가를 물어보았습니다. 그 물음에 그가 또 대답하기를, 황상께서 지난해에 팽월을 죽이시고 그 앞서는 한신을 죽였는데, 경포를 더해 그들 셋은 같이 공을 세운 한 몸과 같은 사람들로서, 한신과 팽월이 죽는 걸 보고 경포는 자기에게도 화가 미치지 않을까 걱정하여 모반할 것이라 했습니다."

하후영이 그렇게 대답하자 고제가 고개를 끄덕이며 듣다가 말했다.

"사람을 보내 어서 설공을 불러오너라."

그리고 오래잖아 설공이 불려 오자 물었다.

"회남왕 경포가 드디어 모반을 일으켰으니, 이제 일이 어떻게 될 것 같은가?"

설공이 마치 그 물음을 기다리고 있었던 사람처럼 대답했다.

"회남왕이 만일 가장 으뜸가는 계책[上計]을 쓴다면 산동(山東, 여기서는 옛 육국의 땅)은 한나라의 땅이 아닐 것이며, 다음으로 가운데 계책[中計]을 쓴다면 그 승패를 알 수가 없고, 끝으로 가장 못한 계책[下計]을 고른다면 폐하께서는 두 다리를 뻗고 편안히 주무실 수 있을 것입니다."

"무엇이 가장 으뜸가는 계책인가?"

"먼저 동쪽으로 오나라 땅을 차지하고 다시 서쪽으로 초나라를 차지하며, 가만히 제나라를 아우르고 옛 노나라 땅을 뺏은 뒤에, 연나라와 조나라에 격문을 날려 그들까지 끌어들이고 굳게 지키기만 하는 것입니다. 만일 경포가 그리한다면, 이미 아뢴 대로 산동은 한나라의 땅이 아니게 될 것입니다."

"가운데 계책은 무엇인가?"

"동쪽으로 오나라를 차지하고 서쪽으로 초나라를 거둬들이며, 한나라를 아우르고 위나라 땅을 뺏은 뒤에, 오창의 곡식을 먹으며 성고(成皐) 어귀를 틀어막는다면 한나라와의 승패를 알 수 없게 됩니다."

"그렇다면 경포가 고를 가장 못한 계책을 말해 보라."

"동쪽으로 오나라를 차지하고 서쪽으로 하채 땅이나 얻은 뒤, 귀중한 것은 월(越)나라에 남겨 두고 자신은 장사로 돌아가는 것입니다. 경포가 만일 이 계책을 쓴다면 폐하께서는 베개를 높이 하시고 편히 쉬셔도 될 것입니다."

고제는 거기까지 들은 뒤에 잠시 무언가를 깊이 생각하다가 다시 설공에게 물었다.

"그대가 보기에 경포는 장차 어느 계책을 쓸 것 같은가?"

"틀림없이 가장 못한 계책을 쓸 것입니다."

이번에도 설공은 별로 망설이는 기색 없이 그렇게 대답했다. 고제가 문득 환해지는 얼굴로 물었다.

"어째서 경포가 상계와 중계를 버리고 하계를 쓸 것이라고 보는가?"

"경포는 원래 죄를 짓고 여산으로 끌려가 노역하던 죄수의 우두머리로, 오직 자신의 힘에 의지해 병거 만승을 낼 수 있는 큰 나라의 임금이 되었습니다. 그러하되 이 모든 것은 자기 한 몸을 위한 것이었지, 널리 백성들과 앞날의 긴 세월[百姓萬世]을 헤아려 한 일은 아니었습니다. 따라서 그가 고를 계책은 가장 못한 것이 될 수밖에 없다고 여겨지기에 그리 아뢴 것입니다."

그 말을 듣자 고제가 드디어 활짝 펴진 얼굴에 웃음을 가득 띠며 말했다.

"좋은 말이다. 과연 뛰어난 식견이요, 대단한 재략이라 할 만하다. 여음후는 실로 훌륭한 문객을 두었다."

그러고는 설공에게 천 호(戶)를 식읍으로 내렸다.

한 11년 가을 8월, 고제는 설공의 말에 힘입어 회남왕 경포를 칠 군사를 크게 일으켰다. 대(代) 땅에 남아 진희를 쫓고 있는 번쾌와 주발 외에 풍, 패의 맹장들이 모두 따라나섰고, 철기와 갑병을 앞세운 정병만도 10만이었다. 하지만 고제 자신은 아직도 병줄에서 온전히 놓여나지 않아 싸움에 나설 수가 없었다. 하는 수 없이 태자 영(盈)을 대장으로 삼아 군사를 이끌고 경포를 치러 가게 했다.

일찍이 여후(呂后)가 장량의 계책에 따라 미리 불러 둔 상산사호(常山四皓)가 그 소문을 듣고 서로 모여 걱정했다.

"우리들이 세상으로 나온 것은 태자를 지켜 내기 위함이었소. 그런데 이제 들리는 소문대로 태자께서 군사를 이끌고 나가 싸우시게 된다면 일이 매우 위태롭게 될 것이오."

그래서 머리를 맞대고 의논한 끝에 건성후 여석지를 불러 말하였다.

"이번에 태자께서 출정하시어 설령 공을 세우시게 되더라도 태자의 위엄에 더 보태지는 것은 없소. 허나 만일 태자께서 공을 세우지 못하고 돌아오시게 된다면 그로 말미암아 큰 화를 입게 될 것이오. 또 태자와 함께 싸우러 나갈 장수들은 모두가 일찍부터 황제와 함께 천하를 평정해 온 사나운 장수들이라, 황제께서 태자를 탐탁지 않게 여기시는 것을 알고 있을뿐더러 장수로서 제 나름의 고집들이 있소. 지금 태자에게 그들을 거느리시게 하는 것은 양에게 이리를 거느리게 하는 것이나 다름이 없소이다. 그들은 모두 태자를 위해 힘을 다하려고 하지 않을 것이니, 태자께서 공을 세우실 수 없음은 불 보듯 뻔한 일이오.

그뿐만이 아니오. 이 늙은이들이 듣기로는 '어미가 총애를 받으면 그 자식도 귀여움을 받는다[母愛者子抱].' 하였소. 지금 척부인이 밤낮으로 황제를 받들어 모시니 조왕(趙王) 유여의는 늘 황제의 품에 안겨 있고, 황제께서도 또한 '아무래도 불초한 자식을 사랑하는 자식보다 윗자리에 있게 할 수는 없다.' 하시니, 이대로 간다면 틀림없이 조왕이 태자의 자리를 대신하게 될 것이오. 그런데 어찌하여 건성후께서는 팔짱을 끼고 보고만 계시오?"

"제가 무얼 어찌하면 되겠습니까?"

여석지가 놀라고 걱정스러운 얼굴로 그렇게 되물었다. 그러자 그들 네 사람이 한목소리로 그동안 짜낸 계책을 일러 주었다. 듣고 난 여석지가 바로 여후를 찾아가 상산사호에게서 들은 대로 전하였다. 한신과 팽월의 모반을 억척스레 엮어 내면서 한나라 조정의 막후 실력자이자 냉정하고 치밀한 책략가로 자라 가던 여후는 금세 그 말을 알아들었다. 여석지가 돌아가자마자 상산사호가 시키는 대로 따랐다.

그날 낮 황제가 대내(大內)에서 쉬고 있는데, 여후가 눈물에 젖은 얼굴로 가로막는 근시들을 제치고 들어왔다.

"폐하, 우리 태자를 구해 주시옵소서!"

여후가 그렇게 소리치며 엎드리자 고제가 어리둥절한 눈길로 내려다보며 물었다.

"황후는 고정하시오. 도대체 무슨 일로 그러시오?"

그러자 여후가 늙고 주름진 볼 위로 줄줄이 눈물을 흘리며 말했다.

"경포는 온 천하가 다 아는 사나운 장수이고 군사를 부리는 재주가 뛰어납니다. 그런데 태자는 아직 어린아이인 데다, 이번에 데리고 갈 장수들은 모두 옛날부터 폐하와 함께 전장을 누벼 온

동배[等夷]들입니다. 태자에게 바로 그 장수들을 거느리게 하는 것은 양에게 이리를 부리게 하는 것이나 다름이 없어, 그들은 태자의 부림을 받으려 들지 않을 것입니다. 거기다가 경포의 귀에 그 소문이 들어가게 되는 날이면, 경포는 아무 두려움 없이 북을 치며 서쪽으로 군사를 휘몰아 올 것입니다. 폐하께서 비록 환후 중이시기는 하나, 이제라도 큰 수레[輜車]를 내어 거기에 누워서라도 몸소 장수들을 이끄신다면, 그들도 감히 힘을 다하지 않을 수 없을 것입니다. 폐하께서는 괴로우시겠지만, 쌀겨와 지게미[糟糠]를 먹으며 오래 고락을 함께해 온 늙은 아내와 아직 콩과 보리[菽麥]를 분별하지 못하는 어린 자식을 위해 다시 한번 몸소 힘써 주실 수는 없으시온지요……."

미천할 때 만나 20여 년 동안 온갖 어려움을 함께 겪은 여후였다. 이미 오래전에 정이 떠서 젊은 비빈과 후궁들의 치마폭에 싸여 사는 고제였으나, 여후가 늙고 주름진 얼굴을 눈물로 적시며 자식을 위해 간청하는 것을 보니 문득 측은한 마음이 들었다. 거기다가 태자의 일은 황제도 진작부터 속으로 걱정해 오던 일이었다.

"그러지 않아도 그 어린아이를 보내서는 안 될 것 같아 걱정하고 있었소. 알겠소. 짐이 친히 동쪽으로 가서 경포를 사로잡겠소."

고제는 그렇게 여후를 달래 내보낸 다음 억지로 몸을 추슬러 자리에서 털고 일어났다. 그리고 그날로 대신들을 불러 모아 몸소 군사를 이끌고 경포를 치러 나갈 뜻을 밝혔다. 황제가 그렇게 나오자 대신들과 장수들은 물색 모르고 반겼다. 황제를 따라나설 장졸들도 모두 기세가 올라 승리를 다짐하며 싸울 채비를 갖췄다.

고제가 대군을 이끌고 동쪽으로 떠나던 날 여러 대신들과 지방 수령[留守]들은 파상까지 나가 배웅하였다. 그때 병상에 누워 있던 유후 장량도 곡우까지 가서 고제를 알현하고 아뢰었다.

"신이 마땅히 따라가야 하나 병이 깊어 그리하지 못하고 그저 한마디 당부만 드립니다. 경포가 이끄는 초나라 사람들은 사납고 날래니, 바라건대 폐하께서는 초나라 사람들과 정면으로 창칼을 맞대지 마십시오."

그리고 다시 눈치를 보다가 슬며시 덧붙였다.

"태자를 장군으로 세워 관중의 군사들을 돌아보고 다스리게 하십시오."

그때 숙손통이 태자태부(太子太傅)였고 장량은 태자소부(太子少傅)였다. 태자의 일을 걱정할 수 있는 자리에 있는 장량이라 고제는 별 의심 없이 그의 말을 받아 주었다.

"그리하겠소. 자방도 병중이기는 하지만 누워서라도 힘써 태자를 돌봐 주시오."

그러자 태자의 일은 그들 네 일사(逸士)가 바란 바보다 훨씬 더 잘 풀린 셈이 되었다. 태자는 자연스럽게 황제를 대신해 관중을 다스리게 되어 제위를 이을 후사로서의 입지를 한층 굳혔다. 경포의 모반이 한 조정의 권력 구도에 일으킨 보이지 않는 파문이었다.

먼저 싸움을 시작한 것은 회남왕 경포였다. 경포는 설공이 짐작했던 대로 먼저 동으로 형나라를 쳤다. 형나라는 한신이 모반으로 몰려 빼앗긴 초나라에서 회수 동쪽을 떼어 내 만든 나라로 설공이 말한 오나라도 그 안에 들었다. 한때는 회남왕 경포와 말머리를 나란히 하고 싸운 적이 있는 고제의 족제(族弟) 유가(劉賈)가 그 왕으로 있었다.

형왕(荊王) 유가는 경포가 반란을 일으켜 동쪽으로 쳐들어온다는 말을 듣고도 겁내지 않고 맞섰다. 있는 대로 장졸을 긁어모아 경포와 싸웠으나 군사도 적었거니와 장재에서도 경포의 적수가 되지 못했다. 한 싸움에 크게 지고 부릉 쪽으로 쫓겨났다.

유가는 부릉에서 굳게 성을 지키며 조정의 구원을 기다릴 작정이었으나 경포가 기회를 주지 않았다. 대군을 보내 성을 에워싸고 급하게 들이쳐 사흘 만에 성을 우려빼고 말았다. 유가는 이번에도 씩씩하게 맞받아치다가 성이 떨어지면서 난군 속에서 죽었다.

형왕 유가를 죽이고 오 땅을 차지한 경포는 유가가 이끌던 군사마저 아울러 세력을 키웠다. 그런 다음 승세를 타고 회수를 건너 서쪽으로 초나라를 치러 갔다. 역시 설공이 말한 차례대로였다.

그때 초왕(楚王)은 고제의 아우 유교(劉交)였다. 싸움을 모르는 유교는 믿는 장수에게 대군을 주어 회남왕 경포의 군사를 막게 하였다. 그 장수는 서현과 동현 사이에서 경포를 막기로 하고 군사를 셋으로 나누어 진세를 벌였다. 그걸 보고 한 막빈이 물었다.

"어찌하여 군사를 셋으로 쪼개셨습니까?"

"하나를 셋으로 나누되, 서로 연결을 끊지 않고 똬리를 튼 뱀 같이 하면, 머리와 꼬리와 몸통이 서로를 도우며 구할 수 있을 것이다. 그리하면 굳게 지키는 가운데 절로 이기는 길이 있을 것이니, 이 아니 기이한 계책이냐?"

초나라 대장군이 병법은 홀로 아는 양 으스대며 그렇게 대답했다. 물어본 막빈이 걱정스러운 얼굴로 말했다.

"경포는 군사를 부리는 데 아주 뛰어나 백성들이 평소에도 그를 매우 두려워합니다. 또 병법에도 제후가 자기 땅에서 싸우는 것을 두고 산지(散地)라 하여 병사들이 힘을 다해 싸우지 않게 되는 폐단을 걱정하고 있습니다. 그런데 장군께서는 오히려 군사를 셋으로 나누어 산지의 폐단을 더욱 키웠습니다. 적이 한군데로 힘을 모아 우리 세 갈래 군사 가운데 하나를 치면, 집 걱정, 처자 걱정으로 뒤숭숭해져 있는 나머지 둘은 모두 싸워 보지도 않고 달아날 것인데, 어떻게 서로를 돕고 구해 낼 수 있겠습니까?"

그 말에 초나라 대장군은 벌컥 화부터 냈다.

"네놈이 병법을 어찌 안다고 그리 요망한 혀를 놀리느냐? 싸움을 하기도 전에 대군의 사기를 꺾어 놓은 죄로 원문(轅門)에 목이라도 내걸리고 싶은 게냐?"

그러고는 그 막빈을 매질해 내쫓고 말았다.

하지만 다음 날 경포의 대군이 이르자 싸움은 그 막빈이 걱정한 대로 되었다. 말 위에 높이 앉아 초나라 진채를 돌아보던 경포가 장수들을 돌아보며 껄껄 웃었다.

"또 어느 더벅머리 서생 놈이 대장인을 꿰차고 앉아 사람 잡을 진세를 벌여 놓았구나. 덕분에 우리는 서 푼의 힘만 쓰고도 열 푼어치를 이길 수 있게 되었다."

경포는 그 말과 함께 날랜 군사 한 갈래를 내보내 가장 허술해 보이는 초나라 진채 하나를 매섭게 들이쳤다. 그러자 과연 그 막빈이 말한 대로 나머지 두 갈래 초나라 군사들은 한번 싸워 보지도 않고 저마다 흩어져 달아나 버렸다. 믿고 보낸 대군이 경포에게 산산조각이 나버리자 초왕 유교는 크게 겁을 먹었다. 도읍 팽성을 버리고 북쪽 설현으로 달아났다.

동으로 군사를 내어 형왕 유가를 잡아 죽이고, 다시 서쪽으로 회수를 건너 초나라 대군을 한 싸움에 깨뜨려 버리자 회남왕 경포는 더욱 기세가 올랐다. 하지만 경포의 그다음 행보는 다시 설공의 예측을 벗어나지 못했다. 내처 밀고 올라가 초나라를 온전히 차지한 뒤 다시 제, 노를 아우르고 연, 조와 연결하여 서쪽 한나라와 맞서는 상계를 버려두고, 남쪽 모퉁이로 움츠러드는 하계를 골랐다.

"천하 쟁패의 대업은 근거를 든든히 하는 데서 비롯된다. 한제는 관중에 소하를 남겨 항시 근거를 보살피게 하였기 때문에 여러 차례 항왕에게 무참히 지고도 마침내 천하를 얻게 되었다. 허나 항왕은 8천 자제를 데리고 강동을 떠나온 뒤 두 번 다시 근거지를 돌아보지 않았기 때문에 한 번 지고도 돌아갈 곳이 없어 끝내는 오강(烏江)에서 죽었다. 나는 회수 남북과 오월, 장사를 묶어 내 근거로 삼고, 그 근거를 굳건히 한 뒤에 나아가 한나라와 천하를 다투어 보겠다."

경포는 그렇게 말하면서 대군을 잠시 기(蘄) 땅에 쉬게 하고, 군사 한 갈래를 동남쪽 월(越) 땅으로 보내 형왕의 봉지를 마저 거두게 했다. 그리고 서남쪽으로 장사왕(長沙王)에게는 사자를 보내 전보다 더 긴밀한 연결을 도모하였다. 그때 장사왕 오신(吳臣)은 오예(吳芮)의 아들로 비록 죽은 아내의 오라비였지만 그래도 영포에게는 아직 처남이었다.

그사이 고제가 가려 뽑은 군사 10만에 넉넉한 치중과 갖은 전비(戰備)를 갖추고, 20만 대군을 일컬으며 기 땅에 이르렀다. 그때 하후영은 다시 태복으로 황제의 거마(車馬)를 몰며 따라나섰고, 관영은 거기장군(車騎將軍)으로 낭중기병 만 명을 이끌었다. 역상이 우승상으로 전군(前軍)을 이끌었고 근흡이 장군으로 고제가 있는 중군을 지켰다. 제나라에서는 상국으로 있는 조참이 보기 20만을 이끌고 오고 있었으며, 대 땅에서 진희를 막바지로 몰아넣고 있던 번쾌와 주발, 시무도 진희만 잡으면 바로 달려오기로 되어 있었다.

고제의 대군과 회남왕 경포의 군사가 처음 만난 곳은 기현 서쪽의 회추라는 곳이었다. 조참이 거느리는 제나라 군사는 아직 오지 않았는데, 경포의 군사는 대단한 정병인 데다 그 머릿수도 결코 한군에 뒤지지 않아, 고제는 옛날 고릉에서 항우에게 당한 낭패가 떠올랐다. 급하게 싸우지 않고 용성으로 들어가 굳게 지키며 조참이 이르기를 기다리기로 했다.

오래잖아 회남왕도 군사를 이끌고 와 용성 아래에 진세를 펼쳤다. 고제가 성벽 위에서 경포의 진세를 바라보니 예전 항우의 군대를 다시 보는 것 같았다. 고제는 섬뜩하면서도 그런 경포가 밉살맞기 짝이 없었다. 때마침 말을 타고 진두에 나와 성 위를 올려다보는 경포를 보고 큰 소리로 꾸짖었다.

"이놈 경포야, 내 너를 박대한 적이 없거늘 너는 도대체 무엇이 아쉬워 모반하였느냐?"

그러자 경포가 한번 망설이는 법도 없이 대답했다.

"나도 황제가 되고 싶을 뿐이오!"

그 소리에 고제는 몹시 성이 났다.

"네놈이 찢어진 입이라고 너무 함부로 지껄이는구나. 신안에서 죄 없는 항병 20만을 땅에 묻어 죽인 그 흉성(凶性)이 어디서 비롯되었는지 알겠다. 내 반드시 너를 사로잡아 그 자발없는 혀를 뽑고, 네 살점으로 젓을 담가 천하에 돌려 다시 한번 제후들의 경계로 삼게 하겠다."

그렇게 경포를 꾸짖고는 장졸을 휘몰아 나가 크게 싸움을 벌였다. 아직 조참의 군사들이 오지 않은 데다 경포의 군사들은 승세를 타고 있어 쉽지 않은 싸움이었으나, 곧 날이 저물어 양쪽 모두 군사를 거두었다.

다음 날 일찍 경포가 다시 용성 아래로 군사를 몰고 와 싸움을 돋우었다. 고제가 기다리고 있었다는 듯 군사를 마주 내어 아침부터 다시 큰 싸움이 어우러졌다. 우승상 역상이 전군을 이끌고 나가 경포의 선두 진지를 휩쓸고, 이어 거기장군 관영이 낭중기

병을 휘몰아 경포의 오른쪽 날개를 꺾으려 들었다. 태복 하후영
이 모는 고제의 수레가 나서면서 근흡이 이끄는 중군 3만이 다
시 경포의 본진과 맞붙었다.

'경포가 이끄는 초나라 군사들은 사납고 날래니, 부디 그들과
정면으로 창칼을 맞대지 마십시오.'

떠나올 때 장량이 그렇게 당부했으나 성난 고제는 까맣게 잊
고 말았다. 아직도 몸이 쾌차하지 못해 군마로 갈아타고 싸움터
에 몸소 뛰어들지 못하는 게 한탄스러울 지경이었다. 경포도 천
하의 군사들이 다 모이기 전에 승패를 가르고자 싸움을 서두르
니 그 기세가 여간 날카롭지 않았다. 시간이 흐를수록 한나라 장
졸들 쪽이 비세로 몰리기 시작했다.

그런데 갑자기 회남군(淮南軍) 뒤쪽이 수런거리면서 갑자기 한
군을 밀어붙이던 압력이 줄어들기 시작했다. 오래잖아 전령이 달
려와 알렸다.

"폐하께서 이미 경포와 교봉(交鋒)하셨다는 말을 듣고 조(趙)
상국께서 몸소 선봉 3만을 재촉하여 달려오셨습니다."

그 소리에 힘을 얻은 한나라 장졸들이 언제 밀렸냐는 듯 거세
게 되받아쳤다. 고제도 수레 밖으로 몸을 드러내고 장졸들의 기
세를 북돋우었다. 그렇게 되자 그토록 억세던 회남의 군사들도
마침내 어지러워졌다. 앞뒤가 서로를 돌보지 못하고 한 덩어리가
되어 달아나기 시작했다.

그날 황제는 경포의 군사를 30리나 뒤쫓다가 진채를 내렸다.
오래잖아 제나라에서 온 20만이 더해지니 한군의 기세는 하늘을

찌를 듯했다.

한 싸움을 크게 내주고도 경포는 쉽게 기죽지 않았다. 다음 날 다시 패군을 수습하여 황제에게 맞서 왔다. 고제가 전군을 들어 한 번 더 경포를 호되게 몰아붙였다. 이번에도 경포는 적지 않은 군사를 잃고 다시 쫓겼지만 그리 멀리 달아나지는 않았다. 겨우 하루를 달아나 군사를 정비하더니 사흘째 되던 날 또다시 역습으로 나왔다.

"오늘은 반드시 얼굴 퍼런 도적을 사로잡아야 한다. 짐이 친히 진두에 나가 그대들의 무용을 보리라!"

성을 참지 못한 고제가 융장(戎裝)을 갖추고 태복 하후영이 모는 전거에 오르면서 여러 장수들을 향해 소리쳤다. 그런데 그 욕심이 결국 일을 내고 말았다.

그날 경포는 자신의 용력만 믿고 예전의 항우를 흉내 내 이겨 보려 했다. 곧 정병 3만을 추려 내어 자신이 친히 이끌고, 큰 도끼로 쪼개듯 황제가 있는 한나라 중군을 단숨에 돌파함으로써, 토막 나 혼란된 한나라 대군을 하나씩 격파해 나가려는 전략이었다. 경포는 돌격하기 전에 한나라 중군에 화살 비부터 퍼부었는데, 그중의 하나가 고제의 어깻죽지를 맞혔다. 전포에 갑옷을 걸친 데다 멀리서 날아온 유시(流矢)라 다행히도 화살촉이 고제의 살갗을 찢는 데 그쳤다. 하지만 예순이 넘은 나이에 여러 날 병 끝이라 허약해져서인지 고제는 화살을 맞은 충격을 이기지 못해 뒤로 쓰러지면서 전거에서 떨어지고 말았다.

고제는 곧 일어나 화살을 뽑아 던지고 뒤따르던 수레로 태연히 옮겨 앉았으나, 그 광경을 본 장졸들은 적지 아니 흔들렸다. 그런데 마치 그런 동요를 노린 듯이나 경포의 3만 정병이 한나라 중군을 찔러 오니, 일순 싸움은 경포의 뜻대로 풀려 가는 듯했다. 하지만 고제를 따라온 장수들이 워낙 역전의 맹장들이었고, 수십만 대군 중에서 골라 뽑은 군사들로 이루어진 중군의 수비벽은 두터웠다. 경포의 군사들이 기세 좋게 뚫고 들기는 하였으나 중군을 둘로 쪼개지는 못하였다. 거꾸로 에워싸여 사로잡히는 것을 면하고 어렵게 뚫고 나간 게 고작이었다.

그날 싸움에서 다시 몰린 경포는 그나마 차지했던 초나라 땅을 모두 내놓고 회수를 건너 제 땅으로 밀려났다. 고제도 대군과 함께 회수를 건너 경포를 뒤쫓으려 했다. 그런데 뜻밖으로 화살 맞은 자리가 덧나면서 그럴 수가 없게 되었다. 화살촉에 얕게 찢긴 자리가 부어오르면서 열이 나고 어깻죽지 전체가 쇠몽둥이에 얻어맞은 것처럼이나 욱신거려 수레에 앉아 있기가 어려웠다. 이에 고제는 관영과 조참에게 군사를 나누어 주며 회수를 건너 경포를 쫓게 하고 자신은 회북에 머물러 다친 몸을 돌보기로 했다.

관영과 조참은 회수를 건너기 전에 경포가 회수 북쪽에 흩뿌려 둔 별장들부터 쓸어 뒤를 깨끗이 했다. 경포는 기현뿐만 아니라 죽읍, 상(相), 소(蕭), 유(留) 같은 곳에도 장졸을 나눠 보내 자신의 세력 아래 거둬 두고 있었다. 관영과 조참은 길을 나눠 그들을 치고 경포 때문에 어지러워진 부근 성읍들을 모두 평정하였다.

관영과 조참이 회수를 건너 뒤쫓아 오자 경포는 여러 번 멈추어 싸웠으나, 한번 꺾인 기세를 회복하지는 못했다. 한 12년 10월, 끝내 이끌던 군사를 모두 잃고 회남에서는 더 견딜 수가 없게 된 경포는 남은 군사 백여 명과 더불어 강남으로 달아났다. 그때 장사왕 오신(吳臣)이 보낸 사람이 와서 말했다.

"대왕의 거사를 장안에 고변하기는커녕 은밀히 연결하여 오히려 함께 모반을 꾀했다는 죄목으로 우리 장사왕께서도 성할 수 없게 되었습니다. 이에 장사왕께서는 대왕과 더불어 멀리 월나라로 달아나 훗날을 도모해 보자고 하십니다. 함께 가시겠습니까?"

죽은 지 벌써 10년이 넘었지만 언제 떠올려도 애틋한 첫 아내였다. 그 아내의 오라비가 멀리까지 사람을 보내 하는 말이니 경포는 감격부터 먼저 했다.

"이렇게 구차하게 쫓기는 몸을 잊지 않고 여기까지 찾아 주시니 고맙고 또 고마울 뿐이오. 그래 장사왕은 지금 어디 계시오?"

"인마와 재물을 수습하여 파양으로 오신다고 하였습니다. 지금 파양으로 가시면 대강 장사왕께서 그곳에 이르실 날짜에 맞추실 수 있을 것입니다."

이에 경포는 아무런 의심 없이 장사왕의 사자를 따라 파양으로 갔다. 경포가 파양으로 가니 사자는 자향이라는 마을의 농가에 숨겨 주며 그곳에서 장사왕을 기다리게 했다.

그런데 그날 밤이었다. 한 무리의 자향 사람들이 경포가 숨어 있는 농가에 몰려들어 경포를 죽이고 그 목을 베어 갔다. 하지만 경포의 용력이 남다른 데다 거기까지 경포를 따라간 회남의 군사들도 있어, 그들을 모두 죽이고 경포의 목을 벤 게 자향의 농민들이란 말은 얼른 믿기 어렵다. 거기다가 장사왕 오신은 평안히 살다가 죽어 성왕(成王)이란 시호를 받고, 봉국(封國, 장사국)은 그 아들 오고(吳固)에게로까지 이어지는 걸로 보아 경포의 죽음은 아무래도 장사왕 오신의 독한 솜씨에 걸린 결과인 듯하다. 곧 경포의 모반에 연루되어 죽게 될까 걱정한 오신이 사자를 보내 경포를 파양으로 꾀어 들여 자향 농가에 숨겨 주는 척해 놓고, 밤중에 미리 숨겨 두었던 정병으로 그곳을 들이쳐 경포를 죽인 것으로 보인다.

경포의 목이 장중(帳中)에 이르자 고제는 비로소 가슴을 쓸며 뒷일을 마무리했다. 일곱째 아들 장(長)을 내세워 회남왕으로 삼고, 처음 고변한 비혁은 기사후(期思侯)에 봉하였으며, 경포와 싸웠던 장수들도 모두 그 공에 따라 작록을 더하였다. 장사왕 오신이 경포의 죄에 연루되지 않고 대를 이어 봉국을 유지할 수 있게 된 처분이 내려진 것도 그때였을 것이다.

대풍가(大風歌)

고제는 관영과 조참이 군사들을 이끌고 돌아오기를 기다려 친정(親征)의 어가를 장안으로 돌렸다. 그러나 그 어떤 예감에 이끌렸던지 바로 장안으로 돌아가지 않고 고향 패현을 둘러서 가게 했다. 패현에는 이미 몇 해 전에 패궁(沛宮)이라 불리는 행궁이 지어져 있었는데, 잇따른 내우와 외환에 이끌려 다니느라 고제는 한 번도 그곳에 지긋이 머물러 보지 못했다.

고제는 그 패궁에 자리를 잡고 크게 잔치를 열어 옛 친구들과 마을의 부로며 그 자제까지 모두 불러 모아 마음껏 술을 마시며 즐겼다. 그리고 한편으로는 패현의 아이 1백20명을 골라 그들에게 자신이 지은 노래를 가르치게 했다. 술이 거나해지자 고제는 몸소 축(筑)을 타며 스스로 지은 노래를 불렀다.

큰바람 몰아침이여, 구름 날아오르도다.

[大風起兮雲飛揚]

천하에 위엄을 떨치고 고향으로 돌아왔노라.

[威加海內兮歸故鄉]

어찌하면 매서운 용사를 얻어 사방을 지켜 내리.

[安得猛士兮守四方]

　그리고 그 노래를 가르친 아이들에게 따라 부르게 하더니, 끝내는 축을 밀어 두고 자리에서 일어나 춤을 추었다. 자신이 새로연 왕조를 위협할 수 있는 세력들을 마침내 모두 꺾었다는 자부와 안도 때문일까? 아니면 머지않은 자신의 최후를 예감한 데서 온 허망감 때문일까? 고제는 강개(慷慨)와 상회(傷懷)에 아울러 젖어 눈물을 줄줄이 흘렸다. 그러다가 문득 처연한 얼굴로 패현의 부로들을 바라보며 말하였다.

　"나그네는 고향을 그리워하기 마련이니, 내가 비록 관중에 도읍하고 있으나, 만세 뒤라도 내 넋과 얼은 이 땅 패현을 사랑하고 그리워할 것이오. 또한 짐은 패공일 때부터 폭역(暴逆)한 자들을 주살하여 마침내 천하를 얻게 되었으니, 이제 짐은 패현을 탕목읍(湯沐邑, 여기서는 천자의 사유지)으로 삼아 대대로 이곳 사람들이 부역이나 조세를 바치는 일이 없게 하겠소."

　그 말에 듣는 이들이 모두 기뻐하면서도 숙연해했다.

　이어 고제는 소문을 듣고 몰려든 패현의 부형들과 친족의 백숙모 및 옛날의 친구들과 어울려 날마다 유쾌하게 술을 마시고 지난 일을 담소하며 즐겼다. 그사이 고제가 패궁에 머문 지 열흘이 지났다. 고제가 장안으로 돌아가려고 하자 패현의 부형들이 고제에게 며칠 더 머물기를 간곡하게 청했다.

"나를 따르는 사람이 너무 많아서 내가 오래 여기 머물면 부형들께서 그들의 뒤를 댈 수가 없을 것이오."

고제가 그렇게 사양하고 패궁을 나서 장안으로 돌아가려 하자 패현 사람들이 고을을 텅 비워 놓고 서쪽으로 따라가 고제를 배웅하며 술과 고기를 바쳤다. 이에 감격한 고제가 거기에 장막을 치고 사흘이나 더 머물러 그들과 술을 마셨다. 그런데 고제가 장안으로 길을 떠날 무렵 하여 패현의 부형들이 다시 고제 앞에 머리를 조아리며 말했다.

"패현은 폐하의 은덕을 입어 부역과 조세를 면제받았으나 풍읍은 면제를 받지 못했습니다. 폐하께서는 부디 풍읍 사람들을 불쌍히 여겨 주옵소서."

그러자 고제가 조금 전까지 함께 담소하며 정을 나누던 사람 같지 않게 굳은 얼굴이 되어 말했다.

"풍읍은 내가 태어나고 자란 곳이라 내게는 결코 잊을 수 없는 땅이오. 다만 지난날 그곳 사람들이 나를 저버리고 옹치(雍齒)를 따라 위나라를 도왔기 때문에 그렇게 한 것이오. 오랜 세월이 지나도 그 일을 영 잊을 수가 없구려."

그리고 무겁게 고개를 젓다가, 패현의 부형들이 거듭 간절하게 빌자 풍읍에도 부역과 조세를 면제해 주어 패현과 같게 했다. 그리고 패후(沛侯)로 있던 둘째 형 유중(劉仲)의 아들 비(濞)를 오왕

(吳王)으로 높여 봉하였다.

그 전해 진희가 모반을 일으켜 고제가 친히 대군을 이끌고 토벌하러 갔을 때의 일이었다.

아직 싸움이 한창인데 한신이 장안에서 진희와 내통하려 하자 여후가 소하의 계책을 써서 회음후를 주살하였다는 소식이 왔다. 이에 고제는 승상 소하를 한나라의 상국으로 삼고 식읍 5천 호를 더하면서 아울러 도위 하나에 군사 5백 명을 딸려 상국을 호위하게 하였다.

소하와 가깝게 지내는 조정 대신들과 많은 친지들이 소하를 찾아보고 그 일을 축하했다. 그러나 진나라 때 동릉후(東陵侯)를 지낸 적이 있는 소평(召平)이란 사람은 다른 이들과 달리 조의를 나타냈다. 소평은 진나라가 망하자 벼슬을 잃은 데다 집이 가난하여 장안성 동쪽에서 오이 농사를 짓고 살았다. 그런데 치포(治圃)에도 남다른 재주가 있어 그가 기른 오이는 맛이 매우 좋았다. 사람들은 그 오이에 그의 옛 봉호를 붙여 '동릉과(東陵瓜)'라 부르며 별나게 여겼다.

그런 소평이 난데없이 조의를 나타내자 소하가 그 까닭을 물었다. 소평이 가만히 소하에게 일러 주었다.

"내가 조문을 한 것은 화가 이로부터 시작될 것이기 때문입니다. 지금 황제께서는 밖에서 바람서리를 맞으시며 힘든 싸움을 하고 계시는데, 그대는 안에서 지키며 화살과 돌이 쏟아지는 싸움터의 어려움[矢石之事]을 겪지 않고 있습니다. 그런데도 황제께서는 그대에게 봉지를 더해 주었을 뿐만 아니라 호위까지 붙여 주셨습니다. 이는 회음후가 방금 안에서 모반을 꾀한 터라, 황제께 그대까지 의심하는 마음이 생겼기 때문입니다. 호위를 붙여 그대를 지키게 하는 것은 결코 그대를 총애해서가 아닙니다. 그대는 부디 봉지를 사양하여 받지 말고, 집안의 사재를 모두 털어 황제의 전비에 보태도록 하십시오. 그러면 황제께서 기뻐하실 것입니다."

이에 소하는 그가 시키는 대로 따랐고, 고제는 과연 크게 기뻐하였다.

그해 고제가 경포를 치러 떠났을 때도 진희를 토벌할 때와 마찬가지로 소하는 관중에 남아 백성들을 다독이고 싸움에 쓰일 물자와 장정을 댔다. 그런데 경포의 모반에 자극받은 것인지 고제에게 다시 힘 있는 공신들을 의심하는 고질이 도졌다. 이번에는 소하를 의심하여 여러 차례 사람을 관중으로 보내 소하가 무엇을 하고 있는지 살펴보고 오게 했다.

그런 일이 거듭되자 오래잖아 소하도 황제가 자신을 의심하여 몰래 살피고 있다는 걸 알아차렸다. 더욱 삼가고 조심하며 관중을 다스리고, 자신의 재산까지 털어 보탤 만큼 황제에게 군비를 대는 데도 정성을 다했다. 그때 소하의 집에 드나들던 빈객 하나가 홀로 소하를 찾아보고 말했다.

"이대로 계시다가는 그대 일족이 모조리 죽임을 당하는 것도 머지않았습니다. 그대는 이 나라의 상국이고, 세운 공은 으뜸이니 여기에 무엇을 더하겠습니까? 그런데도 그대는 처음 관중에 들어온 때부터 백성들의 인심을 얻어 벌써 10년이 넘었습니다. 백성들은 모두 그대를 따르고, 그대도 언제나 부지런히 힘써 백성들과 잘 지내고 있습니다[常復孳孳得民和]. 황상께서 여러 차례 사람을 보내 요즘 그대가 무얼 하는지 살펴보게 하신 것은 그대가 그 백성들을 이끌고 안에서 관중을 흔들어 댈까 두려워해서입니다. 어찌하여 그대는 백성들로부터 많은 전지를 헐값으로 사들여 싸게 외상으로 팔거나 빌려 줌으로써 스스로 이름을 더럽히지 않습니까? 그렇게 하여 인심을 잃으면 황상께서는 비로소 마음을 놓으실 것입니다."

그 말에 소하는 속으로 씁쓸해하면서도 그 빈객이 시키는 대로 했다. 그 소문을 들은 고제는 정말로 기뻐하며 더는 사람을 보내 소하를 살피지 않았다.

고제가 경포를 쳐부수고 장안으로 돌아오는데 백성들이 길을 막고 글을 올려 소하를 고발하였다.

"상국 소하가 백성들에게 억지로 싼값에 땅과 집을 팔게 하여 그렇게 사들인 것이 수천만 전어치나 됩니다."

고제는 백성들이 올린 글을 모두 거두어 갈무리하게 하고 장안으로 돌아왔다. 상국 소하가 누구보다 먼저 배알하러 오자 고제가 웃으며 말했다.

"상국은 이와 같은 방도로 백성들을 이롭게 하였는가?"

그리고 백성들이 올린 글을 모두 소하에게 내주며 말하였다.

"그대 스스로 백성들에게 사죄하라."

그런데 소하가 거기서 그만 큰 실수를 하고 말았다. 황제의 의

심이 풀렸다 싶자, 진작부터 백성들을 위해서 하고 싶었던 주청을 그 자리에서 올렸다.

"장안은 땅이 좁은데 상림원(上林苑)에는 많은 공터가 버려져 있습니다. 바라건대 백성들에게 그 안으로 들어가 농사를 짓게 하여 곡식은 거두어 가되 볏짚이나 보릿짚은 남겨 짐승들의 먹이로 삼게 할 수 있도록 윤허하여 주시기 바랍니다."

백성들을 쥐어짜 원성이 높은 상국과는 너무 어울리지 않는 말이었다. 그 말에 고제가 몹시 성을 내며 큰 소리로 소하를 꾸짖었다.

"상국이 장사치들의 재물을 많이 받아먹었구나. 그들을 위해 감히 내 상림원을 내놓으라고 하다니!"

그러고는 상국 소하를 정위에게 보내 차꼬와 수갑을 채우고 옥에 가두게 하였다. 아마도 상림원을 내놓으라는 것보다는 소하가 일부러 백성들에게 못된 짓을 해 자신을 속인 게 더 괘씸했을 것이다.

며칠 뒤 왕씨 성을 가진 위위(衛尉)가 고제 앞으로 나아가 물었다.

"상국이 무슨 큰 죄를 지었기에 폐하께서는 그토록 엄하게 묶어 가두셨습니까?"

"짐은 이사(李斯)가 시황제의 승상으로 있을 때 좋은 일은 주군에게 미루고 나쁜 일은 자신에게로 돌렸다고 들었소. 지금 상국은 장사치들에게서 많은 재물을 받아먹고도 백성들을 위한답시고 내 상림원을 내놓으라고 하고 있소. 이는 백성들에게 잘 보이려고 하는 짓이니, 그를 묶어 가두고 그 죄를 엄히 다스리려 하오."

고제가 정작 괘씸하게 여기는 일은 쏙 빼고 소하가 받아먹지도 않은 뇌물 얘기만 내세워 그렇게 받았다. 왕위위가 차분히 말하였다.

"무릇 맡은 바 직책에 따라, 그렇게 하는 것이 백성들에게 편할 것 같으면 그렇게 하자고 주청드리는 것이 참으로 재상이 할 일입니다. 그런데 폐하께서는 어찌하여 상국이 장사꾼들로부터 돈을 받았다고 의심하십니까? 폐하께서는 여러 해 초나라와 맞서셨고, 또 진희와 경포가 모반을 일으키자 몸소 군사를 이끌고 가서 다스리셨습니다. 그때 상국은 관중을 지키고 있었는데, 만약 상국이 비틀하여 딴마음을 품었다면 함곡관 서쪽의 땅은 폐하의 것이 되지 못했을 것입니다. 상국은 그때에도 이로움을 좇지 않는데, 이제 와서 장사꾼들의 돈을 받아 이로움을 취했겠습니까? 더군다나 진나라는 자신의 허물을 들으려고 하지 않아 천하를 잃은 것인데, 이사가 그 허물을 나누어 가진 것이 무슨 본받을 만한 일이겠습니까? 폐하께서는 어찌하여 승상의 뜻이 그리도 얕다고 의심하십니까?"

고제는 그와 같은 왕위위의 말을 기쁘게 듣지 않았다. 하지만 그날로 부절(符節)을 지닌 사자를 정위에게 보내 소하를 풀어 주게 하였다. 그때 소하는 많이 늙은 데다, 평소에도 공손하고 삼가는 사람이었다. 풀려나자 바로 고제를 찾아보고 맨발로 나아가 죄를 빌었다. 고제가 통명스럽게 말하였다.

"상국은 그만 하시오. 상국은 백성들을 위해 상림원을 내놓으라 하였고, 나는 허락하지 않았으니 나는 걸(桀)이나 주(紂) 같은 임금에 지나지 않고 상국은 어진 재상이오. 내가 상국을 가둔 것은 백성들의 귀에 내 허물이 들어가도록 하기 위함이었소."

명암과 곡직(曲直)이 뒤엉킨 고제 유방의 특이한 개성을 잘 드러내는 마무리였다.

얼마 뒤 번쾌와 주발이 마침내 대 땅을 평정하고 당성(영구라는 기록도 있다.)에서 진희를 잡아 죽인 뒤 돌아왔다. 고제는 진희와 조리(趙利)에게 위협을 당해 그를 따르는 척했던 대 땅의 관리들과 백성들을 모두 사면해 주고, 항복해 온 진희의 장졸들도 너그럽게 받아들이게 했다.

그런데 항복한 진희의 부장 하나가 놀라운 일을 번쾌에게 알려 주었다.

"전에 진희가 처음 모반을 꾀할 때 연왕(燕王) 노관도 진희의 거처에 사람을 보내 함께 음모를 꾸몄습니다."

그 말을 전해 듣고 놀란 고제가 진희의 부장을 불러 물었다.

"전에 짐이 진희를 칠 때 연왕 노관도 군사를 내어 진희가 차지한 대나라의 동북쪽을 쳤다. 거기다가 노관은 짐과 같은 날, 같은 땅에서 났고, 또 어려서부터 짐과 한 몸처럼 붙어 지냈는데 어떻게 해서 진희와 짜고 그 모반을 거들었다는 것이냐?"

"제가 들은 바로는 이렇습니다. 연왕이 대나라 동북쪽을 치자 진희가 왕황(王黃)을 흉노로 보내 구원을 요청했습니다. 그때 연왕도 또한 장승(張勝)을 흉노에 사신으로 보내, 진희가 이미 격파되었다는 말을 전하게 함으로써 흉노가 함부로 움직이지 않도록 하려 했습니다. 그런데 장승이 흉노 땅에 이르러 보니 예전 연왕 장도의 아들 장연(臧衍)이 그리로 도망 와 있다가 장승에게 일러 주었다고 합니다.

'공이 연나라에서 무겁게 쓰이는 까닭은 오랑캐 땅의 사정에 밝기 때문입니다. 또 지금의 연나라가 오래 존속해 온 것은 제후들이 자주 모반을 일으키고 서로 군대를 연결하여 승패를 쉽게 결정짓지 못하기 때문입니다. 지금 공은 연나라를 위하여 진희 같은 이들을 빨리 쳐 없애려 합니다만, 그들이 없어지고 나면 그 다음에는 연나라에 화가 미칠 것이며, 마침내는 공도 사로잡히는 몸이 되고 말 것입니다. 그런데도 공은 어찌하여 진희를 공격하는 일을 늦추고 흉노와 화친하도록 연왕께 말씀드리지 않습니까? 변방의 일이 느슨해져 싸움을 오래 끌게 되면 연왕께서는 오랫동안 왕의 자리를 지킬 수 있을 것입니다. 또 한나라가 급해지면 연나라는 오히려 편안해질 것입니다.'

이에 장승도 그 말을 옳다 여기고 남몰래 흉노로 하여금 진희를 도와 연나라를 치게 했습니다. 연왕 노관은 처음 장승이 오랑캐와 공모하여 연나라를 저버렸다고 의심하고 그 일족을 잡아 죽여야 한다는 글을 조정에 올렸습니다……"

진희의 부장이 고제의 굳은 얼굴에 공연히 주눅 들어 하면서도 그렇게 아는 대로 길게 말했다. 거기까지 들은 고제가 그 부장의 말을 끊었다.

"노관에게서 그와 같은 글을 받은 적이 있다. 하지만 노관은 곧 그 죄를 묻고 그 일족을 벌주지 않았느냐?"

그렇게 묻는 고제의 얼굴은 오히려 그 부장의 거짓을 캐고 있는 것처럼 굳고 엄했다. 진희의 부장이 겁먹은 눈길로 대답했다.

"하지만 죽은 것은 장승을 따라갔던 관원과 그 일족이었습니다. 연왕 노관은 오히려 그들을 죽여 입을 막고 장승은 그 일족과 함께 흉노로 달아나게 해 연나라의 첩자 노릇을 하게 했습니다. 그리고 범제(范齊)란 장수를 진희에게 보내 몰래 돕게 함으로써 한나라와의 싸움을 오래 끌도록 하고 얼른 승패가 갈라지는 것을 막았습니다."

그래도 고제는 노관의 모반을 믿을 수가 없었다. 얼른 사자를 연나라로 보내 노관을 장안으로 불렀다. 하지만 연왕 노관은 몸이 아프다는 핑계로 황제의 부름을 듣지 않았다.

그제야 의심이 든 고제가 벽양후(僻陽侯) 심이기(審食其)와 어사대부 조요(趙堯)를 보내 연왕 노관을 데려오게 하고 아울러 연왕 좌우의 사람들도 심문해 보게 하였다. 그렇게 되자 노관은 더욱 두려워 문을 닫고 숨으면서, 자신이 믿는 신하에게 말하였다.

"이제 유씨(劉氏)가 아니면서 왕이 되어 살아남은 것은 이 노관과 장사왕 오신뿐이다. 지난해 봄에 한(漢) 조정은 회음후 한신을 멸족하고 여름에는 팽월을 베어 죽였다. 경포가 모반을 일으킨 것도 그러지 않을 수 없도록 몰아간 형적이 있다. 이는 모두 여후의 계략이다. 지금 황상께서는 병이 깊으시어 모든 나랏일을 여후에게 맡겨 두고 있다. 여후는 속 좁고 표독스러운 여인이라

성이 다른 왕과 제후를 죽이는 것을 일삼고 있으니, 내 무얼 믿고 벽양후를 따라나설 수 있겠는가."

그러고는 기어이 장안으로 가지 않았다. 노관 좌우에 있던 신하들도 모두 도망해 숨어 버렸다. 이에 심이기는 노관을 데려가지도 못하고 그 좌우를 제대로 심문해 볼 수도 없었으나, 노관이 한 말은 어떻게 전해 들을 수가 있었다. 장안으로 돌아가 고제에게 자세히 그 일을 말하였다.

그 말을 듣고 성이 난 고제는 더욱 널리 노관이 모반한 증거를 찾게 했다. 오래잖아 흉노에서 항복해 온 장수 하나가 고제에게 알렸다.

"전에 진희의 부장이 한 말이 한 치도 어김이 없습니다. 신이 흉노에 있을 때 장승이 그리로 도망해 와 있었는데, 연나라의 사신 대접을 받고 있었습니다."

그 말을 듣자 고제도 비로소 노관의 모반을 믿게 되었다.

"노관이 참으로 나를 저버렸구나!"

그렇게 탄식하면서 번쾌에게 대군을 주어 연나라를 치게 하였다.

연왕 노관은 가까이 부리던 궁인과 가속에다 기병 수천을 이끌고 장성(長城) 아래로 달아나 돌아가는 형편을 살폈다. 고제의 병이 나으면 자신이 들어가 죄를 빌고 용서를 빌기로 하되, 그전에 일이 급해지면 흉노로 달아나기로 작정했다.

한 12년 2월 봄이 깊어지면서 경포와 싸울 때 다친 상처가 덧나면서 시작된 고제의 병도 점점 깊어졌다. 그러자 다시 마음이 급해진 척부인이 고제에게 자신이 낳은 조왕(趙王) 유여의(劉如意)를 태자로 세워 달라고 울며 졸라 댔다. 고제도 병심에서인지 더는 미룰 수 없다 여겨 오래 논란이 되었던 그 일을 또다시 꺼냈다. 먼저 유후 장량이 나서서 고제를 말렸다.

"국저(國儲)는 나라의 바탕입니다. 또다시 태자를 폐하고 세우는 논의로 나라의 바탕을 흔들어 대서는 아니 됩니다."

하지만 황제도 그때는 마음이 급해져 있었다. 장량이 말려도 듣지 않고 그 논의를 거두어들이려 하지 않았다. 이에 장량은 병을 핑계로 조정에 나오지 않았다. 그때 태자태부(太子太傅) 숙손통이 나섰다.

"옛날에 진(晉)나라 헌공(獻公)은 총애하는 여희(驪姬) 때문에 태자 신생(申生)을 폐하고 해제(奚齊)를 태자로 세웠습니다. 그 때문에 진나라는 수십 년 동안 혼란스러웠으며 헌공은 천하의 웃음거리가 되었습니다. 진(秦)나라는 맏이 부소(扶蘇)를 일찍이 태자로 정하지 않았기 때문에 조고로 하여금 황제의 명을 사칭하여 호해(胡亥)를 태자로 세울 수 있게 만들었습니다. 이 때문에 시황제는 스스로 선조의 제사를 끊어지게 하였으니, 이는 폐하께서 친히 보신 일입니다.

지금 태자께서 어질고 효성스러운 것은 천하 사람들이 다 알고 있습니다. 그리고 여후께서는 폐하와 함께 하찮고 맛없는 음식을 드시면서[攻苦食啖] 고생하셨는데 어찌 저버리실 수 있겠습니까? 만약 폐하께서 굳이 태자를 폐하고 어린 여의를 세우려 하신다면 신은 먼저 죽음을 청하여 신의 잘린 목에서 솟구치는 피로 이 땅을 적시겠습니다!"

그 말을 듣자 고제는 섬뜩해서 한 걸음 물러났다.

"경은 그만하라. 짐이 그저 농담으로 한번 해 본 소리니라."

그렇게 얼버무리는데 숙손통은 물러나지 않고 말했다.

"태자는 천하의 근본이니, 근본이 한 번 흔들리면 천하가 진동하게 됩니다. 그런데 폐하께서는 어찌 천하의 큰일을 가지고 농담을 하십니까?"

"알겠소. 경의 말을 따르겠소."

황제는 얼른 그렇게 말해 숙손통의 입을 막았으나, 그래도 속으로는 태자를 바꾸려는 마음을 버리지 않았다. 그런데 어느 날 궁궐에서 큰 잔치가 열리고, 태자 영(盈)이 황제의 술자리를 곁에서 모시게 되었을 때였다. 태자 곁에 네 사람의 늙은이가 따르고 있었는데, 모두 나이 여든이 넘어 보였고, 수염과 눈썹이 희며, 의관이 매우 위엄이 있었다. 황제가 기이하게 여겨 좌우를 돌아보며 물었다.

"저들은 무얼 하는 사람들인가?"

그 말을 들은 네 사람이 모두 고제 앞으로 나가 스스로 이름을 밝혔다.

"이 늙은것은 상산에 숨어 살았는데 세상 사람들에게는 동원공(東園公)이라 불리었습니다."

"이 늙은것은 동원공과 함께 지냈는데, 세상 사람들은 저를 녹리선생(甪里先生)이라 일컫습니다."

"신은 기리계(綺里季)로 세상에 알려져 있습니다."

"신은 하황공(夏黃公)으로 불립니다."

네 사람이 그렇게 자신을 밝히자 고제도 그들이 세상에서 상산사호(商山四皓)라 일컫는 은사(隱士)들임을 알아보았다. 흠칫 놀라며 그들에게 물었다.

"짐은 공들을 가까이하고자 하였으나, 공들은 기어이 짐을 피해 달아나 숨었다. 그런데 이제는 어찌하여 이같이 태자를 따라 노니는가?"

그와 같은 황제의 물음에 네 사람이 입을 모아 답하였다.

"폐하께서는 선비를 가볍게 여기시고 꾸짖기를 잘하시니 저희들은 행여 의(義)에 욕되지나 않을까 두려운 마음에 달아나 숨었던 것입니다. 그런데 듣자 하니, 태자께서는 사람됨이 어질고 효성스러우시며, 사람을 공경하고 선비를 사랑하시어, 천하에 태자를 위해 죽고자 길게 목을 빼고 기다리지 않는 이가 없다 하였습니다. 이에 저희들도 그와 같은 태자의 덕을 지켜 드리고자 이리로 달려온 것입니다."

"번거로우시겠지만 공들께서는 끝까지 우리 태자를 돌보아 주시기를 바라오."

황제도 그렇게 상산사호의 말을 받는 수밖에 없었다. 그러자 그들 네 사람은 황제에게 공손하게 축수를 드리고 서둘러 자리를 떠났다. 고제가 눈길로 그들을 배웅하다가 문득 척부인을 곁으로 불러 그들을 가리키며 말했다.

"짐이 태자를 바꾸어 보려 하였으나 저 네 사람이 지키고 도와 이미 태자의 깃과 나래[羽翼]가 이루어졌으니 이제는 움직이기 어렵게 되었소. 아무래도 짐이 죽은 뒤에는 여후(呂后)가 그대의 주인이 될 듯하오."

그 말에 척부인이 눈물을 흘렸다. 고제가 척부인을 측은하게 바라보다가 말했다.

"짐을 위해 초나라 춤을 춰 보오. 짐도 부인을 위해 초나라 노래를 부르리다."

그러고는 큰 소리로 노래하였다.

큰 고니와 기러기 높이 날아	[鴻鵠高飛]
한꺼번에 천 리를 나는도다.	[一擧千里]
깃과 깃촉 이미 다 자라나	[羽翮已就]
온 세상을 가로지르며 나네.	[橫絶四海]
온 세상을 가로지르며 난들	[橫絶四海]
마땅히 또 어떻게 하겠는가.	[當可奈何]
실 맨 살과 화살이 있다 한들	[雖有矰繳]
오히려 어디에 쓸 수 있으리오.	[尙安所施]

10년 전 팽성의 어느 봄날, 그때도 척부인과 함께 부른 적이 있는 노래였다. 그때는 높이 나는 고니와 기러기가 자신이었고, 다섯 제후 왕과 56만 대군으로 서초의 도읍 팽성을 둘러 뺀 일은 이미 다 자란 자신의 깃과 깃촉이었다. '이제 패왕 항우가 돌아온다 한들 어찌하겠는가?' 하며 기세를 올리는 노래였으니 흥겨울

수밖에 없었다. 그러나 이제는 그 고니와 기러기가 태자 영이 되고, 자신은 사랑하는 척부인과 어린 여의를 어쩔 수 없이 그 태자와 여후의 손에 맡기고 세상을 떠나야 하니, 그 가락이 절로 처량해지지 않을 수 없었다.

그로부터 몇 달 지나지 않아 다가올 참혹한 운명이 어떤 예감으로 그녀의 의식에 닿아 온 것일까? 고제의 청을 받들어 춤을 추면서도 척부인은 연신 탄식과 눈물을 내쏟았다. 거기에 고제의 음울한 표정과 비장한 음색이 더해지니 그들의 춤사위와 노래는 천 근의 무게로 좌중의 가슴을 짓눌렀다. 그 술자리에 여후가 있었다면, 뒷날 척부인의 몸을 빌어 표현된 그 잔학한 살의는 아마도 거기서 다져졌을 것이다. 이윽고 노래를 끝낸 고제가 흐느끼는 척부인을 부축하며 자리를 뜨자 주객 모두에게 힘들었던 그 술자리도 끝이 났다.

조왕 유여의를 태자로 만들 수 없게 되자 고제는 사나운 여후에게서 사랑하는 셋째 아들을 지키기 위해 여러 길로 손을 썼다. 가장 먼저 한 일은 그때까지 장안에 있던 조왕을 조나라로 보내 여후의 눈에 띄지 않게 하는 일이었다. 조나라 상국으로 여의에게 딸려 보내는 주창에게도 다시 한번 간곡하게 당부했다.

"부디 여의를 잘 지켜 주시오. 짐도 혼백이나마 공을 돕겠소."

그리고 곁에 남은 척부인에게도 한 번 더 다짐을 받았다.

"내가 죽으면 여후는 어김없는 당신의 주인이오. 부인도 죽은 듯 여후의 뜻을 받들고 결코 그녀에게 거역하지 마시오. 그래야만 부인을 지키고 여의를 지켜 낼 수 있을 것이오."

호혜태자를 불러 당부를 되풀이하기도 잊지 않았다.

"천명이 네게 있어 네가 나를 이을 것이나, 한 나라의 황제 노릇하기가 그리 만만하지는 않을 것이다. 너는 어미의 사나움을 잘 알 터, 내가 죽으면 반드시 여의를 해치려 들 것이니 네가 그 어린것을 지켜 주어라. 제 혈육도 지키지 못하면서 어찌 천하 만민을 다스릴 수 있겠느냐? 나는 귀신이 되어서라도 너희 형제를 지켜보겠다."

고제는 그 밖에도 알게 모르게 여러 대신과 장군들에게 탁고(託孤)하듯 여의를 당부했다.

여러 장군들 가운데도 번쾌는 고제가 건달로 패현 저잣거리를 떠돌 때부터 고제를 따라다니며 그 주먹 노릇을 하던 사람이었다. 패공으로 몸을 일으킨 다음에는 든든한 갑주나 방패처럼 언제나 곁에서 고제를 지키다가, 고제가 앞서야 할 때가 오면 그 칼과 도끼가 되어 적의 선두를 쪼개었다. 거기다가 여후의 아우 여수(呂須)를 아내로 삼고 있어 고제와 사사롭게는 동서 간이 되다 보니 고제와는 어느 장군보다 가까웠다. 따라서 고제는 누구보다도 번쾌에게 조왕 유여의를 부탁하고 싶었다.

"가서 무양후 번쾌를 들라 이르라."

어느 날 고제가 신열에 들떠 졸고 있다가 문득 좌우를 돌아보고 말했다. 하지만 그때 번쾌는 좌승상으로서 대군을 이끌고 모반을 꾀한 연왕 노관을 치러 가고 없었다. 병중이라 깜빡 그 일을 잊은 것인데, 명을 받는 내시의 말이 묘하게 꼬여 있었다.

"황송하오나 무양후는 지금 대군을 이끌고 연나라에 계십니다. 그런데 폐하께서는 무양후를 불러 죄를 주시려 하는 것입니까? 아니면 다른 대신들에게 하셨듯 조왕을 부탁하시려는 것입니까?"

그제야 고제도 얼마 전 번쾌에게 대군을 주어 연나라로 보낸 일을 기억해 냈다. 그러나 내시의 말이 묘하게 꼬여 있어 그냥 넘길 수 없었다.

"그게 무슨 말이냐? 나는 번쾌에게 여의를 잘 돌봐 달라고 당부하려 한다. 그런데 죄를 주다니 무슨 소리냐?"

"무양후께서는 설령 여기 계신다 해도 결코 조왕을 지켜 주시지 못할 것입니다. 사사롭게는 처형이 되는 황후 마마의 사람이 되어 손을 쓸 때만 기다리고 있다는 소문입니다."

"때만 기다리다니? 손을 쓴다는 것은 또 무슨 소리냐?"

고제가 다시 치솟는 신열에 몸을 떨며 그렇게 물었다. 척부인의 사람인 그 내시가 마음먹고 일러바쳤다.

"황제께서 붕어하시기만 하면 무양후는 곧장 군사를 이끌고 궁궐로 들어와 척부인과 조왕의 일족을 모조리 죽이기로 되어 있다고 합니다."

그 말을 들은 고제는 아픈 중에도 벌떡 몸을 일으켜 소리쳤다.

"그렇다면 번쾌가 병든 짐을 보며 오직 짐이 죽기만을 기다렸다는 말인가!"

그러고는 그 자리에서 사람을 보내 먼저 진평부터 불러들였다. 진평이 멋모르고 불려 오자 고제가 시퍼렇게 성난 얼굴을 감추지 않고 물었다.

"짐이 들으니 번쾌가 역적질을 하려 한다고 한다. 그놈을 잡아들여야겠는데, 어찌하면 되겠는가?"

진평은 번쾌가 역적질을 했다는 말이 너무 갑작스러워 얼른 믿을 수 없었으나, 고제가 워낙 서슬 푸르게 다그치니 제대로 물어볼 겨를조차 없었다. 번쾌가 무얼 어떻게 했는지조차 모른 채 그를 잡을 꾀부터 냈다.

"번쾌는 지금 대군을 이끌고 나가 있으니 군사를 일으켜 치려 하다가는 더 큰 우환거리를 만들게 될 것입니다. 강후(絳侯) 주발을 붙여 주시면 제가 직접 연나라로 가서 그를 사로잡아 오겠습니다."

"그 흉물이 대군을 이끌고 있는데 곡역후(曲逆侯)와 강후 둘이서 어떻게 사로잡는단 말인가?"

"다행히 번쾌가 끌고 간 장졸은 폐하께 충성을 다하는 관중의 군사들인 데다 번쾌도 사람됨이 우직하여 응변에 재빠르지 못합니다. 폐하께서 강후 주발에게 부절을 내리시어 번쾌를 대신해 대군을 이끌게 하시고, 다시 제게 조서를 내리시어 대장군에서 해임된 번쾌를 압송하게 하신다면 별 탈 없이 번쾌를 사로잡아 올 수 있을 것입니다."

그 말에 고제는 급히 주발을 불러들인 다음 진평의 계책을 따라 조서를 내렸다.

진평은 급히 역참의 빠른 수레[傳車]에 주발을 태우고 연나라로 가서 주발로 하여금 번쾌를 대신해 대군을 이끌게 하라. 또 진평은 연나라에 있는 우리 군중에 이르는 즉시 번쾌의 목을 베어 장안으로 가져오라!

이에 두 사람은 그날로 역참의 수레를 몰아 연나라로 달려갔다.

그사이에도 고제의 병은 깊어 가 한(漢) 12년 여름 4월에 접어들면서 드디어는 움직이지도 못하고 누워 지내게 되었다. 보다 못한 태후가 천하에 이름 높은 의자를 찾아내 궁궐로 불러들였다. 그 의자가 고제를 배알하고 진맥을 마치자 고제가 물어보았다.

"짐의 병세가 어떠한가?"

"신이 살피건대 폐하의 병은 고칠 수 있습니다."

그러자 고제가 그 의자를 나무라며 말했다.

"나는 포의로 태어나 세 자 칼[三尺劍]을 들고 천하를 얻었으니 이는 천명이 아니겠는가? 사람의 목숨도 또한 천명이니 하늘만이 알 뿐이다. 설령 편작(扁鵲)이 온다 한들 무슨 도움이 되겠는가?"

그리고 기어이 의자에게 치료받기를 마다했다.

"다만 먼 길을 불려 왔으니 그냥 보낼 수 없다. 저 사람에게 황금 50근을 내주어라."

겨우 그렇게 말하고는 다시 혼절과도 같은 잠 속에 빠져 들었다. 잠시 후 고제가 다시 눈을 떴을 때 여후가 조심스레 물었다.

"폐하께서 백세를 살고 가신 뒤라도[陛下百歲後] 만약 소(蕭) 상국이 죽으면 누구로 하여금 그를 대신하게 하는 게 좋겠습니까?"

"조참이 할 수 있을 것이오."

고제가 힘들게 숨을 몰아쉬며 그렇게 대답했다. 여후가 다시 물었다.

"조참 다음에는 누구를 승상으로 삼으면 되겠습니까?"

"왕릉이 할 수 있을 것이오. 그러나 왕릉은 어리석고 굳은 데가 좀 있어[少戇] 진평이 그를 돕도록 하는 것이 좋소. 또 진평은 무슨 일에든 넉넉한 지혜를 갖추고 있으나 그 혼자에게 큰일을 맡기기에는 어려운 데가 있소. 오히려 유씨(劉氏)의 한실(漢室)을 안정시킬 사람은 틀림없이 주발이니 그를 태위로 삼을 만하오."

"왕릉과 진평 다음으로는 누가 있습니까?"

그러자 고제가 귀찮은 듯 가만히 고개를 저으며 말했다.

"그다음의 일은 당신이 알 바가 아니오."

나중에 한나라의 승상은 실제 고조 유방이 말한 순서대로 이어받게 되고, 주발이 태위가 되어 유씨의 한나라를 다시 일으키는 데 중요한 역할을 하게 되는 것도 맞다. 또 여후는 왕릉, 진평 이후의 승상이 누구인지 보지 못하고 죽는다.

만약 고제와 여후가 그런 말을 주고받았다면, 고제는 단순히 신하들의 재능을 잘 알아보는 정도가 아니라, 죽은 뒤에 일어날 조정의 분란까지를 훤히 내다보고 있었다는 뜻이 된다. 하지만 이 대화는 그보다는 여후가 죽은 뒤에 지어져 민간에 돌아다니던 설화가 태사공(太史公) 시절에 채록(採錄)된 것일 가능성이 더 커 보인다.

고제는 4월 갑진(甲辰) 날에 장락궁에서 숨을 거두었다. 10여

년 싸움터를 내달으며 그렇게 많은 사람들에게 죽음을 내린 그였으나, 자신도 끝내 그 죽음을 피할 수는 없었다. 여후는 고제가 죽은 뒤에도 곧 발상하지 않고 가만히 벽양후 심이기를 불러 의논하였다.

"지금의 여러 장군들은 옛날에는 황제와 함께 평민의 호적에 올라 있던 사람들[編戶民]이었으나, 지금은 북면하여 황제를 섬기는 신하의 몸이 되고 말았으니 모두가 그렇게 된 데에 항시 불만을 품어 왔소. 그런데 이제는 황제마저 돌아가시고 어린 군주[少主]를 섬기게 되었으니 그 불만스러움이 오죽하겠소? 지금 저들을 모두 죽이지 않는다면 아마도 천하는 크게 어지럽게 될 것이오."

여인네가 짜낸 것치고는 너무 대담하면서도 끔찍한 계책이었다. 어쩌면 권력이 눈앞으로 다가오자 그녀 내면에서 길러 오던 복수의 악귀가 반짝 고개를 든 것인지도 몰랐다. 하지만 심이기는 그리 계책에 밝은 사람이 아니었다. 여후를 말리지도 못하고 거들지도 못해 우물쭈물하는 사이에 사흘이 지나갔다.

심이기는 옛날 한왕 유방이 팽성에서 크게 지고 쫓겨날 때 여후와 태공을 모시고 있다가 그들과 함께 패왕 항우에게 사로잡힌 적이 있었다. 그 뒤 두 해 가까이나 항우의 군중에서 여후와 고락을 같이해서인지 풀려난 뒤에도 두 사람의 정은 남다른 데가 있었다. 나중에 심이기는 여후와 사통(私通)한 일이 널리 알려지게 되는데, 사람들은 대개 그 일이 고제가 죽은 뒤부터라고 보고 있다. 하지만 그때 여후가 유독 심이기를 불러 그같이 큰일을 의논한 것을 두고, 사통이 이미 그 전부터 있었던 것이 아닌가 보는 사람도 있다.

그때만 해도 심이기 말고 달리 의논할 데가 없었던 여후가 얼른 결단하지 못하는 사이에 여후와 심이기가 의논한 말이 밖으로 새어 나갔다. 누가 그 말을 듣고 역상(酈商)에게 알리자 역상이 심이기를 찾아가 말했다.

"내가 듣자 하니 황제께서 돌아가신 지 이미 사흘이 지났는데도 황후께서 발상을 하지 않고 여러 장수들이나 죽이려고 벽양후와 의논하고 있다 하오. 만일 정말로 그러하다면 그야말로 천하가 크게 어지러워질 것이오. 관영이 군사 10만을 거느리고 형양을 지키고 있고, 진평과 주발이 20만 대군으로 연나라와 대나라를 평정하고 있소. 그들의 귀에 황제께서 돌아가시고 여러 장수들이 모두 죽임을 당할 것이라는 소문이 들어가게 된다면, 그들은 반드시 군사를 합쳐 관중으로 쳐들어올 것이오. 또 일이 그렇게 되면 그러잖아도 불안해하던 조정의 대신들도 틀림없이 안에서 호응할 것이외다. 대신들이 안에서 모반하고 장수들이 밖에서 반란을 일으킨다면 이 나라가 망하는 것은 발꿈치를 들고서도 기다릴 수 있을 만큼 짧은 순간의 일이 되리라는 것을 왜 모르시오?"

그 말을 듣자 심이기도 가슴이 섬뜩했다. 역상이 가자마자 궁궐로 들어가 여후에게 그 말을 전했다. 여후도 듣고 보니 큰일이라 마음을 고쳐먹고 그날로 발상하니 바로 정미(丁未)날이었다. 고제가 죽었다는 소문을 듣자 장성(長城) 아래서 기다리던 노관

156

과 그 일족은 달리 빌 곳이 없다 여겨 드디어 흉노 땅으로 달아났다.

병인(丙寅) 날에 황제를 안장하고 기사(己巳) 날에 태자를 옹립하여 새 황제로 세웠다.

"선제께서는 미천하고 보잘것없는 처지[微細]에서 몸을 일으키시어 난세를 다스리시고 바른 도리를 되찾게 하셨으며, 마침내 천하를 평정하여 한나라의 태조(太祖)가 되셨으니 그 공이 높으시다."

대신들이 그렇게 의논하여 높을 고(高)를 바쳐 존호를 고황제(高皇帝), 시호를 고조(高祖)라 하였다. 그리고 태자가 제위를 이으니 이가 곧 뒷날의 효혜황제(孝惠皇帝)이다.

그때 한고조 유방에게는 여덟 아들이 있었다. 서출 장남[長庶]은 제나라 도혜왕(悼惠王) 유비이고, 둘째 적장자(嫡長子)는 효혜황제로서 여후가 낳았으며, 셋째는 척부인이 낳은 조나라 은왕(隱王) 유여의다. 넷째 아들 유항(劉恒)은 박태후의 아들로서 대나라 왕이었다가 뒷날 효문황제(孝文皇帝)가 되었으며, 다섯째는 양나라 왕 유회(劉恢)로서 나중에 조나라 왕으로 옮겼고, 여섯째 아들은 회양왕(淮陽王)이었다가 조나라 왕으로 옮긴 유우(劉友)였다. 일곱째는 회남왕 유장(劉長)이며, 여덟째는 연나라 왕 유건(劉建)이다.

태사공은 「고조본기」의 말미에 하, 은, 주 3대(三代)와 진, 한 두 왕조의 정치가 요체(要諦)로 삼은 것을 비교하여 함의(含意) 깊게 요약하였는데, 옮겨 보면 다음과 같다.

'하나라의 정치는 충(忠)을 위주로 삼으니 충은 질후(質厚)를 말한다. 충후함의 병폐는 백성들을 거칠고 무례하게[野] 만들었으므로 은나라는 그 대신에 경(敬)을 숭상하였다. 경은 공경을 말한다. 그러나 공경함의 병폐는 백성들로 하여금 귀신을 섬길 때처럼 엄숙하게[鬼] 만들었기 때문에, 주나라는 공경함에 갈음하여 문(文)을 세웠다. 문은 존비의 차이를 가르는 예의를 말한다. 그런데 예의의 병폐는 백성들을 가식적이고 무성의하게[僿] 만들었으므로, 이 폐단을 바로잡는 것으로는 충후함보다 나은 것이 없었다.

하, 은, 주 3대의 치국 원칙[三王之道]은 마치 되풀이하여 가고 오듯 끝났다가는 다시 시작한다. 주나라에서 진(秦)나라에 이르는 기간의 병폐는 지나치게 예의를 숭상한 데 있었다고 말할 수 있으나, 진나라의 정치[秦政, 또는 진시황]는 이를 고치지 않고 도리어 형벌을 가혹하게 하였으니 이 어찌 잘못된 일이 아니겠는가. 그러므로 한나라가 일어나 비록 진나라의 폐정(弊政)을 계승했으나, 그것을 바꾸고 고침으로써 백성들을 귀찮고 지치게 하지 않았으니 이는 하늘의 대통[天統]을 얻은 것이다.'

여씨들의 천하

태자 영(盈)을 제위에 올리고, 젊고 유약한 황제의 모후로서 자연스럽게 한나라 조정의 실권을 장악한 여태후는 먼저 복수의 악귀로서 권력의 잔혹성을 드러냈다. 여태후는 여러 비빈과 총희들 가운데서 척부인을 가장 미워하였고, 황자들 가운데서는 척부인이 낳은 조왕 유여의를 가장 미워하였다. 척부인은 고제가 한왕이 되어 얻은 비빈 가운데 가장 오래 총애를 받아 그만큼 오래 여태후를 투기로 단근질한 여자였으며, 조 여의는 여태후가 낳은 태자 영의 자리를 가장 위협적으로 넘본 황자였기 때문이었다.

여태후는 고제의 시신이 미처 장릉(長陵)에 안장되기도 전에 척부인을 잡아 머리를 깎고 목에 칼을 씌운 뒤[髡鉗] 붉은 흙물 들인 죄수의 옷[褚衣]을 입혀 영항(永巷)에 가두었다. 영항은 별궁의 이름으로 원래 궁녀들이 살던 곳인데, 방이 마치 긴 골목길 [長巷]을 사이에 둔 것처럼 나 있어 그렇게 불리게 됐다고 한다. 나중에 죄를 지은 비빈들을 가두는 곳으로 쓰였으며, 액문(掖門) 부근에 있었다고 해서 액정(掖庭)이라고 불리기도 했다.

이미 고제가 세상을 떠나기 전부터 기가 꺾여 있던 척부인은 그때만 해도 그저 애절하게 여태후의 용서를 빌 뿐이었다. 그러나 여태후는 잔인한 웃음만 흘리며 척부인을 가둬 놓게 하고는 곧 사자를 조나라로 보내 조왕 유여의를 불렀다. 그러나 사자가 세 번이나 조나라로 달려갔지만 조왕은 오지 않고, 다만 조나라 상국을 맡고 있는 건평후(建平侯) 주창(周昌)이 나서 사자에게 말했다.

"돌아가신 고황제(高皇帝)께서 신에게 조왕을 맡기셨는데, 조왕은 아직 나이가 어리오. 거기다가 가만히 들으니 태후께서는 척부인을 매우 미워하시어 조왕을 불러들인 뒤에 한꺼번에 주살하려 한다 하니 나는 감히 조왕을 보내 드릴 수가 없소. 거기다가 조왕께서는 병이 있어 조칙을 받들려야 받들 수도 없소."

그 말을 들은 여태후가 몹시 성을 내며 먼저 조칙으로 주창부터 장안에 불러들이게 했다. 주창이 조칙을 어길 수가 없어 불려오자 여태후가 주창을 사납게 꾸짖었다.

"그대는 내가 척씨(戚氏)를 미워하는 것을 모르오? 그런데도 끝내 조왕을 보내지 않은 까닭이 무엇이오?"

"황후 마마께서 말씀하신 게 바로 그 까닭이옵니다. 선제께서는 그걸 아시고 신에게 조왕을 지켜 달라 당부하셨기로 감히 보낼 수가 없었습니다."

그 말에 여태후의 얼굴에 살기가 돌았으나, 아직 선대의 중신을 함부로 죽일 만큼 힘을 쓸 수는 없었다. 거기다가 주창은 한때 온몸을 던져 태자 유영이 폐립(廢立)되는 것을 막아 준 공이 있었다. 이에 여태후는 그저 주창을 나무라 내쫓는 것에 그치고, 다시 사자를 조나라로 보내 조왕을 불러오게 했다.

조왕이 어쩔 수 없이 길을 떠났으나, 아직 장안에 이르기 전에 그 일이 황제의 귀에 먼저 들어갔다. 효혜황제는 어질고 정이 많은 데다 진작부터 여태후가 조왕을 죽이려 한다는 걸 잘 알고 있었다. 배가 다르지만 그래도 동생인 조왕을 살리고자 패상(覇上)까지 어가를 내어, 거기서 조왕을 맞아들인 뒤 싸안듯 궁궐로 데리고 돌아왔다. 그리고 그날부터 조왕과 밤낮으로 함께 기거하며 한 상에서 음식을 먹으니 여태후가 조왕을 죽이려고 해도 틈을 탈 수가 없었다.

그런데 그해 섣달 어느 날이었다. 황제가 새벽에 활을 쏘러 나가기 위해 일어났는데, 조왕은 아직 어려 잠에서 깨어나지 못했다. 황제는 할 수 없이 조왕을 자게 두고 혼자 활을 쏘러 나갔다. 그러자 여태후의 명을 받고 밤낮 없이 조왕을 엿보고 있던 내시가 태후의 침전으로 달려가 그 일을 알렸다.

여태후는 조왕이 혼자 남아 자고 있다는 말을 듣자 사람을 시켜 짐독(鴆毒)이 든 술을 가져오게 한 뒤 조왕을 깨워 먹였다. 짐독은 짐새[鴆鳥]의 깃털에 있는 독으로, 음식에 그 깃털이 지나가면 사람도 죽일 수 있는 독이 된다고 한다. 그 독을 바른 화살에 맞으면 선 채로 죽게[立死] 되고 돌에 바르면 돌이 깨어진다는 맹독(猛毒)인데, 자다 깬 열 살의 어린아이가 그게 든 술을 마시고 어찌 견디겠는가. 해가 뜰 무렵 활쏘기를 마친 효혜제가 돌아와 보니 조왕은 이미 죽어 있었다.

고제의 사랑을 한 몸에 받던 척부인을 참담한 죄수 꼴로 가두고, 그들 사랑의 결실인 조왕 유여의를 독살한 것으로, 여태후를 내몰고 있는 악귀는 그 잔혹한 복수의 열정에서 풀려날 것처럼 보였다. 하지만 아니었다. 오히려 조왕의 죽음을 시작으로 여태후는 중국 혹형사(酷刑史)에서도 유례없이 끔찍한 '사람 돼지[人彘]'란 행형(行刑)을 선보였다.

여태후는 영항에 갇혀 있던 척부인을 끌어내 손과 발을 자르고, 눈알을 뽑고, 고막을 연기로 그을어 태우고, 벙어리가 되는 약[瘖藥]을 먹여 돼지우리에 던져 넣었다. 야사(野史)로 떠도는 말에는 그 전에 고제가 사랑했다 하여 음부를 짓이겨 버렸다는 말도 있고, 남자 죄수들의 우글거리는 감방에 벌거벗은 채로 던져 넣어 척부인을 마음껏 능욕하게 했다는 말도 있다. 또 어떤 기록에는 죽은 조왕의 시체를 끌어다 보여 주며 척부인의 발악을 이끌어 내어, 욕하는 그 혀를 자르고, 노려보는 그 눈을 뽑고, 종당에는 귀머거리를 만들고 사지까지 잘라 버렸다고도 한다. 그녀가 던져진 곳도 돼지우리가 아니라 변소[厠]였다는 말도 있다.

그래 놓고도 아직 풀리지 않은 원한이 남아 있었던지, 여태후는 효혜제를 불러 눈도 멀고 듣지도 못하고 소리도 못 내며 손발까지 없는 사지로 돼지우리를 기어 다니는 척부인에게로 데려갔다.

"폐하, 저게 무엇인지 아시겠습니까?"

여태후가 척부인을 가리키며 물었다. 효혜제가 무엇인지 알아볼 수 없어 어리둥절한 가운데도 눈살을 찌푸리며 받았다.

"사람 같기도 하고, 아닌 듯도 하고……. 저게 무엇입니까?"

"사람 돼지라는 거지요."

여태후가 악귀와 같은 미소로 그렇게 답해 놓고 태연하게 덧붙였다.

"바로 그 척가(戚哥) 년입니다. 이 어미를 젊어서부터 청상으로 만들어 놓고, 제 년이 낳은 여의 놈을 앞세워 폐하의 보위를 넘보게 한 그 더럽고 악독한 년이지요."

어질고 여린 효혜제는 그 말을 듣고 그 자리에서 혼절하여 쓰러졌다. 그리고 좌우의 부축을 받아 깨어난 뒤에는 큰 소리로 울며 그곳을 빠져나갔다. 그 일로 병이 든 효혜제는 그 뒤 한 해가 다 가도록 일어나지 못했다. 그리고 나중에 일어난 뒤에도 여태후를 찾아보지 않고 사람을 보내 말하였다.

"그것은 사람이 할 짓이 아닙니다. 나는 그런 끔찍한 일을 저지른 태후의 아들로서 다시는 천하를 다스릴 수 없을 것입니다."

그리고 정말로 그때부터 효혜제는 밤낮으로 주색에 빠져 정사를 돌보지 않았다고 한다. 나중에는 그 때문에 병을 얻어 서른도 채우지 못하고 죽게 된다고 하는데, 만일 그 기록이 맞다면, 여태후의 잔혹한 복수는 그런 효혜제의 정치적 일탈과 단명으로 벌써 적지 않은 대가를 치른 셈이 된다. 여태후의 내면에서 그와 같은 악귀를 이끌어 낸 어두운 열정 가운데는 바로 그녀의 하나 뿐인 아들을 지켜 내기 위한 모성애도 있었기 때문이다.

그로부터 천 년 뒤 사마온공은 『자치통감』에서 그 일을 두고 효혜제를 은근히 나무라며 말하였다.

남의 아들이 되어 부모에게 허물이 있으면 아뢰어 말리고 [諫], 말려도 부모가 듣지 않으면 크게 울며 따를 뿐이다[號泣 而隨之]. (효혜제처럼 그렇게 해서야) 어떻게 고조(高祖)의 공업을 지키고 천하의 주인 노릇을 할 수 있겠는가. 어머니의 잔혹함 을 참지 못해 나라를 버리고 돌아보지 않다가 종당에는 술과 여자로 목숨까지 다쳤다. 효혜제 같은 사람을 일러 작은 어짊 [小仁]만 지키고 큰 도리[大誼]를 알지 못하는 이라 할 수 있다.

하지만 효혜제의 그와 같은 일탈과 방기(放棄)를 달리 설명하 는 사람도 있다. 그것이야말로 진나라에 이어 창업 초기 한나라 의 정치 과잉(政治過剩)을 치유하는 무위의 다스림[無爲而治]이라 고 보는 쪽인데, 그들이 근거로 삼는 것이 「조상국세가(曹相國世 家)」이다.

효혜제 2년 여름에 상국 소하가 병이 깊어 다시 일어나기 어 렵다는 말을 듣자 황제가 몸소 소하의 집으로 가서 병세를 살펴 보고 물었다.

"백 년 뒤에라도 만약 상국이 죽는다면 누가 상국의 자리를 이을 만하겠소?"

"신하를 아는 데는 임금보다 나은 이가 없습니다."

소하가 앓아누운 가운데도 그렇게 물음을 비껴갔다. 소하와 조참은 고을의 아전바치로서 아직 미천할 때는 사이가 좋았으나, 소하는 승상이 되고 조참은 장군이 되면서 틈이 벌어졌다. 효혜제는 소하가 조참과 사이가 좋지 않다는 것을 알면서도 짐짓 물어보았다.

"조참이 어떻겠는가?"

그러자 소하가 아픈 몸을 일으켜 머리를 조아리면서 말했다.

"폐하께서는 실로 잘 고르셨습니다. 이제 신은 죽어도 한이 없겠습니다."

지난 10년을 조참과 정적처럼 되어 소리 없이 싸워 온 소하였으나, 조참의 능력만은 그렇게 사심 없이 인정하였다. 그 뒤 오래잖아 소하가 죽자 효혜제는 그의 말대로 조참을 상국으로 세워 그 뒤를 잇게 하였다.

한나라의 상국이 된 조참은 아무것도 고치지 않고 한결같이 소하가 제정해 둔 법령에 따랐다. 조참은 각 군이나 제후국의 관리 가운데서 문사(文辭)가 질박하고 꾸밈이 없는 중후한 인재가 있으면 곧 불러들여 승상부의 관리로 썼다. 반면에 승상부의 관리 중에서도 글과 말이 각박하고 남의 칭송이나 이름을 얻으려고만 애쓰는 자는 곧 내쳤다. 그러면서 조참 자신은 밤낮으로 술을 마시고 취해 지냈다.

상국 조참이 정사를 돌아보지 않는 걸 보고 경, 대부 이하의 관리들이나 찾아오는 빈객들은 모두가 조참에게 무언가를 진언

하거나 충고하려 하였다. 조참은 그런 사람이 오면 곧 맛있는 술을 내어 마시도록 권하였고, 조금 지나서 그가 다시 할 말을 하려고 하면 다시 술을 권하여 취하게 만든 뒤에 돌려보냈다. 그리되다 보니 마음먹고 조참을 찾아간 사람도 끝내 말을 꺼내지 못하고 술만 취해 돌아오기 일쑤였다.

조 상국의 집 뒤뜰은 조정 관리들이 일 보는 집[吏舍]과 가까웠는데, 그곳은 하루 종일 술 마시고 노래하며 크게 떠들어 대는 소리로 시끌벅적했다. 조참을 곁에서 따르며 보좌하는 관리[從吏]가 그들을 못마땅하게 여겼으나 그로서는 어찌해 볼 수가 없었다. 어느 날 그는 상국 조참을 후원으로 이끌어 내, 조정 관리들이 술 취해 떠들고 노래하는 것을 듣게 하고, 상국이 그들을 불러 꾸짖도록 만들어 보려 했다. 그런데 조참은 도리어 술을 가져오게 해 그들과 함께 술자리를 벌이고 큰 소리로 노래하며 함께 즐겼다. 또 조참은 관리들의 사소한 잘못을 보면 오로지 숨겨 주고 덮어 주니 승상부에서는 언제나 아무 일도 없었다.

조참의 아들 조줄(趙窋)은 그때 중대부였다. 조참이 정사를 돌보지 않는 것을 보고, 자신을 가볍게 여겨 그런 게 아닌가 의심한 효혜제는 어느 날 조줄을 불러 말하였다.

"그대가 집으로 돌아가거든 가만히 아버님께 물어보시오. '고제께서 돌아가시어 신하들과 작별한 지 오래되지 않았고, 또 지금 황상의 나이도 젊으신데, 아버님께서는 날마다 술만 드시고 황제께 소청(疏請)하거나 알려 드리시는 바는 아무것도 없습니다. 아버님께서는 이 나라 상국이 되시어 무엇으로 천하의 일을 걱정하십니까?'라고 말이오. 하지만 짐이 시켰다고는 하지 마시오."

이에 조줄은 몸을 씻는 것을 구실로 휴가[洗沐]를 얻어 집으로 돌아간 뒤 부친 조참을 모시고 있다가 한가로운 때를 골라 황제가 시킨 대로 슬며시 물어보았다. 그러자 조참은 아들을 2백 대나 매질한 뒤 내쫓듯 하며 말하였다.

"빨리 조정으로 돌아가 폐하나 모셔라. 천하의 일은 네가 입에 담을 바 아니니라!"

이에 조줄은 아버지 조참에게 매만 흠씬 맞고 궁궐로 돌아가 황제에게 있었던 일을 그대로 전했다. 다음 날 조회 때 황제가 조참을 나무라듯 하며 물었다.

"왜 그렇게 줄을 호되게 다스리셨소? 어제 일은 짐이 줄에게 시켜 그렇게 말하게 한 것이었소이다."

그러자 조참이 관을 벗고 사죄한 뒤 젊은 황제에게 물었다.

"폐하께서 스스로 헤아리시기에, 폐하와 고제 가운데 어느 쪽이 더 슬기롭고 군사를 잘 부리신다[聖武] 하시겠습니까?"

"짐이 어찌 감히 선제와 견줄 수 있겠소?"

효혜제가 얼른 그렇게 대꾸했다. 조참이 또 물었다.

"폐하께서 보시기에 상국 소하와 신 가운데 누가 더 일을 잘할 것 같습니까?"

"아마도 그대가 소하에게 못 미칠 것이오."

그런 황제의 대답에 조참이 목소리를 가다듬어 말했다.

"폐하께서 말씀하신 바가 맞습니다. 그런 고제와 소 상국이 천하를 평정하였고, 법령도 이미 밝게 정해 두었습니다. 폐하께서는 다만 팔짱을 끼고 보아 주시고, 저희들도 맡은 바 직분을 지키되, 옛 법도를 따르며 이미 있는 것을 잃지만 않는다면[遵而勿失] 또한 그것으로 되지 않겠습니까?"

그러자 황제도 그 뜻을 알아들었다.

"좋소. 그만 하시오. 그것으로 되었소!"

그리고 더는 분주한 다스림을 펼쳐 진나라 이래의 과도한 정치적 규제와 억압에 지친 백성들을 힘들게 하지 않았다고 한다. 태사공도 「여태후본기(呂太后本紀)」 끝에 이렇게 덧붙여 놓았다.

효혜황제와 고후(高后) 시절 백성들은 전국시대의 고초에서 벗어날 수 있었으며, 군신이 모두 무위(無爲)에서 쉬고자 하였다. 그러므로 효혜제는 팔짱을 끼고 아무 일도 하지 않았고, 고후가 여주(女主)로서 정사를 맡아 다스림이 방 안에서 이루어졌으나, 천하는 평안하고 형벌은 잘 쓰이지 않았으며 죄수도 드물었다. 백성들이 저마다 농사일에 힘쓰니 먹고 입는 게 갈수록 넉넉해졌다.

조왕 유여의와 척부인을 참혹하게 죽인 뒤에도 한동안 여태후의 눈먼 복수심은 수그러들지 않았다. 거기 걸려 조왕 다음으로 죽을 뻔한 이가 고조의 서장자(庶長子)인 제나라 도혜왕(悼惠王) 유비(劉肥)였다.

효혜제 2년 초나라 원왕(元王) 유교(劉交)와 제나라 도혜왕 유비가 장안으로 입조하였을 때였다. 어느 날 효혜제와 제왕이 여태후 앞에서 잔치를 열어 술을 마시게 되었는데, 황제는 제왕이 배가 달라도 형이기 때문에 바깥 평민들[家人]의 예절에 따라 윗자리에 앉히려 했다. 그걸 보고 몹시 화가 난 여태후가 가만히 짐독이 든 술 두 잔을 내오게 한 뒤 제왕 앞에 놓게 하고 말했다.

"제왕은 잔을 들어 내게 축수(祝壽)해 주지 않겠는가?"

제왕이 축수를 마치면 바로 그 독주 잔을 내려 마시게 할 작정이었다. 제왕이 아무것도 모르고 일어나 잔을 잡자 황제도 일어나 제왕과 함께 여태후에게 축수를 올리려 했다. 어머니 여태후의 살기 어린 얼굴을 보고 황제가 심상찮은 낌새를 알아차린 것이었다. 깜짝 놀란 여태후가 자리에서 일어나 효혜제가 잡으려는 술잔을 엎어 버렸다. 그제야 제왕도 술에 뭔가 이상한 게 있다는 걸 알아차리고 감히 그 술잔을 비우지 못했다. 술에 취한 척하며 자리를 떴다가 나중에 주변에 물어보고서야 그 술에 짐독이 들어 있었음을 알게 되었다.

제왕은 두려움에 떨면서 장안에서 무사히 벗어날 수 없게 될까 봐 걱정했다. 그때 제나라에서 따라온 내사 사(士)가 가만히 귀띔해 주었다.

"태후께는 오직 지금의 황제 폐하와 노원공주만 있습니다. 그런데 황제 폐하께서는 천하를 가지셨으나, 노원공주는 겨우 몇 개의 성을 식읍으로 가지고 있을 뿐입니다. 지금 대왕께는 제나라의 70여 성이 있으니, 그중에서 군 하나만 떼어 태후에게 바치며 공주의 탕목읍(湯沐邑)으로 삼게 하시면 어떻겠습니까? 만일 그렇게 하신다면 태후께서는 틀림없이 기뻐하실 것이고 대왕의 우환거리는 절로 없어지게 될 것입니다."

그 말을 그럴듯하게 여긴 제왕은 그날로 성양군(城陽郡)을 떼어 여태후에게 바치고, 배다른 동생인 노원공주를 왕태후(王太后)로 높여 불러 여태후를 한층 기쁘게 했다. 그러자 여태후는 과연 제왕이 바친 땅을 받아들여 노원공주에게 주고, 제왕에게 품었던 노여움을 풀었다. 며칠 후 여태후는 장안에 있는 제왕의 저택에서 크게 술잔치를 열고 즐겁게 마시다가 제왕을 자기 나라로 돌려보냈다.

효혜제 4년 10월, 복수의 쾌감도 시들해지자 끝 모를 욕망의 화신이 되어 천하의 권력을 오로지하고자 치닫던 여태후는 다시 듣기에도 섬뜩한 잔혹극(殘酷劇)을 연출한다. 관고(貫高)의 일로 조왕(趙王)에서 선평후(宣平侯)로 내려앉은 장오(張敖)와 노원공주 사이에서 난 딸을 효혜황후(孝惠皇后)로 세운 일이 그랬다. 새로운 외척의 득세가 싫어 외손녀를 아들의 황후로 삼은 셈인데, 그 뒤에 한 짓은 더 끔찍했다.

그 무렵 후궁 가운데 효혜제가 총애하는 미인(美人)이 하나 있었다. 여태후는 그 미인이 임신한 것을 알자 아이가 없는 효혜황후에게도 임신한 척 주위를 속이게 했다. 그리고 달이 차서 그 미인이 아들을 낳자 그날로 그 미인을 죽이고 아이를 빼앗아 효혜황후가 낳은 양 기르게 했다. 그 아이가 바로 걸음마를 하기도 전에 태자로 책봉되었다가, 나중에 소제(少帝)가 되어 효혜제의 뒤를 잇게 되는 유공(劉恭)이었다.

비록 그 일이 갈수록 단명(短命)할 우려가 짙어지는 효혜제의 사후를 위한 대비라 하더라도, 한나라 조정의 실권을 쥐고 있는 태후의 처사로는 너무 잔혹했다. 어떤 이는 골수에 사무친 원한도 없이, 오직 끝 모를 권력욕에서 비롯되었다는 점에서, 그 일을 척부인과 조왕 유여의를 죽인 것보다 오히려 더한 악행으로 치기도 한다. 그런데 그렇게 거침없이 내닫던 여태후에게도 꼭 한 번 권력만으로는 막아 낼 수 없는 도전과 그에 따른 위기가 있었다. 벽양후 심이기와의 일이 그랬다.

　여후가 언제부터 심이기와 사통하는 사이가 되었는지는 뚜렷이 밝혀진 바가 없다. 이르게는 한 2년 5월부터 4년 9월까지 태공(太公) 내외와 두 사람이 함께 패왕 항우의 군중에 갇혀 있던 때의 일로 추측하는 이도 있다. 그때 그들은 항우의 변덕에 언제 희생될지 모르는 처지에 놓여 있었고, 점차 기력을 회복해 차츰 항우를 압도해 가면서도 자기들을 서둘러 구해 주지 않는 유방에게서 무성의나 배신감까지도 함께 느꼈을 것이다. 항우가 그리 자상한 사람이 아니니 두 사람에게 그리 넓고 편한 공간을 내주었을 리 없고, 태공 내외는 그들과 한 군막에 쓰고 있어도 그때 이미 일흔을 넘긴 늙은이들이었다. 거기다가 여후는 아직 30대의 여인네였고, 심이기도 건장한 중년 사내였다. 그런 그들이 같은 걱정과 같은 원망을 가지고 이태나 한 군막에서 지냈으니 아무 일이 없었다면 오히려 그게 이상한 일이라는 주장이다.

　하지만 설령 그런 일이 있었다 해도, 항우에게서 풀려난 뒤로부터 적어도 고제가 살아 있을 때까지는 둘 모두에게 없었던 일이 되었을 것이다. 태공 내외가 그들 둘에게서 무슨 낌새를 알아차렸다 해도 마찬가지였다. 그런데도 고제가 죽자 여후가 맨 먼저 심이기를 불러들여 앞날을 의논한 것으로 미루어, 둘 사이의 끈끈한 감정만은 10년이 지나도록 그대로 유지되어 왔던 것으로 보인다.

물론 그때의 여후와 심이기가 떨어져 있던 처지를 전혀 달리 보는 사람도 있다. 통상으로 몇 만 대군이 함께 움직이는 항우의 군중에 볼모로 잡혀 있다는 것은 그 자체가 겹겹의 감시 아래 놓인 상황이 되어 사통이 어려울 뿐만 아니라, 그들의 심리에도 그럴 여유가 없었을 것이란 추측 때문이다. 다만 그 외롭고 불안하던 시절을 서로 의지해 가며 넘긴 정이 10년이 지난 뒤까지도 남아 고제가 죽자마자 여후가 심이기를 찾게 만들었다고 본다. 그리고 그들의 사통은 고제가 죽은 뒤, 특히 척부인과 유여의를 죽이고 난 다음에야 고제를 향해 폭발한 뒤늦은 복수감으로 여태후가 주도하였고, 심이기의 비루한 일면이 그런 여후를 뿌리치지 못했을 뿐이라고 본다.

어느 쪽이 맞든 효혜제 4년에 들면서 여태후가 벽양후 심이기를 빈번히 침전으로 불러들여 노염(老炎)을 불태우자 조정은 그 일로 들끓었다. 감히 여태후를 바로 쳐다보지도 못하던 대신들이 저마다 들고일어나 효혜제 앞에서 심이기를 꾸짖고 욕함으로써 고발을 대신했다. 너그럽고 어진 황제도 그와 같은 여태후의 난행을 듣고는 참지 못했다.

"이는 모후를 기망하는 일일 뿐만 아니라 선제를 욕보이는 일이기도 하다. 그 더러운 난신적자(亂臣賊子)를 어서 잡아들이라!"

효혜제가 몹시 화를 내며 그렇게 영을 내려 심이기를 잡아들이게 한 다음 그를 정위에게 넘겨 죽이려 했다. 여태후도 곧 일이 고약하게 돌아가는 것을 알았으나 한 짓이 부끄러워 아무 말도 하지 못했다. 대신들은 평소 심이기의 행실을 매우 나쁘게 보고 싫어했기 때문에 모두 황제가 그를 죽이기를 바랐다.

다급해진 것은 심이기였다. 심이기는 옥리가 이르기 전에 사람을 보내 평원군(平原君) 주건을 불렀다.

평원군은 원래 회남왕 영포 밑에서 벼슬살이 하던 사람으로, 영포의 모반에 연루돼 장안으로 잡혀 왔으나, 오히려 모반을 말린 사실이 밝혀져 풀려났다. 그 뒤 평원군은 가솔과 함께 장안에 눌러앉아 살았는데, 청렴하고 강직하여 구차하게 남의 비위를 맞추거나 의리에 벗어나는 일을 하지 않았다. 그러다 보니 집이 너무 가난해서 어머니가 세상을 떠나도 장례를 치를 수 없을 정도였다. 그때 이미 여태후의 총애를 입어 높은 작록을 누리던 심이기가 그 틈을 타고 재물로 평원군의 호의를 사, 그 무렵 평원군은 문객이나 다름없이 심이기의 집을 드나들고 있었다. 그런데 심이기가 다급해 사람을 보냈는데도 평원군은 심이기를 만나 주려 하지 않았다.

"오래잖아 옥에 드실 분이라 감히 만나드릴 수가 없습니다."

매정한 그 한마디로 심부름 온 사람을 돌려보냈다.

하지만 평원군이 끝내 심이기를 저버린 것은 아니었다. 그 길로 평원군은 효혜제가 매우 총애하는 신하 굉적유(閎籍孺)를 찾아가 말했다.

"그대가 황제 폐하의 총애를 받고 있다는 것은 천하에 모르는 사람이 없소. 그런데 지금 폐하께서 태후 마마의 총애를 받았다고 해서 벽양후를 옥리에게 넘기셨으니, 길에 다니는 사람들은 모두 그대가 벽양후를 헐뜯어 죽이려 한다고 말하고 있소이다. 내가 보기에 오늘 벽양후가 죄를 쓰고 죽임을 당한다면, 내일은 속으로 노여움을 품고 계시던 태후께 그대가 죽게 될 것이오. 그런데 그대는 어찌하여 옷을 걷어 어깨를 드러내 놓고[肉袒, 사죄, 복종, 항복 등의 뜻을 드러냄] 폐하께 벽양후를 용서해 달라고 빌지 않으시오? 만약 폐하께서 그대의 말을 들어주어 벽양후를 감옥에서 내보내 주신다면, 태후께서는 몹시 기뻐하실 것이오. 그리하여 그대는 태후 마마와 황제 폐하 두 분의 총애를 아울러 받게 될 것이며 부귀함도 이전보다 배로 늘어나게 될 것이외다."

그 말을 들은 굉적유는 크게 두려워하며 평원군이 시키는 대로 했다. 효혜제를 만나 보고 애써 빌어 심이기를 풀어 주게 하였다. 그때 만약 심이기가 죄를 받아 죽고, 성난 효혜제가 친정(親政)을 강화하였다면 그 뒤로도 10년이 넘는 여태후의 시대는 없었을 것이다.

효혜제 7년 가을 8월 무인일(戊寅日)에 술과 여자로 몸이 상한 황제는 나이 서른을 채우지 못하고 죽었다. 여태후는 그날로 발상했으나 어찌 된 셈인지 곡만 할 뿐 눈물을 흘리지 않았다. 그때 유후(留侯) 장량의 아들 장벽강(張辟彊)이 열다섯의 나이에 시중으로 있었는데, 좌승상 진평을 찾아보고 말하였다.

"태후께서는 효혜황제가 오직 하나뿐인 아드님이셨습니다. 이제 그 황제께서 돌아가셨는데도 태후께서는 곡만 할 뿐 슬퍼하지 않으십니다. 승상께서는 그 까닭을 아십니까?"

"그게 무엇 때문이라고 보시오?"

진평이 그렇게 되물었다. 그러자 장벽강이 말했다.

"돌아가신 황제께 장성한 아들이 없으니, 태후께서는 승상과 같은 대신들이나 오래된 장군들이 두려워 슬퍼할 겨를이 없습니다. 만약 승상께서 여태(呂台)와 여록(呂祿)과 여산(呂産)을 장군으로 세워 도성과 황궁을 지키는 남북군(南北軍)을 거느리게 하고, 아울러 여씨 일족을 모두 궁궐로 불러 안에 머물면서 일을 보게 하면, 태후께서는 비로소 마음을 놓고 여러 대신들이나 장군들을 두려워하시지 않게 될 것입니다. 이는 곧 여러 대신들이나 장군들이 화를 면하시게 되는 길이기도 합니다."

그때는 아직 장량이 살아 있을 때였고, 그 꾀는 틀림없이 장량에게서 나왔을 것이다. 또 그 뒤 열리게 되는 여씨 세상 8년은 한나라 조정이 그 꾀를 따른 데서 비롯되었다고 할 수도 있다. 하지만 그때로서는 오직 그 길만이 여태후의 피비린내 나는 계책을 발동시키지 못하게 하는 길이기도 했다.

여태후는 고제가 세상을 떠났을 때도 공이 많은 원로들과 오래된 장수들[元勳宿將]을 모조리 죽이려고 한 적이 있었으나, 그들의 반란이 두려워 그만두었다. 하지만 그때는 이미 7년이나 황제의 모후로서 조정의 실권을 휘둘러 온 터였다. 이제는 태후가 그리 마음먹으면 얼마든지 대신들이나 장군들에게 화를 입힐 수도 있었다.

진평이 그런 장벽강의 말을 알아듣지 못할 사람이 아니었다. 그날로 여태후를 찾아보고 장벽강이 말한 대로 여씨들을 불러 쓰기를 주청하였다. 무언가 깊은 생각에 잠겨 건성으로 곡만 하고 있던 여태후가 진평의 말을 반갑게 받아들였다.

"만약 일이 그렇게만 된다면 더 걱정할 일이 무엇이겠소? 선제께서 그대들을 믿고 아끼신 게 공연한 짓은 아니었던 듯싶소. 그대들의 충심에 어떻게 보답해야 될지 모르겠구려."

그러고는 그때부터 비로소 슬퍼하며 눈물을 흘리기 시작했다. 다음 날 먼저 여태후의 조카들이 남북군을 장악하고, 이어 다른 여씨 족중도 궁 안으로 불려 와 높고 낮은 자리를 차지하자 한나라 조정 안팎은 여씨들로 가득 찼다.

9월 신축일에는 효혜제를 안릉(安陵)에 장사 지내고, 천하에 대사면령을 내렸다. 태자가 즉위하여 고조묘(高祖廟)에 참배하였는데, 그때 새 황제의 나이 겨우 네 살이었다. 여태후가 어린 황제를 대신해 정사를 살피니, 이때부터 조정의 호령(號令)은 모두 여태후에게서 나오게 되었다. 그다음 달부터 시작되는 새해를 모든 사서(史書)가 여태후 원년(元年)으로 삼고 있는 것은 아마도 그 때문일 것이다.

황제의 권능을 대신하여 조정을 마음대로 주무를 수 있게 되자 여태후는 친정 피붙이인 여씨들을 왕위에 올리는 논의부터 꺼냈다. 먼저 고지식하기로 소문난 우승상 왕릉부터 불러 속을 떠보았다.

"이 한나라를 세우는 데는 우리 여씨들도 적지 아니 피땀을 쏟았소. 큰오라비인 주여후(周呂侯)는 싸움터에서 죽었고, 작은 오라비 건성후(建成侯)도 온몸에 창칼을 받아 성한 곳이 없을 지경이오. 친정 조카들도 일찍부터 선제를 따라 싸움터를 헤맸으며, 종제며 종질들까지 한나라를 위해서는 위태로움과 수고로움을 마다하지 않았소. 그런데도 그들을 왕으로 세울 수는 없는 것이오?"

황제나 다름없는 여태후의 말인데도 왕릉은 소문대로 고지식하게 받았다.

"고제께서는 일찍이 대신들과 더불어 백마(白馬)를 죽여 그 피를 입술에 찍어 바르고 맹세하시기를 '이후로는 유씨(劉氏)가 아니면서 왕이 되면 천하가 함께 그를 칠 것이다.'라고 하셨습니다. 이제 와서 여씨를 왕으로 세우는 것은 그때의 맹약을 어기는 것이 됩니다."

그렇게 말하면서 산악같이 버티었다. 여태후가 못마땅해하며 다시 좌승상 진평과 강후 주발을 불러 물었다.

"그대들은 여씨를 왕으로 세우는 일에 대해서 어찌 생각하는가?"

그러자 진평과 주발이 왕릉과 달리 아무 거리낌 없이 대답했다.

"고제께서 천하를 평정하시면서 자제 분들을 왕으로 책봉한 것이니, 지금 태후께서 황제를 대행하시면서 형제 분과 피붙이인 여씨들을 왕으로 세우지 못할 까닭이 없습니다."

그러자 태후가 매우 기뻐하면서 조회를 끝냈다.

일찍이 주발과 진평은 고제의 명을 받아 노관의 모반을 평정하러 연나라로 가 있던 번쾌를 잡으러 간 적이 있었다. 번쾌가 처족인 여씨들과 함께 척부인과 조왕 유여의를 죽이려 한다고 누가 모함하자, 고제는 주발에게 번쾌 대신 대장이 되어 연나라를 평정하고, 진평은 진중에서 번쾌를 목 베어 돌아오라고 엄명을 내린 것이었다. 하지만 둘 모두 유연한 처세로 이름을 얻은 사람들이었다. 연나라로 달려가는 수레 안에서 가만히 의논을 맞추었다.

　　"번쾌는 황상의 오랜 친구이면서 세운 공이 많고, 또한 여후의 동생 여수의 남편이니 황상의 동서인 데다 작위도 열후에 올라 있소이다. 폐하께서 일시의 분노로 그를 죽이려 하시지만 나중에 후회하시게 될까 두렵소. 그러니 차라리 번쾌를 군중에서 죽이지 말고, 산 채로 묶어 보내 황제께서 손수 죽이시게 하는 게 나을 것이오."

　　그리하여 연나라에 이른 그들은 군영 안으로 들어가지 않고 밖에다 흙으로 단을 쌓고 황제가 내린 부절로 번쾌를 불렀다. 번쾌가 조칙을 받들자 그 자리에서 두 손을 뒤로 묶어 죄수 신는 수레로 장안으로 보내고, 주발은 번쾌 대신 군사를 거느리고 모반에 가담한 연나라의 현읍을 평정하였다.

　　진평이 고제가 세상을 떠났다는 말을 들은 것은 일을 다 처리하고 장안으로 돌아가는 길에서였다. 진평은 번쾌의 아내인 여수가 자신을 참소하여 여태후의 분노를 살까 두려웠다. 전거(傳車)를 곱절이나 빨리 몰게 해 번쾌의 함거보다 먼저 장안으로 달려갔다. 가는 길에 조정의 사신을 만나 관영과 함께 형양(滎陽)을 지키라는 조칙을 받았으나, 진평은 굳이 수레를 재촉해 황궁으로 갔다. 그리고 황제의 영구(靈柩) 앞에서 애절하게 곡한 뒤에, 틈을 보아 여후에게 번쾌의 일을 자세히 알렸다.

"애쓰셨소. 이만 나가 쉬도록 하시오."

여후가 진평의 정성을 갸륵히 여겨 그렇게 말하였다. 하지만 진평은 더욱 애절하게 울며 말하였다.

"이와 같이 망극한 일을 당해 천지가 함께 슬퍼하고 있는데, 어찌 홀로 돌아가 편히 쉴 수 있겠습니까? 숙위(宿衛)라도 되어 폐하의 영구를 지키겠습니다."

그러자 여후는 진평을 낭중령(郎中令)으로 삼으며 당부했다.

"새 황제를 잘 지키고 도와주시오."

그렇게 되니 진평이 번쾌를 잡는 꾀를 낸 일로 앙심을 품은 여수가 나중에 여후에게 아무리 참언을 해도 별 효과가 없었다. 번쾌는 사면을 받고 작위와 봉읍을 회복하는 것에 그치고, 여태후는 오히려 두 사람을 모두 갈수록 무겁게 썼다. 소하에 이어 조참까지 죽자 왕릉을 우승상으로 쓰면서 진평을 좌승상으로 올렸으며, 주발은 나중에 태위에 앉혀 한나라의 군사(軍事)를 모두 다스리게 했다.

여수는 진평이 승상이 된 뒤에도 언니인 여태후에게 참소를 계속했다.

"진평은 승상이 되어서도 정사는 전혀 돌보지 않고, 매일 좋은 술이나 마시며 계집질만 한다는 소문입니다. 승상 자리에서 내치고 그 죄를 물어야 합니다."

　그러나 진평은 그 소문을 듣고도 도리어 갈수록 술과 계집에 더 빠져 지냈다. 여태후는 진평이 그럴수록 훨씬 더 자기 사람으로 만들기 쉽다고 여겨 오히려 기뻐했다. 어느 날은 여수가 곁에 앉은 자리에서 진평이 마음 놓을 수 있게 해 주었다.

　"속된 말[鄙語]에 아이와 여자의 말은 들어 쓸 수가 없다[兒婦人口不可用] 하였소. 나는 다만 그대가 나에게 어떻게 하는지를 살필 뿐이니, 여수가 참소하는 말은 두려워할 것 없소."

　그날 진평과 주발이 여씨를 왕으로 세우고 싶어 하는 여태후의 뜻을 따라 준 것도 진정으로 그녀를 편들어서가 아니었다. 그렇게라도 자신들의 작록과 권세를 유지하여 뒷날 때가 오면 모든 걸 바로잡는 데 쓸 수 있게 하려 함이었다,

　하지만 고지식한 왕릉에게 그런 진평과 주발의 처세가 잘 이해될 리 없었다. 대전을 물러나면서 왕릉이 진평과 주발을 나무랐다.

　"처음 선제와 입술에 피를 찍어 바르고 맹세할 때 두 분은 거기 없었소? 지금 고제께서 세상을 떠나시고, 태후가 황후로서 어린 황제를 대행하면서 여씨 자제들을 왕으로 세우려 하는데, 이 어찌 된 일이오? 두 분은 오히려 태후의 삿된 욕심을 두둔하고 그 뜻에 아첨하여 옛 맹세를 어기려 하니, 나중에 무슨 면목으로 지하에 계신 고제를 뵈려 하시오?"

　그 말에 진평과 주발이 목소리를 죽여 달래듯 말했다.

　"지금 조정에서 태후께 얼굴을 맞대고 나무라거나 말리는 데

는 우리가 우승상만 못할 것이오. 허나 무릇 사직을 보전하고 유
씨의 대통을 바로 세워 안정시키는 일에는 우승상께서 우리만
못하실 것이오."

입막음으로 그저 해 보는 소리가 아니라 달리 깊은 뜻이 있는
말 같았다. 이에 왕릉은 그들을 더 나무라지 못하고 헤어졌다.

그다음 달 여태후는 왕릉을 어린 황제의 태부(太傅)로 삼으면
서 그에게서 우승상의 직책을 거두어 들였다. 왕릉은 그런 여태
후의 뜻이 어디 있는지 알고, 병을 핑계 삼아 벼슬을 내놓은 뒤에
고향으로 돌아가 버렸다. 그러자 여태후는 좌승상 진평을 우승상
으로 옮기고, 비어 있는 좌승상에는 벽양후 심이기를 앉혔다.

심이기는 여태후와 사통한 정분으로 좌승상에 올랐으나 그 일
을 감당해 낼 그릇이 못 되었다. 대궐 안에 눌러앉아 궁중의 일
만 보살피니 마치 낭중령과 같았다. 하지만 늙어 갈수록 더해지
는 여태후의 총애를 입어 나라의 큰일에 간섭하였고, 대신들도
국사를 처리할 때는 심이기를 거쳐 여태후의 재가를 받았다.

좌우 승상을 모두 손아귀에 넣고 부리게 된 여태후는 죽은 큰
오라버니 주여후 여택(呂澤)을 도무왕(悼武王)으로 추존하고, 그
것을 시작으로 다른 여씨들도 모두 왕으로 올려 세우려 하였다.
원년(元年) 4월, 여태후는 먼저 여씨 일족을 제후로 올려놓기 위
해 다른 성씨들부터 제후로 봉했다. 낭중령 풍무택(馮無擇)을 박
성후(博城侯)에 봉하고, 노원공주가 세상을 떠나자 노원태후(魯元
太后)라는 시호를 내렸으며, 그 아들 장언을 노왕(魯王)으로 봉했

다. 제나라 승상 제수(齊壽)와 소부(少府) 양성연(陽成延), 고제의 기장이었던 장월인(張越人)의 아들 장매(張買)가 열후에 든 것도 그때였다.

유씨인 왕과 제후도 많이 세웠다. 효혜제의 후궁이 낳은 황자 유강(劉彊)을 회양왕(淮陽王)에, 유불의(劉不疑)를 상산왕(常山王)에 봉하였으며, 유산(劉山)을 양성후(陽城侯)에, 유조(劉朝)를 지후(軹侯)에, 유무(劉武)를 호관후(壺關侯)에 봉하였다. 제나라 도혜왕의 아들 유장(劉章)을 주허후(朱虛侯)에 봉하고 친정 조카 여록의 딸을 그의 아내로 삼게 한 것도 그때였다. 그리고 거기에 묻어 여종(呂種)을 패후(沛侯)로 세우고, 여평(呂平)을 부류후(扶柳侯)로 세웠다.

그렇게 넉넉히 밑자리를 깔아 둔 뒤에 여태후가 대신들에게 여씨도 왕으로 세워 주기를 바란다는 뜻을 넌지시 비치었다. 이에 대신들이 역후(酈侯) 여태(呂台)를 여왕(呂王)으로 세우기를 청하니 태후가 마지못한 척 허락했다. 또 건성후 여석지가 죽었으나 맏이가 죄를 짓고 폐출되자, 그 아우 되는 여록을 호릉후로 세워 여석지를 잇게 하였다. 그 이듬해에는 여왕 여태가 죽자 시호를 숙왕(肅王)이라 하고 태자 여가(呂嘉)로 하여금 그 뒤를 잇게 하였다.

그러다가 다시 그 이듬해에는 여동생 여수(呂嬃)를 임광후(臨光侯)로 봉해, 여수는 중국 역사에서 처음으로 열후에 봉해진 여자가 되었다. 여수는 번쾌의 아내였으나, 자신을 따라 여씨 성을 쓰는 아들을 여럿 둔 것으로도 별난 기록을 남겼다. 여수의 그런

아들 가운데 하나인 여타(呂他)와 여갱시(呂更始), 여분(呂忿)이 잇따라 열후에 세워지면서, 제후 왕의 승상 다섯이 함께 열후에 들기도 했다.

여태후 4년 어린 황제가 자라 말귀를 알아들을 만한 나이가 되었다. 누가 황제에게 효혜황후는 생모가 아니고, 황제의 생모는 참혹하게 죽임을 당했다는 것을 알려 주었다. 말귀를 알아들을 만큼 자랐다고는 하지만 아직 철없는 아이에 지나지 않는 황제였다. 그 말을 듣자 지그시 가슴에 품어 두지 못하고 북받치는 감정을 그대로 드러내고 말았다. 듣는 귀를 아랑곳하지 않고 이를 갈며 소리쳤다.

"황후는 어찌하여 내 어머니를 죽이고 나를 자신의 아들이라고 하는가? 내가 지금은 어려 참을 수밖에 없지만, 다 자라면 반드시 변란을 일으켜 원통하게 돌아가신 어머니의 원수를 갚으리라!"

어린 황제의 그와 같은 말을 전해 들은 여태후는 크게 걱정하였다. 황제가 자란 뒤에 변란을 일으킬 것이 두려워 일찌감치 손을 쓰기로 했다. 여태후는 어린 황제를 몰래 영항(永巷)에 가두고 독한 약을 먹여 정신이 성하지 못하게 만드는 한편, 대신들에게는 황제가 중병에 걸렸다고 하여 만나지 못하게 했다. 그러다가 황제가 온전히 실성한 것을 본 뒤에야 대신들을 불러 놓고 말했다.

"무릇 천하의 임자가 되어 뭇 백성을 다스리는 이는 하늘처럼 모든 것을 덮고 땅처럼 모든 것을 끌어안아야 하는 법이오. 황상께서 즐거운 마음으로 백성들을 편안하게 해 주면, 백성들도 기꺼이 황상을 섬기게 되니, 위와 아래의 즐겁고 기꺼운 마음이 서로 통하여 천하가 다스려지는 것이외다. 그런데 지금의 황제는 병이 오래되어 낫지 않고 실성한 듯 혼미하니, 제위를 계승하여 종묘 제사를 받들 수가 없소. 따라서 천하를 그에게 맡길 수가 없으므로 달리 어진 이를 찾아 그에 갈음하게 해야 할 것이오."

그러자 대신들이 모두 머리를 조아리며 입을 모아 말했다.

"황태후께서 천하를 위하고 백성들을 구제하는 계책을 짜내며 종묘사직의 안정을 도모하는 데 이토록 헤아림이 깊으시니, 저희 신하들은 오직 머리를 조아려 조칙을 받들겠습니다."

이에 여태후는 조서를 내려 황제를 폐위하고 남몰래 죽여 버렸다. 그리고 형 유불의가 죽자 이어서 상산왕이 된 유의(劉義)를 세워 황제로 세우고 그 이름을 유홍(劉弘)으로 갈았다.

궁궐 안을 은밀하게 떠도는 소문으로는, 새 황제뿐만 아니라 호관후 유무(劉武), 지후 유조(劉朝) 등도 모두 효혜제의 핏줄이 아니라는 말이 있었다. 여태후가 거짓으로 다른 사람의 아들을 데려다가 황제의 아들이라 속인 뒤에 그들의 생모를 죽이고 후궁에서 키워 효혜제의 아들로 만들었다고 한다. 그들에게 제위를 잇게 하거나 그들을 제후 왕으로 세워 여씨 천하의 울타리로 삼기 위해서였다. 그래서인지 새 황제 유홍은 관례를 치르고 혼인까지 한 나이였지만, 여태후가 여전히 황제를 대신해 천하사를 모두 좌우하면서, 그해를 새 황제 원년(元年)이라 일컫지 않게 되었다.

황제를 갈아치운 여태후는 나라의 군사(軍事)를 총괄하는 태위 관직을 새로 만들어 진평과 함께 자신의 뜻을 잘 받들어 주는 강후 주발을 그 자리에 앉혔다. 또 지후 유조를 상산왕으로 삼고 호관후 유무를 회양왕으로 세워 여씨의 울타리를 한층 든든히 했다. 그런 다음 숙왕의 동생 여산(呂産)을 여왕(呂王)으로 삼았다가 양왕(梁王)으로 바꾸었으며, 여록을 조왕(趙王)으로 삼았으며, 여통(呂通)을 연왕(燕王)으로 세우고, 그 아우 여장(呂壯)은 동평후에 봉했다.

자신이 꼭두각시로 쓰려고 만든 가짜 유씨와 피붙이 여씨들에게 왕위를 많이 내어주면 내어줄수록 여태후에게는 많은 왕위가 필요했다. 그러나 무턱대고 만들 수 없는 게 왕위라, 방법은 현재 왕위에 있는 유씨들을 쫓아내는 수밖에 없었다. 그 과정에서 다시 고조의 수많은 핏줄들이 비참하게 죽었다.

원래 조왕이었던 유우(劉友)는 고조의 후궁이 낳은 아들인데 여씨 일족의 여자를 왕후로 삼고 있었다. 그러나 여씨 여자가 친정만 믿고 되잖게 구니, 조왕은 그녀를 버려두고 예쁜 희첩(姬妾)을 총애하였다. 질투로 더욱 비뚤어진 여씨 여자가 여태후에게 달려가 거짓말로 고자질을 하였다.

"조왕이 말하기를, 여씨가 어떻게 왕이 될 수 있느냐고 하면서, 태후께서 돌아가신 뒤에는 반드시 변란을 일으켜 여씨들을 모두 죽여 없앨 것이라 했습니다."

그 말을 듣고 성이 난 여태후는 그 길로 사자를 조나라로 보내 조왕 유우를 불러들였다. 아무것도 모르는 조왕은 길을 재촉해 장안에 이르렀으나, 여태후는 그를 만나 주지도 않고 장안에 있는 그의 저택에 머무르게 했다. 그리고 위사(衛士)들에게 명을 내려 조왕의 관저를 에워싸게 하고 먹을 것을 넣어 주지 못하게 했다. 조왕의 신하들 가운데 누가 몰래 음식을 넣어 주었다가 들켜 무서운 벌을 받자 마침내 조왕의 관저 안으로는 밥 한 숟가락, 물 한 모금 들어가지 못하게 되었다. 그제야 일이 왜 그렇게 되었는지를 알아차린 조왕이 주린 배를 움켜잡고 노래했다.

여씨들이 하는 짓을 보니 유씨가 위태롭구나.

[諸呂用事兮劉氏危]

왕인 나를 윽박질러 억지로 왕비를 떠맡겼네.

[迫脅王侯兮彊授我妃]

내 왕비가 투기하여 나를 죄 있다 모함하니

[我妃旣妬兮誣我以惡]

참소하는 계집 나라를 어지럽혀도 황상은 모르시네.

[讒女亂國兮上曾不寤]

내게 충신이 없구나. 어찌해 나라를 잃어버렸는가.

[我無忠臣兮何故棄國]

들판에서 자결하나니 푸른 하늘이 내 곧음을 밝혀 주리.

[自決中野兮蒼天擧直]

아아, 뉘우칠 수도 없구나. 차라리 더 일찍 손쓸 것을.

[于嗟不可悔兮寧蚤自財]

왕이 되어 굶어 죽으니 누가 가엾게 여겨 주겠는가.

[爲王餓死兮誰者憐之]

여씨는 천리를 끊었도다. 하늘이 이 원수를 갚아 주기를.

[呂氏絶理兮託天報仇]

그달 정축일에 조왕 유우가 굶어 죽자, 여태후는 그 시신을 장안의 공동묘지에 묻게 하고, 왕위는 먼저 양왕(梁王) 유회(劉恢)에게 넘겼다.

유회는 양나라보다 땅이 큰 조나라 왕이 되었으나 속으로는 그리 즐겁지 않았다. 여태후가 친정 조카인 여산의 딸을 조나라 왕후로 보낸 까닭이었다. 왕후를 따라오는 관원과 시중꾼들은 모두 여씨 일족으로 조나라에 오자 권세를 휘두르며 조왕의 거동을 몰래 감시했다. 조왕은 일마다 그들의 눈치를 보아야 하니 귀찮고 불편하기 짝이 없었다. 거기다가 조왕에게는 따로 사랑하는 희첩이 있어 더욱 여태후가 보낸 왕후가 눈에 차지 않았다.

왕후는 조왕 유회가 자신을 돌아보지 않자 성이 났다. 모든 것을 그 총희(寵姬) 탓으로 돌리고, 친정에서 보고 들은 대로 몰래 사람을 시켜 그녀를 독살해 버렸다. 유회는 누가 사랑하는 여인을 죽였는지 알았으나 여씨들의 위세에 눌려 어찌해 볼 수가 없었다. 죽은 정인을 위해 노래를 짓고 악공들에게 부르게 함으로써 슬픔과 실의를 달랠 뿐이었다. 네 구절로 된 그 노래는 곡조가 구성지고 가사가 슬퍼 듣는 사람치고 눈물을 흘리지 않는 이가 없었다고 한다.

그렇게 비통해하던 조왕이 그해 6월 끝내 자살하자, 여태후는 그가 여자 때문에 종묘 제사의 큰일을 저버렸다 하여 그 자식이 왕위를 이을 수 없게 했다. 여산에게 조왕의 자리가 돌아가게 된 것은 그 뒤였다. 여태후는 또 연왕(燕王) 유건(劉建)이 왕비에게서 소생을 보지 못하고 죽자, 희첩이 낳은 자식들이 있는데도 사람을 보내 그들을 죽이고 후사를 끊어, 그 봉국이 여씨에게 돌아가게 했다.

어떤 사람들은 그들 세 왕에게 모두 정비보다 희첩을 사랑했다는 공통점이 있는 것을 두고, 그 일을 여태후의 남다른 종족 보존의 본능이나 치정과도 흡사한 권력 추구의 욕망과는 무관한 것으로 보기도 한다. 그들에게서 고제와 척부인을 보고 여태후의 내면에 잠들어 있던 복수의 악귀가 다시 깨난 것으로 보는 듯하다. 그들이 맞다면, 여태후는 여인으로서는 참으로 불행한 여인이었다. 그때 그녀의 나이는 이미 예순을 넘었고, 고조가 죽은 지도 벌써 열다섯 해나 지난 뒤였다. 벽양후 심이기를 공공연히 침전으로 불러들여 고조와 마음으로 작별한 지도 또한 그만큼은 지난 해였다.

가만히 돌이켜 보면, 황제나 다름없는 권력자로서도 여태후는 결코 행복하지 못했다. 그녀가 그 권력으로 온갖 몹쓸 짓을 해 가면서 지키고자 했던 단 두 사람의 혈육 효혜제와 노원공주는 모두 그녀를 남겨 두고 먼저 세상을 떠났다. 특히 효혜제는 남에게는 잔혹과 비정으로 나타날 수밖에 없는 그녀의 비뚤어진 모정을 원망하여, 술과 여자로 스스로를 혹사하고 소모하다가 젊은 나이에 서둘러 세상을 떠나고 말았다.

　기록은 여태후가 사람됨이 강직하고 굳세다[爲人剛毅]고 하였으나 또 다른 기록을 보면 그렇지도 못했던 듯하다. 죽기 전해 정월 을축일에 일식이 있어 대낮인데도 밤처럼 어두워진 적이 있었다. 그때 여태후는 좌우를 돌아보고, '이것은 나 때문이로다[此爲我也].'라고 하며 몹시 언짢아했다고 한다. 그 일로 미루어 그녀는 자신의 죄악을 꽤나 섬세하게 느끼고 있었던 듯한데, 절대 권력을 휘두르는 철권의 통치자에게는 결코 어울리는 감각이 아니다. 어쩌면 여태후는 저주받은 복수의 악귀로서 죽기도 전에 이미 지옥을 맛보고 있었는지도 모른다.

　여태후 8년 3월 중순, 나라의 재앙을 막고자 위수에서 불제(祓祭)를 올리고 돌아오는 길이었다. 지도정(軹道亭)을 지나오는데, 검정개[蒼犬]같이 생긴 괴이쩍은 물체가 여태후의 겨드랑이를 툭 치며 사라지더니 다시는 보이지 않았다. 궁궐로 돌아와 점을 쳐 보니 여태후가 짐주(鴆酒)를 먹여 죽인 조왕 유여의가 귀신이 되어 해코지[祟]를 하는 것이라 했다. 그래서인지 그때부터 여태후의 겨드랑이에 병이 생기고 몸이 급속히 쇠약해져 갔다.

　앞날이 멀지 않음을 예감한 여태후는 누구보다도 외손자인 노원왕(魯元王) 장언(張偃)을 걱정했다. 아직 나이 어리고 유약한 데다 부모를 모두 잃어 의지가지없게 된 것이 마음에 걸려 전에 안 하던 짓을 했다. 그 아비 장오가 예전에 총애하던 희첩의 두 아들 장치(張侈)와 장수(張壽)를 찾아 후에 봉하고, 노원왕을 지키며 돕도록 했다. 또 가까이 두고 부리던 이들에게도 크게 인심을 써, 중대알자(中大謁者) 장석(張釋)을 건릉후(建陵侯)에 봉하고, 궁중의 환관으로서 영(令), 승(丞)의 직위에 있는 사람은 모두 관내후(關內侯)에 식읍 5백 호를 내렸다.

그사이에도 여태후의 병은 점점 깊어 가 7월 중순이 되자 매우 위독해졌다. 드디어 마지막이 가까웠음을 짐작한 여태후는 조왕(趙王) 여록을 불러들여 상장군으로서 북군을 거느리게 하고, 여왕(呂王) 여산을 불러들여 남군을 거느리게 했다. 그리고 그들을 머리맡에 불러들여 간곡하게 당부했다.

"고제가 천하를 평정하고 난 뒤, 대신들과 약조하여 말하기를 '유씨가 아니면서 왕이 되는 자가 있으면 천하가 함께 그를 칠 것이다.'라고 했다 한다. 이제 여씨로 왕이 된 자가 여럿이니, 대신들은 마음속으로 불평이 적지 않을 것이다. 혹시라도 내가 죽고 나면 황제가 어린 것을 틈타 대신들이 변란을 일으킬까 걱정이다. 너희들은 군대를 장악하여 황궁을 지키고, 신중하게 일을 처리할 것이며, 나를 위해 떠들썩하게 장례를 치르지 말라. 무슨 일이 있어도 병권을 내놓고 남에게 휘둘리거나 억눌려서는 아니 된다."

그리고 오래잖아 숨을 거두었다. 여태후 8년 7월 신사일이었다.

여태후가 죽자 그 유조(遺詔)에 따라 모든 제후 왕에게 각기 황금 천 근이 주어졌고, 장상, 열후, 낭리(郎吏)에게도 품계에 따라 황금이 돌아갔으며, 천하에는 대사면령이 내려졌다. 조정에도 변화가 있었다. 여왕 여산이 상국이 되었고, 여록의 딸은 황후로

책봉되었으며, 여태후의 총애를 받아 좌승상이 되었던 심이기는
황제의 태부로 자리를 바꾸었다. 아직은 여씨들의 천하였다.

종장

피 흘리는 제국의 아침

유장(劉章)은 제나라 도혜왕 유비의 아들이요, 애왕(哀王, 제왕 유양의 시호) 유양(劉襄)의 아우인데, 기개와 용력이 있었다. 일찍이 여태후의 인정을 받고 장안으로 불려 가 여록의 딸을 아내로 맞고 주허후(朱虛侯)가 되었다. 그리고 아우인 동모후 유흥거와 함께 군사들을 거느리고 궁궐 지키는 일[宿衛]을 맡아 했다.

그때 주허후 유장은 스무 살로 혈기가 왕성하여 유씨들이 관작을 제대로 얻지 못하는 것에 분개하고 있었다. 한번은 궁궐의 술잔치에서 여태후를 모시게 되었는데, 여태후는 유장에게 주리(酒吏)가 되게 했다. 주리는 궁중에서 여럿이 술을 마실 때 흥을 돋우고 자리를 즐겁게 만드는 일을 맡아 하는 직책이었다. 술자리에 앉은 이들은 주리의 명에 따라 시를 읊기도 하고 노래를 부르거나 춤을 추기도 했는데, 이를 어기면 벌주를 마셔야 했다.

주리가 된 유장이 여태후에게 청했다.

"신은 장군가의 자손[將種]이니 바라건대 군법으로 주리를 맡아 보게 해 주십시오."

"그리하라."

이미 흥이 돋아 있던 여태후가 별 생각 없이 허락했다. 한참 뒤 술자리가 무르익어 술 마시며 부르는 노래와 춤판이 벌어졌을 때 유장이 나서서 말했다.

"청컨대 신이 태후를 위해 경전가(耕田歌)를 부르게 해 주십시오."

"오히려 네 아비라면 밭 가는 일을 알 수도 있겠으나, 너는 왕자로 태어났는데 어떻게 밭 갈며 부르는 노래를 알겠느냐?"

태후가 유장을 어린아이 보듯 하며 웃음 띤 얼굴로 말했다. 유장이 정말로 떼쓰는 아이처럼 말했다.

"신도 압니다."

"좋다. 그럼 어디 한번 나를 위해 경전가를 불러 보아라."

여후가 허락하자 유장이 씩씩하게 노래하기 시작했다.

    논밭을 깊이 갈고 빽빽하게 씨를 뿌리되   [深耕穊種]

    싹이 돋은 뒤에는 듬성듬성 남겨야 하네.   [立苗欲疏]

    싹이라도 제 씨앗에서 나지 아니한 것은   [非其種者]

    호미질하여 남김 없이 뽑아 버려야 하리.   [鉏而去之]

말속에 뼈가 있다고, 그 노래 속에는 유씨가 세운 한나라를 차고앉은 여씨들에 대한 반감이 은연중에 배어 있었다. 여태후도 그 뜻을 알아듣고 어두운 얼굴로 말이 없었다. 하지만 정말로 그 자리의 흥을 깨는 일은 그다음에 벌어졌다. 얼마 뒤 그 자리에 와 있던 여씨들 가운데 하나가 술을 이기지 못해 빠져나가려 하자 유장이 그를 쫓아가 한칼에 베어 버렸다. 그리고 천연덕스럽게 술자리로 돌아와 여태후에게 아뢰었다.

"술자리에서 도망가려는 자가 있어 신이 삼가 군법으로 그를 베었습니다."

그 말에 여태후와 좌우에 있던 사람들은 모두 크게 놀랐다. 하지만 애초부터 군법에 따라 술을 마시기로 한 터라 유장에게 죄를 물을 수는 없었다.

그 일 이후부터 여씨들은 주허후 유장을 두려워하기 시작하였고, 조정의 대신들은 모두 주허후를 따르게 되어 유씨의 위엄이 높아졌다. 여태후가 죽을 무렵에 조왕 여록을 상장군으로 세워 북군을 거느리게 하고, 여왕 여산을 불러들여 남군을 거느리게 한 것도 어쩌면 그처럼 은연중에 자라고 있던 유씨의 기세 때문이었는지도 모를 일이다.

여태후가 죽자 유씨들의 위협을 느낀 여록과 여산도 새로 손아귀에 넣은 도성의 병권에 기대 한나라를 온전히 여씨 천하로 바꿀 변란을 일으키려 했다. 일족의 원로와 영준(英俊)을 불러 모아 유씨들을 죽이고 대신들을 꺾을 방도를 논의했다. 하지만 고제 때부터의 대신 주발이 태위로서 한나라의 병권을 총괄하고 있고, 거기장군 관영이 따로 대군을 거느리고 나가 있어 쉬운 일이 아니었다. 여씨 일족이 모여 의논만 요란할 뿐 함부로 군사를 움직이지 못하고 있는 사이에 며칠이 지나갔다.

주허후 유장은 아내가 여록의 딸이었기 때문에 그와 같은 여씨들의 움직임을 전해 들어 잘 알고 있었다. 몰래 사람을 형인 제왕(齊王) 유양에게 보내 권했다.

형왕(兄王)께서는 어서 대군을 일으켜 서쪽으로 밀고 드십시오. 그러면 저와 동모후가 안에서 호응하여 여씨 족당(族黨)을 모두 주살하고 형왕을 황제로 떠받들도록 하겠습니다.

제왕이 주허후 유장의 계책을 가만히 뜯어 맞춰 보니 될성부른 일 같았다. 이에 곧 외숙부인 사균(駟鈞), 낭중령 축오(祝午), 중위 위발(魏勃)과 함께 군사를 일으키려 하였다. 그러나 제나라 상국 소평(召平)은 한나라 조정에서 보낸 사람이라 제왕의 명을 따르지 않았다. 오히려 소평이 먼저 군사를 일으켜 제나라 왕궁을 에워쌌다.

위발은 평소 상국 소평과 가깝게 지내는 사이였다. 가만히 궁궐을 빠져나가, 마치 궁궐 안에서 도망쳐 나온 것처럼 소평을 찾아보고 말했다.

"왕은 군사를 일으키고자 하나 왕에게는 거기 필요한 한나라 조정의 호부(虎符)가 없소. 허나 상국께서 군사를 일으켜 왕궁을 에워싸신 것은 참으로 잘한 일이오. 왕이 섣불리 군사를 일으켜,

우리 제나라 모든 백성이 모반의 죄를 쓰고 도륙당하게 해서는 안 될 것이오. 그렇지만 상국께서 직접 군사를 이끌고 왕궁을 에 워싸고 계시는 것은 볼썽사납구려. 그 일은 도성의 치안을 맡고 있는 중위인 내게 넘겨주시오. 그러면 내가 상국을 위해 군사를 이끌고 왕이 경거망동하지 않도록 지키겠소."

소평은 왕궁에서 도망쳐 나왔다고 하는 위발의 말이 너무도 그럴듯한 데다 평소에도 가깝게 지내던 사이라 그 말을 믿었다. 위발에게 군사를 내주고 조정의 처분이 있을 때까지 왕궁을 에 워싸고 있게 했다.

위발은 군사를 거느리게 되자마자 칼끝을 되돌려 거꾸로 상국 소평의 부중을 에워쌌다. 그러잖아도 위발이 궁궐 안에서 왕과 함께 있다가 빠져나왔다는 걸 찜찜하게 여기던 소평은 그제야 자신이 속았다는 것을 알았다.

"오호라, 도가의 말에 잘라야 할 것을 자르지 못하면[當斷不斷] 도리어 그 해를 입는다더니, 이게 바로 그 말이로구나!"

그 한마디 탄식을 남기고 자살해 버렸다.

상국 소평이 죽자 제왕은 사균을 상국으로 올리고, 위발을 장군으로, 축오를 내사(內史)로 삼은 뒤 나라 안의 장정들을 모조리 긁어모아 크게 군사를 일으켰다. 그리고 축오를 동쪽으로 보내 낭야왕(郎琊王) 유택을 찾아보고 거짓말로 꾀었다.

"여씨들이 변란을 일으켰기에 우리 제왕께서 군사를 일으켜 서쪽으로 가서 그 족당들을 모조리 주살하려 하십니다. 하지만 제왕께서는 스스로 아직 설익고 나이가 어리다고 여기시는 데다,

군사를 부려 싸우는 일[兵革]을 배운 적이 없으시어, 차라리 제나라를 모두 대왕께 맡기려고 하십니다. 대왕께서는 고조께서 살아계실 때부터 장수로 싸움터를 누비셨기에 군사를 부리는 데 능숙하실 것입니다. 그래서 대왕을 앞세우고 뒤따르려 하나, 함부로 군대를 버려두고 낭야로 올 수가 없어 저를 대왕께 보내셨습니다. 아무쪼록 대왕께서는 임치로 가시어 우리 제왕과 의논할 것이 있다 하고 만나기를 청하십시오. 그리고 대왕께서 몸소 군사를 이끌고 관중으로 들어가 여씨들의 변란을 평정하겠다고 하시면, 제왕께서는 제나라를 들어 바치고 대왕의 뒤를 따를 것입니다."

낭야왕 유택이 보기에 제왕 유양은 아직 애송이에 지나지 않는 데다, 축오의 말이 워낙 그럴듯해 그만 속아 넘어가고 말았다. 별다른 호위도 딸리지 않고 축오와 함께 말을 달려 임치로 갔다.

그런데 낭야왕이 제왕을 만나기 위해 임치에 이르니 일은 오히려 거꾸로 돌아갔다. 제왕은 사균, 위발 등과 더불어 낭야왕을 감금하고, 그를 위협해 부절과 제왕의 뜻을 따르라는 내용의 서신을 받아냈다. 그리고 그것들을 축오에게 주어 낭야로 보내, 그곳의 군사와 장정들을 모조리 긁어모아 오게 한 뒤, 제나라 군사와 아울러 버렸다.

하지만 낭야왕 유택이라고 언제까지고 손 처매 놓고 당하지만은 않았다. 늙은 생강이 맵다고, 나이가 헛되지 않게 자신을 빼낼 꾀를 짜냈다. 어느 날 제왕을 청해 만나 정색을 하고 말했다.

"제나라 도혜왕은 고제의 맏이가 되오. 그리고 대왕은 도혜왕의 맏이시니, 따지고 보면 대왕은 고제의 장손(長孫)이오. 마땅히 대왕께서 제위를 이어야 할 것이오. 지금 조정의 대신들은 머뭇 거리며 누구를 황제로 옹립하여야 할지 결정하지 못하고 있소. 과인은 유씨 종중(宗中)에서 가장 연장이니 대신들은 반드시 나의 결정을 존중할 것이오. 따라서 지금 대왕께서 과인을 여기에 머물게 하는 것은 아무 쓸모가 없는 짓이오. 차라리 과인을 관중 으로 보내어 대왕을 황제로 옹립하는 일을 꾸며 보게 하는 것만 못하오."

제왕이 들어 보니 그 말이 옳은 듯했다. 제 욕심에 눈이 어두 워 유택의 속마음은 헤아려 보지도 않고, 유택을 장안으로 보냈 다. 제 딴에는 유택을 달랜답시고, 수많은 수레와 말을 내어 그의 행차를 요란하게 꾸며 주었지만, 한번 틀어진 유택의 심사를 돌 이킬 수는 없었다.

낭야왕 유택이 장안으로 떠난 뒤에 제왕은 크게 군사를 일으 켜 먼저 여(呂)나라의 제남(齊南)을 쳤다. 그리고 천하의 제후 왕 들에게 글을 띄웠다.

고제께서 천하를 평정하시고 나서 여러 자제 분을 왕으로 세우셨는데, 선왕 도혜왕은 제나라에 봉하셨습니다. 다시 도혜 왕께서 세상을 떠나시자 혜제께서는 유후 장량을 보내시어 신 을 제나라 왕으로 세우셨습니다. 그 뒤 혜제께서 붕어하시고 고후(高后)가 천하사를 처결하게 되었으나, 춘추가 너무 높아 모든 일에 여씨들의 말만 듣고 고제께서 세우신 것을 함부로 폐하였습니다. 여의(如意)와 우(友)와 회(恢) 세 명의 유씨 조왕(趙王)을 차례로 죽였고, 양나라와 연나라와 조나라의 왕위를 유씨에게서 빼앗아 여씨에게 내렸으며, 제나라를 넷으로 쪼개 놓았습니다. 충신들이 진언하여 말렸으나 미혹되어 정신이 어지러운 황상께서는 들어주지 않았습니다. 이제 고후는 죽고 황제는 어려 천하를 다스릴 수 없으니, 마땅히 대신들과 제후들에게 의지해야 합니다. 그런데도 여씨들은 제멋대로 벼슬을 높이고, 널리 군사를 불러 모아 위세를 보태며, 여러 제후와 충신들을 협박할 뿐만 아니라, 거짓으로 조서를 꾸며 천하를 호령하고 있으니, 종묘사직이 크게 위태롭습니다. 이에 과인은 군사를 이끌고 도성으로 들어가 당치 않게 왕이 된 자들을 모두 주살하려고 합니다.

대강 그런 뜻이 담긴 글은 곧 장안의 여씨들에게도 전해졌다. 놀란 상국 여산이 대장군 관영에게 대군을 주어 보내 제나라 군사들을 막게 하였다. 관영은 말없이 군사를 받아 동쪽으로 떠났으나, 여씨들을 따를 뜻은 조금도 없었다. 형양에 이르러 부장들을 모아 놓고 말하였다.

"여씨 일족은 관중 땅에서 병권을 휘어잡고 유씨의 나라를 위태롭게 하며 스스로 제위에 오르려 하고 있다. 지금 우리가 제나라를 쳐부수고 승전을 알리는 것은 곧 여씨를 돕고 그 세력을 키워 주는 일이 된다."

그러고는 형양에 군사를 멈추고 사자를 제왕과 제후들에게 보내 화평을 맺은 뒤, 여씨들이 변란을 일으키기를 기다려 함께 그들을 쳐 없애기로 약조하였다. 제왕도 제나라 서쪽 국경으로 물러나 약조한 대로 여씨들의 변란을 기다리기로 했다.

여록과 여산은 진작부터 관중에서 반란을 일으켜 보려 했으나 안으로는 태위 주발과 주허후 유장 등이 두려웠고, 밖으로는 제나라와 초나라의 군사들이 두려웠다. 또 관영의 군사들이 자기들을 배반할까 걱정이 되어 그때까지도 일을 벌이지 못하고 있었다. 관영이 제나라 군사들과 싸우기를 기다려 관중을 둘러엎기로 하고 다시 숨죽인 채 형세만 살폈다.

제천왕(齊川王) 유태와 회양왕(淮陽王) 유무 그리고 상산왕(常山王) 유조는 죽은 소제(少帝)처럼 혜제의 후궁에게서 났으나, 명목상으로는 장(張)황후의 아들들이고, 여태후의 외증손들이었다. 또 노원왕 장언은 원래 조왕(趙王)이었다가 선평후(宣平侯)로 강등되어 죽은 장오의 아들로서, 여태후에게는 외손자가 된다. 그들 네 왕은 모두 여태후가 세웠는데, 나이가 어려 봉지로 가지 않고 장안에 남아 있었다. 그들은 성은 여씨가 아니었지만 어김없이 여씨 쪽 사람들로, 그래도 명색 왕이라 저마다 봉지에서 데려온 신하와 호위들이 조금씩은 있었다. 거기다가 조왕 여록과 양왕 여산이 각기 남군과 북군을 거느린 채 장안에 있고, 다른 여씨 일족도 집안마다 적지 않은 노복과 가동들을 거느리고 있어 그 세력이 엄청났다. 그들이 함빡 들고일어나면 유씨들은 말할 것도 없고 다른 열후와 대신들도 목숨을 부지하기 어려웠다.

장안이 그렇게 여씨들의 세력 아래 있다 보니 진평은 승상이라도 정사를 볼 수가 없고, 주발은 태위라도 군영으로 들어가 병권을 장악할 수 없었다. 주허후 유장과 동모후 유흥거가 약간의 군사들을 거느리고 있었지만 유씨들의 병력은 보잘것없었고, 다른 대신들도 여태후 집권 아래서 17년을 보내면서 세력다운 세력으로 남아 있는 이가 아무도 없었다. 그나마 제왕과 관영이 밖에서 겁을 주어 여씨들이 함부로 군사를 움직이지 못하는 걸 다행으로 여기며 살얼음판 같은 균형을 지켜 나가는 게 고작이었다.

그런데 먼저 그 균형을 허물고 전기를 만들어 나간 것이 주발과 진평이 앞장선 대신들 쪽이었다. 평생을 기이한 꾀와 속임수로 어려움을 헤쳐 온 진평이 이번에도 늙은 머리를 짜내 여씨들을 무너뜨릴 첫 수를 두었다. 어느 날 주발과 이마를 맞대고 궁리하다가 가만히 일러 주었다.

"지금 가장 쉽게 여씨들의 세력을 제거할 수 있는 길은 그들에게서 병권을 거두는 것이외다. 특히 남북군은 반드시 태위께로 되돌아와야 하오."

"그거야 여씨들도 잘 알고 있을 터, 자신과 족당의 목숨이나 다름없는 병권을 그들이 호락호락 내놓을 리 있겠소?"

진평의 말이라 긴장했던 주발이 실망하는 투로 그렇게 받았다.

"하지만 여록이나 여산의 사사로운 욕심을 부추기고 그 두려움을 일깨워 달래 볼 수는 있을 것이오. 우리 구신, 노장의 자제들 가운데 여록이나 여산과 가깝게 지내는 이가 없겠소?"

진평이 다시 물었다. 그런데 꼭 몰라서 묻는 것 같지가 않았다.

그제야 주발도 퍼뜩 짚여 오는 게 있었지만, 아무것도 모르겠다는 듯 진평의 말을 받았다.

"곡주후(曲周侯) 역상의 아들 역기(酈寄)가 일찍부터 상장군 여록과 막역한 사이로 지내고 있는 것으로 알고 있소. 또 몇 해 전에 세상을 떠난 승상 조참의 아들 조굴(曹屈)도 상국 여산과 흉금을 터놓는 사이라 하오. 하지만 아무리 절친한 친구가 달랜다 해도 자신과 족당의 생사가 걸려 있는 병권을 여록이나 여산이 함부로 내놓지는 않을 것이오. 또 역기나 조굴도 그렇소. 아무리 유씨를 위한다 해도 명색 장상(將相)의 자제로서 어떻게 오랜 친구의 믿음을 하루아침에 저버릴 수 있겠소?"

그러자 진평이 처음부터 하고 싶었던 말을 차분하게 들려주었다.

"지금은 작은 신의를 앞세워 머뭇거리고 있을 때가 아니외다. 내가 알기로 곡주후께서는 병환이 깊어 문밖을 나오지 못한 지도 이미 여러 해 되었소. 그 병든 마음을 충동질해 역기로 하여금 여록을 달래 보게 하면 어떻겠소이까? 따로 역기에게도 뒷날의 무거운 보답을 다짐하면 틀림없이 그 일을 해낼 것이오."

그 말을 듣자 주발은 다시 한번 진평의 냉철한 헤아림에 가슴이 써늘했다. 주발도 여록과 역기의 우의에 대해 세간에 은밀히 떠도는 말을 들어 본 적이 있었다. 역기가 장상의 자제로서 지녀야 할 품위를 잃고, 여씨 족중에서도 가장 여태후의 총애를 받는 여록의 집을 문객처럼 드나들며 구걸해 낸 정리고 신의라는 폄하였다. 그게 정말이라면 방금 진평이 짜낸 계책보다 더 절묘한

202

계책도 없을 듯했다. 이에 두 사람이 이마를 맞대고 논의한 끝에 충과 효를 아울러 앞세워 역기를 달래 보기로 했다.

주발과 진평은 몸져누운 역상에게 먼저 말 잘하는 사람을 보내 겁을 주었다.

"역기가 조왕 여록의 손발이 되어 유씨들과 대신들을 죽이고 여씨들의 천하를 만들려 하고 있습니다. 하지만 지금 밖에서는 제왕(齊王) 유양과 대장군 관영이 손을 잡고 수십만 대군을 몰아 관중으로 밀고 드는 중이고, 안에서는 고제의 장상들이 주허후 유장과 동모후 유흥거의 군사들과 힘을 합쳐 여씨들을 주살할 채비를 갖춰 가고 있습니다. 역기가 이제라도 마음을 돌려 유씨의 한나라로 돌아오면 모르겠거니와, 이대로 여씨들의 앞잡이 노릇을 하다가 제왕과 관영의 대군이 이르는 날이면, 곡주후의 집안에는 향화(香火)를 지킬 얼손(孼孫) 하나 남기 어려울 것입니다."

그러자 역상이 아들을 불러 숨을 헐떡이며 꾸짖고 또 당부하니, 역기에게는 오랜 벗 여록을 저버리는 것이 곧 효도가 되었다. 그 뒤 다시 주발과 진평이 역기를 불러 간곡하게 당부했다.

"지금 태조 고 황제께서 세우신 한나라는 바람 앞의 등불 같은 처지이네. 그대 같은 충의지사가 나서 주지 않으면 유씨의 한나라는 영영 글러 지고 마네. 부디 분발하여 만고의 충신으로 죽백에 길이 이름을 남겨 주게."

그렇게 하여 이번에는 여록을 저버리는 것을 충성으로 만든 뒤에 넌지시 입을 모아 덧붙였다.

"만약 자네가 여록으로 하여금 상장군의 인수를 풀어놓고 북군의 병권을 내놓게 만든다면, 그 상장군의 인수와 북군의 병권은 바로 자네 것이 될 것이네. 여기 우리 두 늙은이가 천지신명께 맹세하여 보증하겠네!"

충효를 성취함에 이어 영달까지 보장한 셈이었다. 그러잖아도 늙은 아버지의 꾸지람에 심란해져 있던 역기는 그와 같은 주발과 진평의 말에 드디어 마음을 바꿔 먹었다. 주발과 진평은 그런 역기에게 여록을 달랠 계책까지 일러 주어 보냈다.

다음 날 일찍 여록을 찾아간 역기는 누구보다 깊이 여록을 걱정하는 척하며 말했다.

"고제와 여후께서 함께 천하를 평정하신 뒤에 유씨로 아홉 왕을 세우시고, 여씨로 세 왕을 세웠소이다. 이는 모두 대신들이 의논해 정한 일로, 이미 제후들에게 널리 알려졌으며, 제후들도 한결같이 마땅하다고 여기고 있소. 허나 이제 태후께서 돌아가시고 황제께서는 어리신데, 그대는 조왕의 인수를 차고서도 얼른 봉국으로 가서 그 땅을 지키려고 하지는 않고, 오히려 상장군이 되어 군사들을 거느리고 이곳에 머물러 대신들과 제후들의 의심을 사고 있소이다. 그대는 어찌하여 상장군의 인수를 돌려주고 병권을 태위에게로 되돌리지 않는 것이오? 빌건대 양왕(梁王, 여산)께도 상국의 인수를 돌려주고 대신들과 맹약한 뒤 봉국으로 돌아가게 하시오. 그러면 제나라는 군사를 물릴 것이요, 대신들도 비로소 마음을 놓을 것이외다. 또 그대는 베개를 높이 하고 누워 사방 천 리가 되는 땅에서 왕 노릇을 할 수 있게 될 것이니, 이야말로 길이 이로운 일이 아니고 무엇이겠소이까?"

진평과 주발이 미리 일러 준 대로였다. 여록은 역기의 말을 믿고 장군의 인수를 내놓고 병권을 태위에게로 되돌리려 하였지만, 여태후가 워낙 엄하게 당부한 일이라 혼자 마음대로 하지 못했다. 먼저 사람을 보내 남군을 거느리고 있는 상국 여산과 여씨 족중의 장로들에게 그런 자신의 속마음을 들려주고 그들의 뜻을 알아보았다. 그러나 그들도 결정하기가 쉽지 않았다. 어떤 이는 좋다 하고 어떤 이는 나쁘다고 하여 결정을 하지 못하고 미루는 사이에 하루가 지나갔다.

여록은 역기를 믿었으므로 그 경황없는 중에도 틈을 내 함께 사냥을 나갔다. 마침 사냥터로 가는 길에 고모 되는 여수(呂嬃)의 집이 있어 여록은 잠시 거기 들렀다. 그때 여수는 죽은 여태후를 대신하여 여자지만 여씨 일족의 원로 대접을 받고 있었다. 이미 여록이 대장군의 인수를 내놓고 병권을 조정에 돌려주려 한다는 말을 들었던지, 여록이 집 안으로 들어서자마자 여수가 성난 목소리로 꾸짖었다.

"너는 장군으로서 군대를 버렸으니, 이제 우리 여씨들은 몸 둘 곳이 없게 되었다."

그러고는 주옥(珠玉)이며 보기(寶器)들을 마당으로 내팽개치며 덧붙였다.

"어차피 다른 사람들이 가져가게 될 터인데 내가 끼고 있을 까닭이 없지!"

오랫동안 여태후 곁에서 갈고닦은 정치적 감각으로 앞을 내다

보고 하는 소리였다.

　다음 날은 여태후 8년 9월 경신일이었다. 아침 일찍 이번에는 어사대부 일을 임시로 맡고 있는 평양후 조굴이 정사를 논의하는 척하며 상국 여산을 달래러 갔다. 그러나 미처 무어라고 말을 붙여 보기도 전에 제나라에 사신으로 갔던 낭중령 가수(賈壽)가 황망하게 돌아와 둘 사이에 끼어들더니 여산을 앞뒤 없이 나무라듯 말했다.

　"대왕께서는 일찍 봉국으로 돌아가지 않으시더니, 이제 와서 비록 돌아가시려 한들 그럴 수 있을 것 같습니까?"

　"그게 무슨 말이오?"

　여산이 알 수 없다는 눈으로 가수를 쳐다보며 물었다. 그러자 가수가 저도 몰래 가빠 오는 숨결을 가다듬으며 말했다.

　"지금 대장군 관영은 옛적에 육국이 합종하여 진나라에 맞섰듯 오히려 제, 초의 군사들과 손을 잡고 여씨들을 모조리 주살하겠다고 큰소리치며 관중으로 쳐들어오고 있습니다. 머지않아 함곡관을 깨고 장안으로 밀고 들 것입니다."

　그래 놓고 한참이나 산동 군사들의 엄청난 세력을 일일이 손꼽아 알리다가 다시 몰아치듯 여산에게 말했다.

　"어서 입궐하시어 우선 장안이라도 온전하게 손아귀에 넣으십시오. 상국께서 이끄시는 남군으로 먼저 미앙궁을 차지하고 황제를 모신 뒤에, 상장군께서 이끄는 북군과 힘을 합치면, 천하의 대세를 틀어쥐기도 크게 어렵지는 않을 것입니다."

　그러자 여산은 조굴이 더 말을 붙여 볼 겨를도 없이 몸을 일으켜 남군의 진영으로 달려갔다. 일이 급해졌다고 본 평양후 조굴은 즉시 승상부로 달려가 승상 진평과 태위 주발에게 그 일을 알렸다.

조굴의 말을 듣자 그 며칠 신중하게 살피고만 있던 주발도 급히 서둘렀다. 얼른 북군 군영으로 달려가 태위의 자격으로 들어가려 했으나, 부절이 없어 들어갈 수가 없었다. 그때 부절을 주관하던 양평후 기통(紀通)이 부절을 가지고 와서 황제의 칙령이라고 거짓말을 하고 주발을 북군으로 들여보냈다. 기통은 전사한 기성(紀成)의 아들이라고 기록되어 있는 곳도 있으나, 형양성에서 한왕을 대신해 불에 타 죽은 기신(紀信)의 아들이라고 한다.

하지만 주발은 북군에 들어가서도 상장군의 인수가 없어 군사를 일으킬 수가 없었다. 이에 다시 역기와 전객(典客) 유게(劉揭)를 북군 군문 안에 있는 여록에게 보내 황제의 칙명을 사칭하게 하였다.

"황제께서는 태위께 북군을 거느리게 하시고, 그대는 봉국으로 돌아가게 하라 명하셨소. 어서 상장군의 인수를 돌려주고 떠나시오!"

역기가 여록을 찾아가 그렇게 말했다. 여록은 이번에도 역기가 자기를 속이고 있다는 것을 전혀 눈치 채지 못했다. 장군의 인수를 전객 유게에게 풀어 줌으로써 병권을 태위 주발에게 넘기고 북군을 떠났다.

드디어 장군의 인수를 손에 넣은 주발은 군문 안으로 들어가 급히 북군 장졸들을 모아들이게 하고 소리쳤다.

"여씨를 위해 싸울 장졸은 오른쪽 어깨를 벗고, 유씨를 위해 싸울 장졸은 왼쪽 어깨를 벗어라!"

그러자 장졸들은 모두 왼쪽 어깨를 벗어 유씨를 따를 뜻을 드러냈다. 그때는 이미 여록이 군문에서 멀리 떠난 뒤라 이로써 북군은 온전히 태위 주발의 손아귀에 들게 되었다.

하지만 남군은 아직도 여산이 거느리고 있어, 그 병권은 여씨들의 손아귀 안에 있었다. 여산이 북군과 연결하여 미앙궁을 둘러엎으려 한다는 말을 평양후 조굴에게서 들은 진평은 급히 주허후 유장을 불러 태위를 돕게 했다. 태위는 주허후에게 북군 군문을 보살피게 하고, 미앙궁을 지키는 위위(衛尉)에게 평양후를 보내 엄명을 내렸다.

"상국 여산을 궁전 문 안으로 한 발자국도 들이지 못하게 하라!"

그때까지도 여록이 이미 북군을 내놓고 떠났다는 것을 몰랐던 여산은 가수가 말한 대로 먼저 미앙궁으로 들어가 변란을 일으키려 했다. 되는 대로 남군을 긁어모아 미앙궁으로 달려갔으나 위위가 궁문을 열어 주지 않아 안으로 들어갈 수가 없었다. 궁궐 주위를 빙빙 돌며 안으로 들어갈 틈만 노렸다.

평양후 조굴이 그걸 알고 걱정이 되어 태위에게 달려가 알렸다. 태위 주발도 아직 거둔 병력이 많지 않아 여씨 일족의 군사들과 싸움을 바로 시작하는 것을 두려워했다. 감히 군사를 내어 여씨들을 주살하자고 말하지 못하고, 황제나 지킬 작정으로 주허후 유장을 불러 말하였다.

"급히 궁궐 안으로 들어가 황제를 지키도록 하시오. 여산이 궁궐 문을 깨고 들어서면 무슨 짓을 할지 모르겠소."

그러자 주허후가 군사를 나눠 달라고 요청했다. 이에 주발은 북군에서 군사 천여 명을 갈라 주었다.

주허후 유장이 군사들과 함께 미앙궁으로 들어갔을 때는 여산도 어떻게 궁궐 안에 든 뒤였다. 해 질 무렵 여산이 이끄는 남군과 만난 유장은 머뭇거림 없이 그들을 들이쳤다. 머릿수는 여산이 이끄는 남군이 훨씬 많았으나, 자기들을 공격한 것이 그때까지도 한편이라 믿고 있던 북군이란 걸 알자 여산은 기세에서 우선 밀리고 말았다. 거기다가 갑자기 거센 바람까지 불어와 여산을 따르던 남군 장졸들은 더욱 혼란에 빠져 싸우려 들지 않았다. 저마다 목숨을 건져 달아나기 바쁘니 여산도 함께 달아나는 수밖에 없었다. 주허후는 그런 여산을 뒤쫓아 가 낭중령 관부의 측간에서 그를 죽였다.

주허후 유장이 여산을 죽이고 미앙궁을 온전히 지켜 내자 황제는 알자(謁者)에 부절을 주어 보내 주허후의 노고를 위로하게 하였다. 그러나 알자가 들고 온 부절을 본 주허후는 딴생각이 났다.

"아직 장락궁에 적지 않은 조정 대신들이 있는데 그 궁문을 지키는 위위는 여갱시(呂更始)외다. 여갱시가 여기 소문을 들으면 무슨 짓을 할지 모르니 내가 그 부절을 앞세우고 가서 먼저 그를 목 베어야겠소. 알자는 잠시 그 부절을 내게 넘겨주시오."

주허후가 알자에게 그렇게 말해 보았다. 하지만 알자는 엄한 표정으로 고개를 내저으며 말했다.

"이 부절은 황제 폐하께서 신에게 내리신 것입니다. 함부로 남에게 넘길 수 없습니다."

이에 주허후는 어쩔 수 없이 부절을 받쳐 든 알자를 수레에 태우고 함께 장락궁으로 달려갔다. 그리고 알자가 손에 든 부절을 들어 보이며 궁문을 열게 하여 위위 여갱시를 목 베었다. 그런 다음 말을 달려 북군으로 돌아가 태위 주발에게 그간에 있었던 일을 모두 알렸다.

듣고 난 주발이 반가운 표정으로 일어나 주허후 유장에게 하례를 올렸다.

"여록이 북군을 내놓고 떠나면서 우리가 두려워하던 것은 오로지 여산이었는데, 이제 그를 죽였다니 천하는 곧 안정될 것이오. 이는 모두 주허후의 공이오."

그러고는 비로소 여씨 일족을 모조리 잡아들이라는 명을 내렸다. 사람들이 여러 갈래로 나뉘어 도성을 뒤지고 여씨 일족이면 남녀를 가리지 않고 모조리 잡아들인 다음 늙고 젊고를 가리지 않고 그날로 모두 죽였다.

다음 날은 봉국 조나라로 돌아가던 여록이 사로잡혀 와 목을 잃었고, 발악하는 여수를 잡아 매질해 죽였다[笞殺]. 또 사람을 보내 연왕(燕王) 여통(呂通)을 죽였으며, 여태후가 그토록 애지중지하던 노원왕 장언을 폐위했다. 결국 여태후가 자식 다음으로 아꼈던 여씨 일족은 모조리 죽고 그가 세웠던 제후 왕도 누구 하나 성치 못했다. 아직 여태후의 혼백이 이 세상을 온전히 떠나지 못한 달포 안의 일이고 보면, 권력 추구의 화신으로서 여태후가 치른 대가 또한 결코 적지 않았음을 알 수 있다.

그런데 여기서 세월을 앞당겨서라도 꼭 살펴보고 싶은 게 여태후와 사통하여 그 치세 10여 년 동안 온갖 부귀와 영화를 누렸던 벽양후 심이기의 마지막이다. 여태후가 죽었을 때 좌승상이던 심이기는, 어찌 된 일인지 여씨들이 주살당하기 하루 전날 좌승상에서 면직되어 황제의 태부로 밀려남으로써, 다음 날의 피바람을 피할 수 있었다. 뿐만 아니라 여씨들과의 밀접한 관계에도 불구하고 이틀 뒤 심이기는 다시 좌승상이 되었고, 끝내 벼슬에서 밀려난 뒤에도 죽음은 면하였다.

태사공은 계책을 세워 심이기를 살아남게 해 준 것이 고조 때 태중대부(太中大夫)를 지낸 육가(陸賈)와 평원군(平原君) 주건(朱建)이었다고 한다.

육가는 패왕 항우의 사람이던 회남왕 경포를 한왕 유방 쪽으로 끌어들이고, 남월왕(南越王) 위타(尉他)를 한나라에 복속시킨 세객으로 이름이 높았다. 또 '말 위에서 천하를 얻을 수는 있어도 말 위에서 천하를 다스릴 수는 없다.'는 말로 고제에게서 문치를 이끌어 낸 유가로서도 널리 알려진 사람이었다. 그런데 육가는 그 두 가지 재능에 못지않게 능란한 처세가로서도 이름이 높았다. 여태후 때 병을 핑계로 벼슬에서 물러났으나, 한편으로는 심이기와 사귀고 다른 한편으로는 진평, 주발과 사귀었는데, 그게 나중에 심이기를 살리는 힘이 되었다. 심이기가 재물로 평원군 주가의 환심을 사 문객처럼 쓸 수 있게 다리를 놓아 준 것도 육가였다.

하지만 육가와 평원군의 빼어난 계책도 회남왕(淮南王) 유장(劉長)이 어미의 원통한 죽음을 듣고 키운 원한에서는 심이기를 지켜 내지 못했다.

회남왕 유장은 고조의 일곱째 아들로 그의 어머니는 조왕(趙王) 장오의 후궁이던 조(趙) 미인이었다. 한 8년 고조가 모반한 한왕(韓王) 신(信)을 치고 돌아오다가 조나라에 들렀을 때, 장오가 그녀를 바쳐 잠자리를 시중들게 하였는데, 그때 고조의 총애를 입어 유장을 배게 되었다. 그러나 몇 달 안 돼 관고(貫高) 등의 음모가 드러나 조왕 장오가 장안으로 압송될 때 유장을 배고 있던 조 미인도 조왕의 후궁이라 하여 함께 끌려갔다.

조 미인은 옥리에게 자신이 황제의 아이를 배고 있다고 말하고, 옥리도 이를 고조에게 전했으나, 조왕 장오에게 몹시 화가 나 있던 고조는 그녀를 알아보지 못했다. 이에 유장의 외숙 되는 조겸(趙兼)은 그때도 이미 여후의 신임을 받고 있던 벽양후 심이기를 통해 여후에게 그 일을 알렸다. 그러나 여후는 투기가 일어 조 미인의 일을 밝혀 주려 하지 않았고, 심이기도 굳이 그런 여후의 뜻을 거슬러 가며 조 미인을 구해 주려 하지 않았다. 그 바람에 옥중에서 유장을 낳은 조 미인은 제 성을 이기지 못해 자살하고 말았다.

핏덩이 같은 유장을 받은 옥리가 고조에게 다시 그 일을 알리니, 고조도 그제야 후회하며 유장을 아들로 거두어들여 여후를 어머니로 삼게 하였다. 그리고 경포를 쳐 없앤 뒤에는 어린 유장을 회남왕에 봉했다.

유장은 일찍 어머니를 잃고 여후를 어머니 삼아 자랐는데, 기른 정 때문인지 여후도 그만은 해치지 않았다. 그러나 자라면서 원통하게 죽은 어머니의 얘기를 듣게 되고, 또 여후의 침소를 드나들며 위세를 떨치는 심이기를 보면서, 그에 대한 원한을 키워 갔다. 어머니를 구해 줄 수 있었는데도 구해 주지 않았다 하여 직접 죽인 것보다 더 미워하며 원수 갚음을 벼렀다.

회남왕 유장은 성격이 굳세고 거칠며, 큰 솥을 들어 올릴 만큼 힘이 장사였다. 거기다가 여씨 일족이 주멸당하고 효문제(孝文帝)가 옹립되자, 황제에게 가장 가까운 골육이 되면서 더욱 교만해지고 못할 짓이 없었다. 그러나 봉국이 멀고, 천하는 변란 뒤의 어수선한 때라 자주 입조할 수가 없어 심이기를 벌할 틈을 얻지 못했다.

효문제 3년 마침내 회남왕 유장이 장안으로 조회를 왔다. 회남왕은 어진 효문제의 우애만 믿고 온갖 횡포를 저질렀다. 황제의 사냥터에서 함부로 사냥을 하고, 황제와 나란히 수레를 타고 달렸으며, 황제를 '큰형님[大兄]'이라고 불러 대신들을 성나게 했다. 그러다가 어느 날 드디어 유장은 벽양후 심이기를 장안에 있는 자신의 저택으로 불렀다.

심이기도 불길한 느낌이 없지 않았으나 비루한 헤아림이 그 느낌을 억눌렀다. 황제에게 가장 가까운 골육인 회남왕의 부름을 마다할 수 없다 하여 바로 달려갔다. 심이기가 집 안으로 들어서자 회남왕은 소매에서 철퇴를 꺼내 다짜고짜로 심이기를 쳤다.

심이기가 비명 한번 제대로 지르지 못하고 피투성이가 되어 쓰러지자 회남왕은 시종에게 시켜 그 목을 자르게 했다.

그런 다음 심이기의 머리를 들고 말에 올라 궁궐로 달려갔다.

황제에게 알현을 청한 회남왕은 사죄의 뜻으로 어깨를 벗은 채 심이기의 목을 바치며 말했다.

"신은 세 가지 죄를 물어 적신 심이기의 목을 베었습니다. 신의 어미는 조왕 장오의 일과 무관하건만 옥중에서 죽어야 했습니다. 그때 심이기는 여후를 움직여 말릴 힘이 있었는데도 힘써 말리지 않았으니 그 죄가 하나입니다. 조왕 여의(如意) 모자는 죄가 없건만 여후는 그들을 참혹하게 죽였습니다. 그런데 심이기는 그럴 힘이 있으면서도 말리지 않았으니 그 죄가 둘입니다. 여후는 여씨 일족을 왕으로 세우고 우리 유씨들을 해치려 했습니다. 그때도 심이기는 전혀 말리지 않았으니 그 죄가 셋입니다. 신은 삼가 천하를 위해 적신 심이기를 죽이고 원통하게 죽은 어미의 원수를 갚았으되, 지엄한 왕법을 받들지 않았기로 이에 엎드려 죄를 청하옵니다."

효문황제는 적지 아니 심기가 불편했으나 오직 하나 살아남아 있는 아우라 차마 회남왕을 벌하지 못했다. 여씨 일족이 모두 주살된 뒤로 3년이 채 차지 못한 때의 일이었다.

주발과 진평은 장안이 평정된 뒤 주허후 유장을 제왕에게로 보내 여씨 일족을 모두 주살한 일을 알리고 군사를 제나라로 물리도록 했다. 관영의 군사도 형양에서 철수하여 도성으로 돌아왔다. 그러나 황제는 아직도 여태후가 세운 소제(少帝)였다. 대신들이 그 일을 의논하여 말하였다.

"소제와 양왕, 회양왕, 상산왕은 모두 효혜황제의 친아들이 아니오. 여후가 거짓으로 다른 사람의 아들을 데려다가 황제의 아들이라 속인 것이오. 그들의 생모를 죽이고, 후궁에서 키워 효혜황제의 친아들로 만든 것이외다. 그런 다음 그 후사로 세우거나 제후 왕으로 삼아 여씨들의 세력을 키우는 데 써 왔소. 이제 우리는 여씨들을 모두 죽였으나, 그들이 세운 왕들을 그대로 남겨 두어 그들이 장성한 뒤 일을 벌이게 되면, 우리는 아무도 살아남을 수 없을 것이오. 저들을 모두 내쫓고 여러 왕들 가운데 어진 이를 골라 황제로 삼는 것이 낫겠소."

누가 그렇게 말하자 한 대신이 일어나 큰 소리로 제왕 유양(劉襄)을 황제감으로 내세웠다.

"제나라 도혜왕은 고황제의 맏아들로 지금의 제왕은 바로 그 도혜왕의 맏이외다. 그러므로 혈통으로 보아서는 제왕이 고황제의 장손이 되니 황제로 세울 만하오."

그러자 낭야왕 유택이 몇몇 대신들을 충동질해 가로막고 나섰다.

"제왕의 외숙 되는 사균(駟均)이란 자가 매우 흉포해, 비유컨대 호랑이 중에도 가장 흉포한 호랑이라 할 수 있습니다. 여태까지 여씨들 때문에 천하가 어지러웠는데, 지금 다시 제왕을 옹립하는 것은 또 다른 여씨들을 끌어들이는 것과 다르지 않습니다."

지난번에 제왕에게 속아 앉은 채로 낭야의 군사들을 모두 빼

앗긴 앙갚음이었다. 이에 다른 대신들이 회남왕 유장을 세우려
했다.

"회남왕은 나이가 어린 데다 그 외가 또한 사균의 집안 못지않
게 흉악합니다."

회남왕의 외가를 잘 아는 대신이 그렇게 말하며 두 손을 내저
었다. 그리고 회남왕에 갈음하여 대왕(代王) 유항(劉恒)을 천거
했다.

"대왕께서는 고제의 혈맥으로 지금 살아 있는 황자들 가운데
서 가장 나이가 많이 드셨을 뿐만 아니라, 사람됨이 어질고 효성
스러우며 너그럽습니다[仁孝寬厚]. 또 태후 박씨(薄氏)의 친정도
신중하고 선량한 집안이라 여씨들 같은 행악을 걱정하지 않아도
됩니다. 가장 나이 든 아들로 제위를 잇게 하는 것이 순리에 맞
거니와 이미 인효(仁孝)로 세상에 널리 알려진 분이니 황제로 옹
립해도 시비가 없을 것이오."

이에 대신들은 대왕 유항에게 가만히 사람을 보내 황제로 옹
립하겠다는 뜻을 전했다.

대왕은 장안의 일이 어떻게 변할지 잘 알 수가 없어 곁에 두고
부리는 신하들과 낭중령 장무(張武) 등을 불러 놓고 어찌해야 할
지를 물었다. 장무와 몇몇 신하가 입을 모아 말했다.

"한나라 조정의 대신들은 모두 고황제 때의 대장들로서, 군사
를 부리는 데 능숙하고 계모(計謀)와 속임수가 많은 이들입니다.
그들이 속으로 바라기는 대신이 되는 것으로 그치지 않지만, 고

황제와 여태후의 위세를 두려워하여 이제껏 가만히 있었을 뿐입니다. 그들은 이제 여씨 일족을 죽여 도성을 피로 물들이고, 대왕을 맞아들인다는 것으로 그 명분을 삼으려 하고 있습니다. 따라서 그들의 말을 그대로 다 믿을 수는 없는 일입니다. 바라건대대왕께서는 잠시 병을 핑계로 가지 마시고 여기서 그 변화를 살피도록 하십시오."

그러자 중위 송창(宋昌)이 나서서 말했다.

"신이 보기에 그와 같은 여러 대신들의 논의는 모두 잘못된 것입니다.

무릇 진나라가 실정하여 제후와 호걸들이 아울러 들고일어났을 때, 저마다 스스로 천하를 얻을 수 있다고 여긴 자가 많았으나, 끝내 천자의 자리에 오른 것은 유씨였습니다. 이에 천하가 모두 천자가 되려는 생각을 접었으니, 이는 곧 여러 대신들의 논의가 틀렸다고 할 수 있는 첫 번째 이유입니다.

그다음 고제께서 자제들을 왕으로 봉하시니, 봉지의 경계는 개가 이빨을 악물고 있듯 서로 맞물려, 그것이 이른바 반석과 같이든든한 종실을 이루었습니다. 이로 말미암아 천하가 한나라 종실의 강함에 복종하고 있으니, 이는 대신들의 논의가 잘못된 것이라 할 수 있는 두 번째 이유입니다.

거기다가 한나라가 일어나 진나라의 가혹한 정치를 걷어 내고, 법령을 간략하게 하며 은덕과 혜택을 베풀어, 사람마다 스스로한나라의 다스림에 안주하고 있습니다. 따라서 저들이 아무리 애를 써도 백성들이 쉽게 흔들리지 않을 것이니, 이는 대신들이 논의가 감히 틀렸다고 할 수 있는 세 번째 이유입니다.

여태후의 엄한 위세는 여씨 일족에서 세 명의 왕을 세웠으며, 조정의 권세를 홀로 틀어쥐고 정사를 멋대로 휘둘렀습니다. 그러나 태위 주발이 부절을 지니고 북군으로 가서 한번 호령하자, 병사들이 모두 왼쪽 어깨를 드러내 유씨를 편들고 여씨에 맞서 마침내는 그들을 모두 죽여 없앴습니다. 이는 모두 하늘의 뜻이지 사람의 힘으로 된 일이 아닙니다. 지금 비록 한나라 조정의 대신들이 변란을 일으키려 한다 해도 백성들이 따라 주지 않을 것이니 그들이 부리는 패거리인들 오직 한마음으로 그들을 따라 주겠습니까? 또 지금 남아 있는 여씨 일족은 안으로 주허후와 동모후 같은 유씨들에게 떨고 있고, 밖으로는 오나라와 초나라에 회남과 낭야며 제나라와 대나라의 강성함을 겁내고 있습니다. 그들이 이제 와서 무슨 짓을 할 수 있겠습니까? 더군다나 고제의 황자로 남아 계신 분은 회남왕과 대왕(大王)뿐이신데, 대왕께서 손위이시고 밝고 어지심과 너그럽고 효성스러움으로 세상에 널리 알려지셨습니다. 그 때문에 대신들이 세상 사람들의 마음을 좇아서 대왕을 황제로 받들고자 하는 것이니, 대왕께서는 결코 의심하셔서는 아니 됩니다."

그래도 대왕 유항은 선뜻 그 말을 따를 수가 없었다. 박태후(薄太后)에게도 그 일을 알리고 의논해 보았으나 결정을 내릴 수 없기는 마찬가지였다. 이에 복자(卜者)를 불러 거북등껍질[龜甲]을 구워 보게 하였더니 가로로 크게 갈라진 금이 나왔다. 복사(卜辭)의 뜻이 이렇게 나왔다.

'가로로 갈라진 자취가 굳고 강하니 나는 천왕(天王)이 되어 하나라의 계왕(啓王, 우임금의 아들)처럼 빛나리라.'

"과인은 이미 왕이 되었는데, 또 무슨 왕이 된단 말이오?"

대왕이 복사를 듣고 알 수 없다는 듯 그렇게 물었다. 점을 친 사람이 다시 한번 복사를 풀이해 주었다.

"천왕이란 바로 천자를 말하는 것입니다."

그제야 대왕도 조금 마음이 움직였다. 먼저 태후의 동생 박소(薄昭)를 강후 주발에게로 보내 한 번 더 내막을 살펴보게 했다. 박소가 장안으로 가자 강후를 비롯한 대신들이 모두 나서 진심으로 대왕을 황제로 받들 뜻임을 거듭 밝혔다. 박소가 돌아와서 대왕에게 알렸다.

"믿어도 되겠습니다. 더 의심할 게 없습니다."

그 말을 들은 대왕이 웃으며 송창에게 말했다.

"과연 공의 말과 같구려."

이어 대왕은 송창을 참승(驂乘)으로 삼고 장무 등 여섯 사람과 함께 역참의 빠른 수레[傳車]를 몰아 장안으로 떠났다.

대왕은 장안 동북 50리쯤 되는 고릉에 이르러 쉬면서 송창을 먼저 장안으로 보내 변화를 살펴보게 했다. 송창이 위교에 이르니 승상을 비롯한 대신들이 모두 영접을 나와 있었다. 송창이 돌아가 알리자 대왕은 수레를 빨리 몰게 해 위교에 이르렀다.

모든 신하들이 대왕을 배알하며 신을 일컫는 가운데 태위 주발이 나서 천자의 옥새와 부절을 바쳤다. 대왕이 사양하며 말했다.

"그 일은 대저(代邸, 장안에 있는 대나라 왕의 저택)로 가서 논의함이 옳을 것이오."

그리고 수레를 대저로 몰아가니 여러 신하들과 장수들도 그 뒤를 따라갔다.

대저에 이른 뒤 승상 진평, 태위 주발, 대장군 진무(陳武), 어사대부 장창(張蒼), 종정(宗正) 유영, 주허후 유장, 동모후 유흥거, 전객(典客) 유게 등이 모두 다시 제왕에게 절을 올리며 말하였다.

"효혜황제의 아들이라고 하는 홍(弘, 소제) 등은 모두 효혜황제의 참 아들이 아니므로 종묘를 받들 수 없습니다. 저희들은 음안후(陰安侯, 유방의 맏형 유백의 아내)와 경왕후(頃王后, 유방의 둘째 형 유중의 아내) 및 낭야왕과 종실 어른들, 대신들과 열후, 그리고 녹봉 2천 석이 넘는 관원들과 논의 끝에, 대왕께서는 이제 남아 계신 고황제의 혈육 가운데 맏이시므로 마땅히 고황제의 후사가 되어야 한다는 데 뜻을 모았습니다. 바라건대 대왕께서는 천자의 자리에 오르시옵소서."

"고제의 종묘를 받드는 것은 매우 중대한 일이오. 과인은 밝고 어질지 못해 종묘를 받들기에 마땅치 않소. 지금 종실의 가장 어른이시자 사사롭게는 과인의 숙부 되시는 초왕(楚王)을 모시고 마땅한 이를 찾아보시오. 과인으로서는 실로 감당키 어려운 일이오."

대왕이 그렇게 사양했다. 그러자 여러 신하들이 모두 바닥에 엎드려 대왕이 제위에 오르기를 거듭 빌었다. 하지만 그래도 대왕은 선선히 받아들이지 않았다. 서쪽을 바라보며 세 번 사양하고 남쪽을 바라보며 두 번 사양했다. 승상 진평을 비롯한 여러 대신들이 다시 입을 모아 말했다.

"엎드려 헤아리건대, 고제의 종묘를 받드는 데는 대왕보다 나은 이가 없습니다. 여기 있는 저희뿐만 아니라, 천하의 제후들과 뭇 백성들도 대왕께서 종묘를 받드는 것이 마땅하다 여길 것입니다. 종묘사직을 위해 꾀한 일이라 저희가 헤아림에 감히 소홀할 수 없었으니, 바라건대 대왕께서도 저희들의 주청을 들어주시옵소서. 삼가 천자의 옥새와 부절을 다시 올립니다."

그제야 대왕도 더는 사양하지 않았다.

"종실과 장상, 여러 봉국의 왕들과 열후들이 모두 과인보다 더 마땅한 이가 없다 한다니, 더는 마다하지 못하겠구려. 공들의 뜻을 받아들이겠소."

그렇게 마지못한 듯 황제의 보위를 받아들였다. 하지만 한나라 제실이 흘려야 할 피는 아직 다하지 않았다. 대왕의 허락이 떨어지기 무섭게 동모후 유흥거가 나섰다.

"여씨 일족을 주살할 때 나는 이렇다 할 공을 세우지 못했소. 바라건대 새 황제께서 궁궐로 드시기 전에 아직까지 거기 남아 있는 여태후의 꼭두각시들을 치워 버리는 일은 내게 맡겨 주시오."

동모후가 대신들에게 그렇게 말하고 태복인 여음후 하후영과 함께 미앙궁으로 갔다. 곧장 대전으로 들어간 동모후는 놀라 맞는 소제에게 엄한 목소리로 말했다.

"그대는 유씨가 아니니 천자의 자리에 앉아 있을 수가 없소.

일어나 나를 따라오시오."

그 난데없는 소리에 어린 황제는 하얗게 질린 얼굴로 동모후를 바라볼 뿐 대꾸조차 하지 못했다. 소제 좌우에 있던 시위들도 그 갑작스러운 변고에 어쩔 줄 몰라 했다. 멈칫거리며 눈치만 보다가 동모후가 무섭게 노려보며 손짓을 하자 모두 무기를 내려놓고 떠났다. 그 시위 가운데 몇몇이 여전히 창칼을 지닌 채 소제 곁에 붙어 서 있자 환자령(宦者令) 장택(張澤)이 그들을 보고 말했다.

"태조 고황제의 맏이 되시는 대왕(代王)께서 이미 새 황제에 오르셨소. 저기 앉은 사람은 양왕이나 회양왕, 상산왕처럼 여태후가 밖에서 얻어 와 어릴 때부터 궁 안에서 키웠을 뿐 유씨가 아니오. 이미 폐위되어 평민으로 돌아갔으니 그대들은 애써 호위할 것 없소."

그러자 남아 있던 시위들도 무기를 내려놓고 떠났다. 등공은 천자의 수레를 불러서 소제를 태우고 궁궐을 나섰다.

"나를 어디로 데려가는 것이오?"

소제가 떨리는 목소리로 물었다. 등공이 무뚝뚝하게 대답했다.

"궁궐 밖으로 나가 사시게 될 것이오."

그리고 소제를 소부(少府)에 내려 주었다. 이어 등공 하후영은 태복으로서 천자가 의식을 치를 때 쓰는 법가(法駕)를 내어 대저(代邸)에서 대왕을 수레로 맞아들이며 알렸다.

"궁궐 안은 삼가 깨끗하게 치웠습니다."

대왕은 그날 저녁 미앙궁으로 갔다. 대왕의 수레가 궁궐로 들어가려는데 알자 열 명이 창을 들고 궁문을 지키면서 말했다.

"천자께서 계시는 곳이오. 그대는 무엇을 하려 들어가려는 것이오?"

이에 대왕이 수레를 멈추게 하고 태위 주발을 불렀다. 주발이 알자들에게 소제가 폐위되고 새 황제가 옹립되었음을 알려 주자, 그들도 모두 무기를 내려놓고 떠났다.

궁궐로 들어간 대왕은 그날로 정사(政事)를 돌보았다. 밤에 송창을 위장군(衛將軍)에 임명하여 남북군을 거느리게 하였고, 장무는 낭중령을 삼아 궁궐의 경비를 맡게 했다. 하지만 그동안에도 소부와 장안에 있는 양왕, 회양왕, 상산왕의 저택에서는 남모르게 한바탕 피바람이 몰아쳤다. 여씨들의 남은 세력을 쓸어버리는 일을 맡은 관원들[有司]이 길을 나누어 소제와 여씨들인 양왕, 회양왕, 상산왕을 모두 죽이면서 일으킨 피바람이었다.

대왕은 천자의 자리에 오른 지 스물세 해 만에 세상을 떠났는데, 그가 곧 한나라의 세 번째 황제가 되는 태종(太宗) 효문황제(孝文皇帝)이다. 위만(衛滿) 정권을 멸망시키고 고조선(古朝鮮)의 땅에 한사군(漢四郡)을 설치한 것으로 우리에게 잘 알려진 한무제(漢武帝)는 그 손자가 된다.

(끝)

『사기(史記)』로 본 『초한지』 이전의 고대 중국 세계

삼황오제(三皇五帝)와 하(夏) · 은(殷) · 주(周)

중국의 신화와 전설에 따르면, 하늘과 땅이 열리고 사람이 난 뒤 처음으로 세상을 다스린 이들을 일컬어 삼황(三皇)이라고 한다. 어떤 기록에는 천황(天皇)과 지황(地皇)과 인황(人皇) 또는 태황(泰皇)이 그 삼황이며, 그들은 저마다 한 왕조의 이름이라고 되어 있다. 곧 천황씨 열둘에 지황씨 열하나와 인황씨 아홉이 잇따라 수만 년을 다스렸다는 것인데, 그 기록을 믿는 이는 그리 많지 않아 보인다. 그보다는 왕자(王者)로서 가장 먼저 세상에 알려진 세 사람을 삼황으로 보는 쪽이 더 널리 받아들여지고 있는 듯하다.

그 삼황으로 먼저 태호(太皥) 포희씨(庖犧氏) 또는 복희씨(伏犧氏)와 염제(炎帝) 신농씨(神農氏)를 꼽는 데는 많은 기록이 일치한다. 하지만 나머지 하나가 누구냐에 대해서는 논자와 주장에 따라 각기 다르다. 여와씨(女媧氏)나 축융(祝融)을 복희씨와 신농씨 사이에 끼우기도 하고 수인씨(燧人氏)를 그 둘 앞에 내세우기도 한다. 따로 황제(黃帝) 헌원씨(軒轅氏)를 그 둘 뒤에 끌어다 붙이는 이도 있다.

누구누구를 가리키는지 일정하지 않기로는 삼황에 이어 세상을 다스렸다는 오제(五帝)도 비슷하다. 고양씨(高陽氏)라고도 불리는 전욱(顓頊), 고신씨(高辛氏) 제곡(帝嚳), 도당씨(陶唐氏) 요(堯), 유우씨(有虞氏) 순(舜), 이 네 사람은 대개 일치하나 오제의 맨 앞에 놓이는 사람은 주장마다 다르다. 황제(黃帝)를 오제의 앞머리에 두는가 하면 소호(少昊)를 내세우는 이도 있다. 또 다르게는 황제와 금천씨(金天氏)를 함께 넣어 오제가 아닌 육제(六帝)를 만들기도 한다.

하지만 그 모든 이들 가운데 황제의 위치는 어떤 주장에서도 크게 보아서는 서로 통하는 데가 있다. 곧 삼황의 끝이거나 오제의 앞머리가 되어 신화와 전설 시대의 끝 또는 역사 시대의 시작을 상징하고 있다. 그중 황제의 치세(治世)를 역사 시대의 시작으로 보는 이로는 특히 태사공(太史公) 사마천(司馬遷)을 들 수 있을 것이다. 그는 황제를 오제의 앞머리에 놓고, 첫 문장이 '황제는[黃帝者]……'인 「오제본기(五帝本紀)」로 중국 최초의 역사서인 『사기』를 시작하고 있다. 그리고 그 말미에는 오제가 모두 실재

했던 인물임을 은근히 뒷받침하는 자신의 답사 경험을 덧붙여 놓았다.

뿐만 아니라, 사마천은 어디에 근거했는지 모르지만 황제를 시작으로 하는 고대 왕실의 계보를 세밀히 기록해, 오제로부터 하(夏), 은(殷), 주(周)를 거쳐 진(秦)에 이르기까지 모든 고대 왕국의 제왕(帝王)들이 황제의 자손임을 밝히고 있다. 그의 『사기』에 따르면 한(漢)나라 이전까지의 중국 고대사는 바로 황제와 그 자손들이 펼치는 세계가 된다.

황제의 성은 공손(公孫)이며 웅씨(熊氏) 혹은 헌원씨(軒轅氏)라 불리었다. 소전국(少典國) 왕비 부보(附寶)의 아들로 기록된 것으로 보아 작은 부족이지만 족장 또는 제후 가문의 출신이었던 것 같다. 황제는 부보가 벌판에서 큰 번개에 싸인 북두칠성의 첫째 별을 보고 잉태하여 스물넉 달 만에 태어났다고 한다.

때는 삼황의 마지막인 염제(炎帝) 신농씨가 이미 쇠약해진 뒤라 세상은 어지럽기 짝이 없었다. 처음 신농씨를 섬기던 황제는 창과 방패 따위 무기를 쓰는 법을 익혀 신농씨에게 거역하는 제후들을 정벌했다. 하지만 점점 그 세력이 커지면서 다른 제후들을 모조리 휘어잡고 끝내는 염제까지도 압도하게 된 듯하다. 그러다가 다른 강력한 제후였던 치우(蚩尤)의 반란을 탁록(涿鹿)의 들판에서 쳐부수고, 염제 신농씨에 갈음하여 천자가 되었다.

황제로 하여금 천하의 주인이 될 수 있게 한 것은 무엇보다도 그의 강력한 군사적 지도력이었음은 그가 다스리는 동안 늘어난

판도로도 잘 알 수 있다. 서북쪽 내륙 지방에 치우쳐 있던 영토
는 드디어 동으로는 태산을 거쳐 발해에 이르고, 서북으로는 오
늘날의 감숙성 공동산(空洞山)에 이르렀다. 또 남으로는 하남성
웅산을 아우르고 동남으로는 멀리 호남성 상산에까지 미쳤다.

　하지만 뒷날의 통치자들에게 '이상화(理想化)된 과거'가 되고,
황로학파(黃老學派)들에게는 종교적인 외경(畏敬)까지 불러일으
켰던 황제의 위대함은 천자가 된 뒤의 내치에 있었던 듯싶다. 그
는 법을 제정하고 제도를 정비하였으며, 인재를 고루 등용하여
고대 부족국가 연합에 가까웠던 나라의 면모를 일신하였다. 또
문화와 예절을 일으키고 학문을 장려하여 『사기』에 이런 구절이
남게 하였다.

　　그[黃帝]는 천지사시의 운행 법칙에 순응하여 음양의 변화
　를 예측하였고, 산 자를 보살펴 기르고 죽은 자를 예절로 보내
　는 제도를 연구하였으며, 국가 존망의 이치를 고찰하였다. 또
　한 때에 맞추어 갖가지 곡식과 초목을 심게 함으로써 그 덕화
　(德化)가 날짐승, 들짐승과 벌레들에게까지 미쳤고, 해와 달과
　별과 수파(水波), 토석(土石), 금옥(金玉)을 두루 살피어 모두가
　백성에게 이익이 되게 하였다…….

　황제는 서릉족(西陵族)의 딸 유조(縲祖)를 정실로 삼아 두 아들
을 얻었으니, 큰아들은 현효(玄囂) 곧 청양(靑陽)이며 둘째는 창
의(昌意)이다. 또 아들 스물셋이 더 있었으나 황제가 죽은 뒤 수

천 년 동안 천하는 적자인 그 두 아들의 후손에게로만 이어졌다.

오제(五帝) 가운데 두 번째인 전욱 고양씨는 황제의 둘째 아들 창의의 맏이이다. 전욱은 할아버지 황제가 죽자 뒤를 이어 제위에 올랐는데, 군사적 정복에 특히 업적을 남겨 그의 시대에 오제의 판도는 다시 한번 크게 넓어진다. 북쪽으로는 지금의 하북성 북부와 요녕성 남부인 유릉(幽陵)에 이르고, 남쪽으로는 벌써 교지(交趾)에 이르렀다고 한다. 서쪽으로는 고비사막인 유사(流砂)까지 나아갔으며, 동쪽으로는 동해 바다 건너 반목(蟠木)이란 곳까지 세력이 미쳤다고 전한다.

전욱이 죽자 황제의 맏아들 현효의 손자인 고신이 제위를 이었다. 이가 곧 제곡(帝嚳)으로 황제에게는 증손자가 된다. 제곡은 내치에 밝으면서도 매우 문화적인 통치자였던 것 같다. 그의 모습은 온화했고, 덕품은 고상했으며, 행동은 천시(天時)에 맞았고, 차림은 여느 사람들이나 다름없이 수수했다. 또 제곡은 대지에 물을 대 주는 사람처럼 은덕을 천하에 두루 공평하게 미쳤으므로 해와 달이 비치고 비바람이 이르는 곳이면 모두 그에게 복종하였다고 한다.

제곡은 진봉씨(陳鋒氏)의 딸을 아내로 맞아 방훈(放訓)을 낳았고 또 추자씨(娵訾氏)의 딸을 맞이하여 지(摯)를 낳았다. 제곡이 세상을 떠난 뒤 먼저 왕위를 계승한 것은 나이가 방훈보다 위이던 지였다. 그러나 지가 제대로 정사를 돌보지 못해 왕위는 곧 아우인 방훈에게로 돌아갔다. 그 방훈이 바로 요임금 도당씨(陶唐氏)가 된다. 요임금은,

'하늘처럼 인자하고, 신처럼 지혜로웠으며, 사람들은 마치 태양에 의지하려는 것처럼 그에게 다가갔고, 만물을 촉촉하게 적셔주는 비구름을 보듯이 그를 우러러보았다.'

고 한다. 이로 미루어 요의 시대에 이르러 다스림의 제도는 훨씬 정교해지고 예절과 문화는 한층 세련되었던 듯하다. 또 역법을 정확하게 하고 네 절후를 결정해 거기에 맞춰 농사를 짓게 함으로써 생산을 증대하였다. 그의 치세가 태평성대의 다른 이름이 되고, 유가들이 그들의 이상을 처음 그에게 걸게 된 것은 결코 근거 없는 일이 아니었던 성싶다.

하지만 그 무엇보다도 요임금을 세상에 길이 기억되게 한 것은 그가 채택한 선양(禪讓)이라고 하는 특이한 권력 승계의 방식일 것이다. 요에게는 아들 단주(丹朱)가 있었으나 불초하여 천하를 넘겨주기에는 모자라 보였다.

"단주만 이득을 보고 세상 모든 사람이 손해를 보게 되는 일은 할 수가 없다."

요임금은 그렇게 말하며 따로 천하를 맡길 만한 어진 이를 구했다. 그때 사악(四嶽, 사방의 제후들을 나누어 관장하는 원로 대신들)이 입을 모아 추천한 이가 바로 순임금 유우씨(有虞氏) 또는 우순(虞舜)이었다.

요임금이 순을 맞아들이고 그 사람됨을 시험한 과정은 유가들에 의해 각색되어 자세하고도 정감 있는 미담으로 전한다. 요임금은 두 딸 아황(娥皇)과 여영(女英)을 함께 순에게 시집보내 그가 하는 양을 살피고 또 아홉 아들을 보내 순을 섬기며 배우게 하였다. 그리고 20년에 걸친 단련과 시험 끝에 순을 하늘에 추천하고 은거하였다.

흔히 순임금으로 불리는 우순의 이름은 중화(重華)이고 기주(冀州) 사람이다. 이미 여러 대째 서민으로 살아가고 있었으나 그는 전욱의 자손으로서 황제의 팔세손(八世孫)이었다. 그는 농부로부터 어부, 옹기장이, 장인바치, 등짐장사까지 두루 전전하며 어렵게 살았다. 그러나 어질고 슬기로워 스무 살에는 벌써 이웃이 모두 칭송하였고, 서른 살에는 사악(四嶽)이 요에게 그를 추천할 만큼 이름이 천하에 널리 알려졌다.

순임금을 당대 사람들뿐만 아니라 후세의 유가들까지도 이상적인 성군으로 우러르게 한 덕목은 무엇보다도 효도와 우애였다. 어려서 어머니를 잃은 그는 눈멀고 어리석은 아비[瞽叟]와 심술사나운 계모, 그리고 간악한 이복동생의 음모에 걸려 몇 번이나 목숨을 잃을 뻔했다. 하지만 슬기와 재치로 간신히 목숨을 건진 뒤에도 지극한 효도로 무도한 부모를 받들고 변함없는 우애로 완악한 아우를 감싸 사람들의 감탄과 칭송을 샀다.

겸손도 순임금을 성인으로 받드는 데 빼놓을 수 없는 덕목이었다. 순은 요임금이 은거한 지 스물여덟 해 만에 붕어하자 요임금의 아들 단주에게 왕위를 양보하기 위해 남쪽으로 피해 갔다. 그러나 제후들이나 백성들이 모두 단주를 버리고 그를 찾아오자 하는 수 없이 도성으로 돌아가 왕위에 올랐다.

순임금은 사람을 뽑아 쓰는 일에 오제 중 누구보다 공정하고 밝았다. 제곡 임금 때 일 잘했던 신하 여덟[八愷]과 전욱 임금 때

에 일 잘했던 신하 여덟[八元]의 후예를 모두 불러 썼고, 우(禹),
고요(皐陶), 설(契), 후직(后稷), 익(益), 팽조(彭祖), 수(垂), 용(龍),
기(夔) 등의 대신들에게는 각기 정한 직분을 나눠 주었다. 순수
(巡狩, 5년마다 천자가 제후를 둘러보는 것)와 조회(朝會, 순수가 없는 4년
간 제후가 천자를 찾아보는 일)의 법도를 정한 것도 순임금이었다.

하지만 순임금은 징벌 또한 엄격하였다. 먼저 교만 방자한 세
력가들인 환두(讙兜)와 공공(共工)을 남북으로 내쫓고, 반란을 일
으킨 삼묘(三苗)와 치수(治水)를 그르친 곤(鯀)을 동서로 귀양 보
내 천하를 복종시켰다. 또 황제의 자손으로 사악한 짓을 즐겨한
혼돈(渾沌)과, 금천씨(金天氏)의 자손으로 나쁜 말을 잘 꾸며 대는
궁기(窮奇)와, 전욱씨의 자손으로 미욱하면서도 완악한 도올(檮
杌)과, 신농씨의 자손으로 탐심이 많았던 도철(饕餮)을 멀리 변방
으로 내쫓아 비록 명문가의 후손이라도 못된 무리는 나라 안에
살 수 없게 하였다.

순임금은 서른 살에 요임금에게 등용되었으며, 쉰 살에는 요임
금을 대신해 천하를 다스렸다. 쉰여덟 살 되던 해에 요임금이 죽
자 그 아들 단주에게 왕위를 양보하려고 3년이나 도성을 피해
살았으나, 세상이 놓아주지 않자 예순한 살에 요임금을 이어 제
위에 올랐다. 그리하여 문무와 예악에서 두루 빛나는 자취를 남
겼는데, 즉위한 지 서른아홉 해 뒤 천하를 순수하다가 창오(蒼梧)
의 들판에서 숨을 거두었다.

순임금에게는 상균(商均)이란 아들이 있었지만 또한 천하를 이
어받을 만한 재주가 못 되었다. 이에 치수에 공이 많은 우(禹)를

미리 하늘에 천거하여 후계자로 삼았다. 순임금이 죽은 뒤 우도 순임금이 단주에게 그러했던 것처럼 상균에게 제위를 양보하려 하였으나 제후들이 우에게로 몰려들어 뜻을 이루지 못했다. 마침내 순임금을 이어 제위에 오르니 이로써 오제의 시대는 끝나고 하(夏)나라가 열린다.

하(夏) 왕조

우임금의 아버지는 곤(鯀)이고 곤의 아버지는 제(帝)인 전욱이다. 전욱의 아버지는 창의이고 창의의 아버지는 황제이니, 우임금은 곧 황제의 현손(玄孫)이 된다. 따라서 그의 즉위로 오제의 시대는 끝나지만 황제의 세계는 여전히 이어지는 셈이다.

우임금의 이름은 문명(文命)이요, 성(姓)은 사(姒), 씨(氏)는 하후(夏后)이다. 성은 가족 계통에서 보다 큰 단위(대개 부족)이고 씨는 성 아래의 작은 단위(대개 씨족)인데, 뒷날에는 합쳐 하나로 된다. 우임금의 성이 사(姒)란 것은 오제와 같은 혈통 곧 황제의 자손이란 뜻이며, 씨를 달리했다는 것은 그만큼 번성한 집안에 속했다는 뜻이다. 왜냐하면 우는 황제의 현손에 지나지 않는데도 벌써 씨를 달리하고 있기 때문이다.

요임금 때 홍수가 하늘까지 차올라 산이 에워싸이고 언덕이 잠기자 백성들이 매우 걱정하고 두려워하였다. 요임금이 그 홍수를 잘 다스릴 사람을 찾으니 여러 신하들과 사악(四嶽)이 아뢰었다.

"곤이면 저 물을 다스릴 수 있을 것입니다."

요임금은 곤의 사람됨을 믿지 않았으나 달리 더 나은 사람을 찾을 수 없어 사악의 말을 따랐다. 하지만 홍수는 9년 동안이나 계속되고 곤은 치수에 성공하지 못했다.

이때 요임금은 다시 자신의 뒤를 이을 인물을 찾다가, 순(舜)을 만나 그로 하여금 자신을 대신해 정사를 돌보게 했다. 요임금의 명을 받아 천하를 돌아본 순은 곤이 제 할 일을 못하였음을 보고 그를 우산(羽山)으로 내쫓아 거기서 죽게 했다. 그리고 곤의 아들 우(禹)를 세워 그에게 치수 사업을 잇게 했다.

아버지가 하던 일을 맡아 힘과 정성을 다한 우는 곧 요임금과 순의 신임을 받았다. 그러다가 순이 요임금을 이어 제위에 오른 뒤에는 사공(司空)으로서 제후와 백관의 으뜸이 되어 백성들을 거느리고 홍수를 다스리는 일을 맡게 되었다.

우는 매우 총명하고 의욕에 차 있었고 또한 부지런하였다. 너그럽고 인자하면서도 말에는 신용이 있어 부리는 자가 믿을 수 있었으며, 행동은 법도에 맞고 사리 판단은 명쾌하여 제후와 백관들이 본받을 만하였다. 거기다가 아버지 곤이 실패하여 처벌된 일을 가슴 아파하여 홍수를 다스리는 데 잠시도 게을리 함이 없었다. 그러다 보니 13년 동안이나 집을 나가 있으면서 어쩌다 자기 집 대문 앞을 지나게 되어도 감히 들어가 보지 못했다.

우는 몸소 산으로 올라가 말뚝을 세워 땅의 높낮이를 표시하고, 높은 산과 큰 내를 쟀다. 입고 먹는 것을 아끼어 귀신에게 정성을 다했으며, 누추한 집에 살면서 남긴 재물을 치수에 돌렸다.

뭍길은 수레를 타고 다녔고, 물길은 배를 탔으며, 진창길에서는 썰매를 쓰고, 가파른 산은 쇠를 박은 신발로 올랐다. 왼손에는 수평과 먹줄을, 오른손에는 그림쇠와 곡척(曲尺)을 들고 계절을 살펴 가며 천하를 정돈하였다.

"저는 도산씨(塗山氏)의 딸을 아내로 맞아 혼인한 지 나흘 만에 집을 떠나게 되었습니다. 그 뒤 아들 계(啓)가 태어나도 돌아보지 못하고 일에 매달려서야 겨우 천하의 물길을 바로잡을 수 있었습니다."

뒷날 우는 순임금에게 그렇게 겸손히 말했으나, 그의 골몰함은 '겨드랑이의 털이 모두 떨어지고, 허벅지의 살이 다 빠질' 지경이었다고 한다.

우는 아홉 고을[九州](기주, 연주, 청주, 서주, 양주, 형주, 예주, 양주, 옹주)을 개척하고 아홉 큰 산[九山](견산, 호구산, 지주산, 태항산, 서경산, 웅이산, 파총산, 내방산, 문산)이 제자리를 잡게 했다. 아홉 큰 물[九川](약수, 흑수, 황하, 한수, 장강, 제수, 회수, 위수, 낙수)에 제 갈 길을 열어 주었으며, 아홉 개의 큰 늪과 못에는 모두 제방을 쌓아 천하의 물이 함부로 넘치지 못하게 했다. 또 경기(京畿, 천자의 직할지) 밖에 오복(五服, 도성 둘레 5백 리마다 설치한 다섯 토지 구획)을 설치하여 천자의 다스림이 사방 5천 리에 미치게 하였고, 내치에도 참여하여 그 성취가 고요(皐陶)나 익(益)에 못지않았다. 순임금은 그와 같은 우의 공을 높이 사 마침내는 그를 후계자로 정하였다.

70년이 지나 순임금이 죽자 우는 제위를 순임금의 아들 상균(商均)에게 사양하고자 양성(陽城)으로 피해 갔다. 그러나 제후들이 모두 상균을 버리고 우를 찾아오자 하는 수 없이 도성으로 돌아와 천자가 되고, 나라 이름을 하후(夏后) 또는 하(夏)라 하였다.

제위에 오른 우임금은 신하 중에 어진 고요를 하늘에 천거하여 후계자로 삼으려 하였으나 고요가 먼저 죽어 뜻을 이루지 못했다. 다시 익을 하늘에 천거하여 후계자로 삼고 그에게 정사를 맡겼다.

10년 뒤 우임금은 동쪽을 순시하다가 회계에 이르러 숨을 거두었다. 우임금은 천하를 익에게 넘겨주었으나 익은 전례에 따라 우임금의 아들 계(啓)에게 제위를 양보하고 기산 남쪽으로 물러났다. 하지만 이번에는 제후들이 익을 따라가지 않았다. 계가 현명한 데다가 익이 정사를 도맡은 지 오래되지 않아 천하의 신임을 받지 못한 탓이었다. 제후들이 모두 계를 찾아보고 말했다.

"우리 임금 하우씨의 아드님이십니다."

그리하여 마침내 계가 즉위하여 임금이 되니 이로써 하(夏) 왕조가 열리고 그 뒤 왕위는 오제 시대와는 달리 선양(禪讓)이 아닌 세습(世襲)으로 잇게 되었다. 그 세습 진상을 달리 말하는 사람이 없는 것은 아니나, 임금이 된 계는 제후와 백성들의 믿음을 저버리지 않았다. 유호씨(有扈氏)가 맞서 오자 감(甘) 땅에서 무찌르고 하나라의 위엄을 크게 떨쳤다. 그때 6군(六軍)의 장수들을 훈계하기 위하여 지은 『감서(甘誓)』가 남아 전하는데, 적어도 과감한 군사 지도자의 모습을 보여 주는 데는 모자람이 없다.

들어라. 여섯 갈래 군대를 거느리는 장수들이여. 유호씨가 무력을 믿고 오행(五行)의 규율을 업신여기며, 하늘과 땅과 사람의 도를 저버렸으므로 하늘이 그를 쳐 없애려 한다. 지금 나는 다만 하늘의 징벌을 공손히 집행할 뿐이다. 왼쪽의 병사가 왼쪽에서 공격하지 않고, 오른쪽의 병사가 오른쪽에서 공격하지 않는다면 이는 명을 어긴 것이다. 말을 부리는 병사가 말을 잘 몰지 않는다면 이는 또한 명을 어긴 것이다. 명에 복종한 자들은 조상의 사당에서 상을 줄 것이고, 명을 어긴 자는 지신(地神)의 사당에서 형벌을 내리고 그 자식들은 노예로 삼거나 죽일 것이다!

계 임금을 이어 태강(太康)이 즉위하였는데, 덕성이나 지혜가 아니라 핏줄에 기대 얻은 임금 자리라 그런지 당장 그 폐해가 드러났다. 태강은 사냥과 음악에 빠져 국정을 돌보지 않다가 활 잘 쏘는 유궁씨(有窮氏)의 왕 예(羿)에게 쫓겨나 다시는 임금 자리로 돌아오지 못했다. 못난 형 때문에 고단하게 된 태강의 다섯 아우가 낙수 가에서 부른 슬픈 노래[五子之歌]만 전해 올 뿐이다.

    ……오호라, 어느 날에 돌아갈 수 있으리오.
    내 가슴에 품은 이 슬픔이여.
    온 백성이 나를 원수로 여기니
    내 장차 누구에게 의지할꼬…….

하(夏)가 다시 나라 꼴을 회복하는 것은 태강이 죽고 그 아우

중강(中康)이 제위에 오른 뒤가 된다. 중강 임금[中康帝]은 세도가인 희씨(羲氏)와 화씨(和氏)를 정벌하여 위엄을 세우고, 아들 상(相)에게 임금 자리를 넘긴다. 그 뒤로도 근(廑) 임금까지 여덟 대(代)를 하나라는 그런대로 불만하게 이어갔다. 하지만 공갑(孔甲)이 제위에 오르자 하후씨(夏后氏)의 덕망은 쇠퇴하기 시작했다.

공갑 임금은 귀신을 좋아하였으며 또한 매우 음란하였다. 용을 기른답시고 온갖 요란을 떨다가 유루(劉累)라는 신하로부터 버림받는 얘기가 나오는 걸로 미루어 보건대, 사치와 방자함이 진기한 초목과 짐승을 기르고 요사스러움을 섬기는 데까지 미쳤던 듯하다. 임금이 그리되면 나라가 어지러워질 것은 뻔한 이치. 그때부터 제후들이 등을 돌리자 하(夏)나라는 힘으로 제후들을 정벌하기 시작했다. 백성들도 잇따른 전쟁으로 괴로워졌다.

공갑 임금이 죽고, 고(皋)와 발(發)을 거쳐 이계(履癸)가 제위에 올랐다. 엄연히 제(帝)였음에도 뒷날 걸왕(桀王)으로 낮춰 불리게 되는 하나라의 마지막 임금이다. 이때 천하의 민심은 이미 하나라를 떠났으나, 걸왕은 덕행에 힘쓰지 않고 더욱 창칼의 힘만으로 제후들과 백성들을 괴롭히며 큰소리쳤다.

"내가 천하를 다스림은 하늘에 해가 있는 것과 같다. 해가 없어진다면 모를까, 내가 망해 없어지는 일은 없을 것이다!"

그 말을 전해 들은 백성들은 해를 흘금거리며 수군거렸다.

"저놈의 해는 언제 없어지려나. 저 해가 없어질 수 있다면 나도 함께 망해 없어져도 한이 없으련만[時日曷喪 予及汝皆亡]."

민심이 그렇게 떠나가니 뜻있는 제후들이 움직이기 시작했다. 그 제후들 중에 은족(殷族)의 우두머리 탕(湯)이 가장 힘이 있고 덕망이 높았다. 위협을 느낀 걸왕은 탕을 불러들여 하대(夏臺)에 가두었으나 무슨 변덕인지 얼마 뒤에 풀어 주었다. 풀려난 탕은 더욱 덕을 쌓고 은의를 베풀어 천하 제후들을 자신에게로 끌어들인 뒤 마침내 걸왕을 공격하였다.

걸왕은 허(墟)라는 곳에서 탕을 맞아 싸웠으나 크게 지고 말았다. 명조(鳴條)로 달아났다가 끝내는 남소(南巢)로 쫓겨나 죽었다. 살아 있을 때 걸왕은 가끔씩 사람들에게 한탄하였다.

"나는 그때 하대에서 탕을 죽였어야 했다. 그러지 못해 이 지경에 이른 게 원통하구나."

그렇게 하여 하나라는 우임금으로부터 열일곱 대(代) 만에 망하고 탕이 세운 상(商) 또는 은(殷)나라가 열린다. 하지만 핏줄로 따지면 천하는 여전히 황제의 자손에게서 또 다른 황제의 자손에게로 옮아 갔을 뿐이었다.

은(殷) 왕조

은족(殷族)의 시조인 설(偰)은 제곡의 아들이요, 황제의 현손이다. 설은 당요(唐堯, 요임금)에게 등용되었으며 우순(虞舜, 순임금)에게서 상(商) 땅을 봉지로 받았다. 설이 땅을 받을 때 자씨(子氏)라는 성을 따로 받았으나, 황제의 현손인 만큼 그의 후손 탕이

238

세운 나라 또한 황제의 세계라 할 수 있다.

설이 세상을 떠나자 그의 아들 소명(昭明)이 상(商) 땅을 이어받았고, 다시 그 아들 상토(相土)로부터 열두 대(代)를 내려가 천을(天乙)이 임금이 되니 그가 바로 성탕(成湯)이다. 탕은 도읍을 박(亳)으로 옮겨 나라를 정비하고 어진 재상 이윤(伊尹)을 얻어 힘을 길렀다.

이윤의 이름은 지(摯) 또는 아형(阿衡)인데, 일찍이 탕 임금을 만나 큰 뜻을 펴 보고자 하였으나 길이 없었다. 마침 유신씨(有莘氏)의 딸이 탕 임금의 왕비가 되어 왕궁으로 들어갈 때 잉신(媵臣, 귀족 집안의 딸이 시집갈 때 데려가는 노복)을 자청하여 솥과 도마를 메고 따라갔다. 그리고 왕궁의 조리사로 일하면서 음식의 맛에 비유하여 다스림을 일깨워 탕 임금으로 하여금 왕도(王道)를 따르게 했다.

어떤 이는 탕 임금이 사람을 시켜 숨어 사는 이윤을 찾았고, 이윤은 오히려 다섯 번이나 마다하다가 겨우 그 뜻을 받아들였다고 한다. 또 이윤은 탕 임금에게 등용되고 난 뒤에도 하나라 걸왕에게 불리어 간 적이 있으나, 걸왕이 포악하고 하나라가 썩었음을 보고 박으로 되돌아왔다고도 한다.

이윤의 보좌로 슬기와 힘을 갖추게 된 탕은 이웃 갈족의 우두머리[葛伯]가 하늘에 제사를 올리지 않음을 보고 군사를 내어 정벌하며 말했다.

"맑은 물을 내려다보면 자신의 모습을 볼 수 있듯이, 백성들을 보면 그 나라가 제대로 다스려지는지 아닌지를 알 수 있소."

그러자 이윤이 말했다.

"현명하십니다. 남의 훌륭한 말을 귀담아듣고 따른다면 도덕이 발전할 것입니다. 백성을 자식처럼 여긴다면 훌륭한 인재들이 모두 왕궁으로 몰려들 것입니다. 더욱 노력하십시오."

한번은 탕 임금이 교외로 나갔다가 사방에 그물을 치고 비는 사람을 만났다.

"천하의 모든 것이 내 그물로 들어오게 하소서!"

"어허, 한꺼번에 모든 걸 다 잡으려 하다니!"

탕 임금이 그렇게 말하고는 삼면의 그물을 거두게 한 다음에 다시 이렇게 축원하게 하였다.

"왼쪽으로 가고 싶은 것은 왼쪽으로 가게 하고, 오른쪽으로 가고 싶은 것은 오른쪽으로 가게 하소서. 오직 이 말을 따르지 않는 것들만 내 그물로 들어오게 하소서!"

그 소문을 들은 제후들은 저마다 감탄해 마지않았다.

"탕 임금의 덕이 지극하시구나! 금수에까지 미쳤도다."

그런데도 하나라 걸왕은 포악한 짓을 그치지 않고, 술과 여자에 빠져 지냈다. 견디다 못한 곤오씨(昆吾氏)가 반란을 일으켰다. 이때 탕은 이윤과 함께 제후들을 이끌고 곤오씨를 정벌한 뒤에 다시 제후들과 백성들을 보고 외쳤다.

"하나라 걸왕은 백성을 쥐어짜고 나라의 재물을 함부로 퍼내어서, 백성들이 맥 빠지고 게으르게 만들었을 뿐만 아니라 서로 화목할 수 없게 만들었소. 그리하여 마침내는 해를 보며 '저 해가 언제 지려는가? 내 차라리 너와 함께 없어지리라!'고 탄식하는 지경에 이르렀소. 하 왕조의 덕이 이같이 쇠했으니 내가 정벌하지 않을 수가 없소. 내가 하늘을 대신해 징벌하도록 도와준다면 그대들에게 큰 상을 내릴 것이오!"

그러고는 크게 군사를 일으켜 걸왕을 내쫓았다.

그 뒤 탕은 하나라의 정령을 폐지하고 걸왕을 대신해 천자의 자리에 올랐다. 이가 바로 은(殷)의 성탕제(成湯帝), 곧 탕 임금이다. 탕 임금은 『탕고(湯誥)』를 지어 제후들을 경계하였고, 역법(曆法)을 개정하였으며, 관복의 색깔을 바꾸어 흰빛을 숭상하게 하였다.

탕 임금이 죽자 외병제(外丙帝), 중임제(中壬帝)에 이어 태갑(太甲)이 제위에 올랐다. 태갑제가 포악하여 탕 임금의 법령을 지키지 않고 국정을 문란케 하자 재상 이윤(伊尹)이 그를 내쫓고 3년이나 섭정하며 제후들의 조회를 받았다. 그러다가 태갑제가 뉘우치고 스스로 사람이 달라지자 다시 천자로 모셨는데, 이윤이 남긴 그 같은 전례는 이후 많은 찬탈자와 야심가들에게 악용된다.

태갑제 때 크게 흥성했던 은나라는 그 스물한 번째 임금인 소을제(小乙帝) 때에 이르러 쇠약해졌다. 그 아들 무정제(武丁帝)가 즉위해 나라를 부흥하고자 하였으나 곁에서 도와줄 사람을 찾을 수 없었다. 그러다가 부험(傅險)에서 길을 닦고 있던 죄수들 중에서 열(說)이란 사람을 찾아내 그의 보좌로 일시 나라를 바로 세웠다. 뒷날 부열(傅說)로 알려진 은나라 중흥의 공신이었다.

하지만 무정제가 죽은 뒤 은나라는 다시 내리막길을 걸었다. 다섯 대(代) 뒤 무을제(武乙帝)는 귀신을 놀리고 천신(天神)을 모욕하다가 천둥소리에 놀라 죽고, 태정제(太丁帝), 을제(乙帝)가 뒤를 이었으나 은나라의 운세를 돌려놓지는 못했다. 그러다가 을제의 아들 신(辛)이 제위에 오르니 그가 바로 뒷날 주왕(紂王)이라고 낮춰 불리게 되는 신제(辛帝)이다.

시호를 짓는 법[諡法]에는 '의로움과 선함을 해치는 것을 주(紂)라 한다[殘義捐善曰紂].'고 되어 있다. 하지만 기록에 따르면 주왕은 여러 가지로 뛰어난 인물이었던 듯싶다. 그는 타고난 바탕이 총명하여 남의 충고가 필요하지 않았고 말솜씨가 좋아 자신의 잘못을 스스로 꾸며 대고 감출 수 있었다. 또 일 처리에 날렵해 아랫사람의 도움을 받지 않아도 되었고, 힘이 세어 맨손으로 사나운 짐승을 때려잡을 만했다.

그렇지만 제위에 올라 천하를 마음대로 할 수 있게 되자 그와 같은 뛰어남은 오히려 그에게 해가 되었다. 그는 자신의 재주를 믿어 신하들을 얕보게 되었으며, 되잖은 허영으로 명성을 홀로 천하에 드높이려 했다. 남의 말을 듣지 않아 두려워할 줄 모르고, 스스로 변명할 줄 알다 보니 못할 짓이 없었다.

먼저 주색에 빠져 나라를 어지럽혔는데, 달기(妲己)란 미녀를 총애하여 그 말이면 무엇이든 들어주었고, 음란한 노래를 짓게 하고 추잡한 춤을 추게 해 풍속을 더럽혔다. 백성들을 쥐어짜 녹대(鹿臺)란 큰 단을 돈으로 쌓았으며, 거교(鉅橋)란 큰 창고를 곡식으로 채웠다. 또 별궁 정원에 술로 연못을 만들고 고기를 매단 나무를 빽빽이 세워 '주지육림(酒池肉林)'이란 말을 후세에 남겨 주었다.

242

주가 그런 궁궐 안에다 악공들과 광대들을 불러 흥을 돋우고, 벌거벗은 남자와 여자들로 하여금 밤낮으로 시시덕거리게 하니 나라에 정사란 게 제대로 펴질 리 없었다. 백성들의 원망이 높아지고, 거역하는 제후들이 늘어나자 주는 형벌을 모질게 해서 겁을 주려 했다. 기름을 칠한 구리 기둥 아래 불을 피워 놓고 죄수로 하여금 그 기둥 위를 걷게 해 떨어지면 타 죽게 하던 포락(炮烙)이란 형벌이나 죄인의 살을 한 점 한 점 발라 죽이던 과(剮)라는 형벌이 나온 게 그때였다고 한다.

그때 은나라의 삼공(三公)은 뒷날 서백(西伯)이 된 주후(周侯) 창(昌)과 구후(九侯), 악후(鄂侯)였다. 구후가 아름다운 딸을 주왕에게 바쳤으나 그 딸은 주왕의 음탕함을 싫어했다. 성난 주왕은 그녀를 죽이고, 아비인 구후까지 죽인 다음 포를 떠 소금에 절였다. 말리다 못한 악후가 성난 소리로 꾸짖자 주왕은 그도 죽여 포를 떴다.

두 사람이 참혹하게 죽은 일을 들은 주후 창은 탄식해 마지않았는데, 그걸 다시 누가 주왕에게 일러바쳤다. 주왕은 화를 내며 주후마저 잡아다가 유리(羑里)란 곳에 가두어 버렸다. 그러나 주후 창의 슬기로운 신하들이 주왕에게 미녀와 좋은 말, 값진 구슬 따위를 바치고 저희 주군을 구해 냈다. 풀려난 주후 창은 다시 낙수(洛水) 서쪽의 땅을 주왕에게 바쳐 서방 제후의 우두머리란 뜻의 '서백(西伯)'이란 칭호까지 받았다.

몸을 굽히고 재물을 바쳐 주왕의 믿음을 산 서백 창이 드러나지 않게 덕을 베풀고 힘을 길러 가는 동안에도 주왕은 실정을 거듭했다. 아첨 잘하고 제 뱃속 채우기에만 바쁜 비중(費中)이란 간신을 등용하여 백성들의 원망을 사고, 다른 사람을 헐뜯기 잘하는 오래(惡來)만 믿고 총애해 다른 제후들과 멀어졌다. 상용(商容)이란 어진 이가 있었으나 써 주지 않았고, 왕자 비간(比干)이 간절한 충언을 올렸지만 들어주지 않았다.

서백이 세상을 떠나고 무왕(武王)이 왕위에 오르자 민심은 한층 주(周)로 쏠렸다. 무왕이 동쪽을 정벌하여 맹진(盟津)에 이르렀을 때 부르지도 않은 제후들이 8백 명이나 몰려와 주왕을 치라고 권했다. 무왕이 고개를 가로저으며 말했다.

"그대들은 천명을 모르고 있소. 아직은 때가 아니오."

그런데도 주왕은 갈수록 음란하고 포악해졌다. 은나라 말기의 세 어진 이[殷末三仁] 가운데 미자(微子)가 말려도 듣지 않는 주왕을 버리고 먼저 떠났다. 그러나 비간은 남아 주왕을 거듭 말리다가 마침내 그 분노를 샀다.

"내가 들으니 성인의 염통에는 구멍이 일곱 개나 있다고 한다. 네가 홀로 어진 척 떠드는데 어디 네 염통에도 구멍이 일곱 개가 있는가 보자."

그러고는 비간을 죽여 염통을 꺼내 보았다. 홀로 살아남은 기자(箕子)는 두려운 나머지 미친 척하며 남의 종살이를 하려 했지만 주왕은 그를 잡아 옥에 가두어 버렸다. 그러자 이미 나라 꼴이 글렀다고 본 태사(太師)와 소사(少師)는 은나라의 제기(祭器)와 악기를 싸 들고 주나라로 달아나 버렸다.

마침내 때가 무르익었다고 본 무왕은 제후들을 거느리고 주왕을 치러 나섰다. 주왕도 크게 군사를 일으켜 무왕과 맞붙었으나 천명은 이미 은나라를 떠난 뒤였다. 목야(牧野) 한 싸움에 여지없이 지고 도성 안으로 쫓겨 들어가 스스로 목숨을 끊었다.

이렇게 황제의 자손이 세운 또 하나의 제국 은나라는 처음 왕조를 연 성탕으로부터 서른 대(代) 만에 주나라 무왕에게 천하를 넘기고 막을 내렸다.

주(周) 왕조

주나라의 시조 후직(后稷)도 황제의 자손이다. 그의 어머니 강원(姜原)이 제곡의 정비(正妃)이니 은나라 시조인 설과 마찬가지로 그 또한 황제의 현손이 된다. 하지만 강원이 거인의 발자국을 밟고 그를 임신했다는 탄생 설화는 간적(簡狄)이 제비 알을 삼키고 설을 낳게 되었다는 것과 마찬가지로 부계 혈통에 대한 의혹을 은근히 드러내고 있다.

특히 태어난 뒤의 설화로 미루어 보면 후직은 제곡의 혈통, 곧 황제의 자손이 아닐지도 모른다는 추측까지 든다. 강원이 갓 난 후직을 길에 버렸더니 소와 말이 피해 지나가고, 깊은 숲속에 버리니 난데없이 사람들이 몰려와 구했으며, 얼음 위에 던져두었더니 날짐승들이 깃털로 덮어 주었다고 한다. 옛 기록에서는 어머니가 아들을 그렇게 버린 까닭을 별난 임신을 불길하게 여겨서라고 하나, 실은 수상쩍은 부계 혈통이 준 부담이었던 듯하다. 후직의 이름이 기(棄)인 것은 그렇게 버림받은[棄] 적이 있었기 때문이다.

다시 부모에게 거두어들여져 자란 후직은 농경에 능통하여 요임금 시절에 농사(農師)로 발탁되었다. 그때 붙여진 칭호가 후직이요, 받은 성은 희씨(姬氏), 땅은 태(邰)였다. 후직은 당요(唐堯), 우순(虞舜), 하우(夏禹) 3대에 걸쳐 농관(農官)으로 일하면서, 때 맞춰 씨 뿌리고 거두는 일을 가르쳐 굶주린 백성들을 구하는 데 많은 공을 세웠다.

후직이 죽자 아들 부줄(不窋)이 뒤를 이었다. 그러나 뒷날 하우씨의 자손들이 덕을 잃어 농관의 직책을 없애 버리자 늙은 부줄은 일족을 이끌고 융적의 땅으로 달아났다. 그 뒤로 그 자손들은 오랑캐 땅에 살게 되었으나, 황제의 핏줄은 역시 남달랐다. 부줄의 손자 공류(公劉) 시절에 정교(政敎)가 크게 떨치기 시작하였고, 그 아들 경절(慶節)은 도읍을 빈(豳)에 정해 주나라의 기초를 더욱 튼튼히 했다.

그로부터 일곱 대가 지나 고공단보(古公亶父)란 영걸이 나타났다. 고공단보가 후직과 공류의 뜻을 이어 덕을 닦고 의를 행하자 온 나라 사람들이 그를 우러르고 받들었다. 그걸 시기한 훈육(熏育, 뒷날의 흉노)과 융적이 싸움을 걸어 오자 고공단보는 자신을 따르는 사람들과 함께 양산을 넘어 기산 아래로 옮겨 살았다. 빈에 있던 모든 사람들이 늙은이를 부축하고 어린이를 업은 채 그를 뒤따랐다.

고공단보는 백성들의 몸에 밴 오랑캐의 습속을 고치게 하고,

오관(五官)과 유사(有司)를 두어 나라의 틀을 갖추었다. 또 집을 짓고 성곽을 쌓게 하였으며, 고을을 나누어 백성들이 살게 하였다. 그때 그가 힘들여 개척한 지방이 주원(周原)이었으므로 주(周)라고 하는 나라 이름이 처음 나왔다.

고공단보에게는 정실로부터 난 세 아들이 있었는데, 맏이가 태백(太伯)이요 둘째가 우중(虞仲)이며 막내가 계력(季歷)이었다. 계력이 지임씨(摯任氏)의 딸인 태임(太任)을 맞아 아들 창(昌)을 낳을 적에 그 조짐이 비상하였다. 붉은 새가 단서(丹書)를 물고 방안으로 날아들어 사람들을 놀라게 했다.

"나의 시절에 나라를 크게 일으킬 사람이 날 것이라 했는데, 바로 이 아이가 아닌가?"

고공단보가 기뻐하며 그렇게 말했다. 맏이 태백과 둘째 우중은 아버지가 조카 창으로 하여금 뒤를 잇게 하고 싶어 함을 알자 함께 형만(荊蠻)의 땅으로 달아났다. 머리카락을 짧게 자르고 몸에는 문신을 하여 오랑캐 사이에 숨어 삶으로써 왕위를 창에게 돌아갈 수 있게 했다.

고공단보가 죽자 주나라의 군주 자리는 계력을 거쳐 창(昌, 희창)에게로 전해졌다. 뒷날 문왕(文王)으로 추존(追尊)받게 되는 창은 후직과 공류, 고공단보의 업적을 이어받아 어진 정치를 베풀고 백성들을 사랑하였다. 또 '밥 한 그릇 먹을 동안 세 번이나 입안에 것을 뱉어야 할' 정도로 어진 사람들을 맞아들이기에 정성을 다하니 천하의 재주 많고 덕 높은 선비들이 모두 창에게로 몰려들었다. 고죽국(孤竹國)에서 온 백이(伯夷)와 숙제(叔齊)를 비롯하여 태전(太顚), 굉요(閎天), 산의생(散宜生), 육자(鬻子), 신갑(辛甲) 같은 이들이 그랬다.

주후(周侯) 창의 세력이 나날이 불어 가는 걸 본 숭후(崇侯) 호(虎)가 주왕에게 모함했다.

"제후들이 모두 주후 희창에게로 기울어지니 이는 결코 대왕께 좋은 일이 못 됩니다."

그 말을 들은 주왕은 희창을 불러들여 유리(羑里)에 가두었다. 굉요를 비롯한 희창의 신하들이 유신씨의 미녀와 여융(驪戎)족의 문마(文馬, 아름다운 준마), 유웅(有熊)족의 구사(九駟, 아홉 대의 수레를 끌 수 있는 서른여섯 마리의 말)를 다른 여러 보석들과 함께 바치며 풀어 주기를 빌었다.

"미녀만으로도 희창을 놓아주기에 넉넉한데, 더하여 이렇게 많은 걸 바치다니!"

주왕이 기뻐 그렇게 말하며 희창을 놓아주었다. 뿐만 아니라 풀려난 뒤에는 땅까지 떼어 바치는 그를 서백(西伯)으로 높여 주변 제후국들을 정벌할 수 있는 권한까지 주었다.

그 뒤 서백은 한편으로는 덕을 베풀고 한편으로는 힘으로 주변을 아우르며 더욱 세력을 키워 나갔다. 풍읍(豊邑)을 세워 기산 아래에서 그리로 옮겨 앉았고, 할아버지 고공단보를 태왕(太王)으로, 아버지인 계력을 왕계(王季)로 높여 부르게 했다.

서백이 쉰 해를 다스리다 죽자 그 아들 발(發)이 대를 이으니 그가 무왕(武王)이다. 무왕은 강상(姜尙)을 군사(軍師)로 삼고, 아우 주공(周公), 소공(召公), 필공(畢公) 등을 써서 아버지 문왕의

248

위업을 더욱 크게 떨쳐 나갔다. 그중에서도 강상은 봉함받은 땅을 성으로 써서 여상(呂尙)이라고도 하고 또 달리는 태공망(太公望)이라 불리기도 하는 이로, 서백이 위수 가에서 얻은 인재였다. 특히 군사를 부리는 데 뛰어났는데, 무왕은 그를 스승으로 모시고 아버지처럼 받들어 사상보(師尙父)라 불렀다.

때가 무르익기를 기다리던 무왕이 군사를 일으켜 주왕을 친 것은 왕위에 오른 지 열한 해 되던 해였다. 그해 2월 갑자일 동틀 무렵 싸움 수레[戎車] 3백 대와 용사 3천 명, 갑사(甲士) 4만 5천 명을 이끌고 목야(牧野)의 들판에 이른 무왕은 군사들과 모여든 제후들에게 외쳤다.

"옛말에 '암탉은 새벽에 울지 않으니, 암탉이 새벽에 울면 집이 망한다.'고 하였소. 그런데 지금 은왕(殷王) 주(紂)는 오직 계집[妲己]의 말만 듣고 선조의 제사를 끊었으며 나라를 어지럽혔으니, 은 왕실은 새벽 암탉이 소리 높여 울고 있는 것이나 다름없소. 또한 주왕은 마땅히 가까이해야 할 사람은 쓰지 않으면서 오히려 죄짓고 도망쳐 온 자들을 높이고 믿으니, 그들은 백성들을 모질게 대하고 나라에 온갖 못된 짓을 다 저질렀소. 이 사람 발(發)은 이제 그대들과 함께 주를 쳐서 하늘의 징벌을 대신하려 하오."

그러자 그를 따르기로 맹세한 제후들의 싸움 수레만도 4천 대나 되었다.

은나라 주왕은 무왕이 쳐들어왔다는 말을 듣고 70만 군대를 내어 막아 보려 했다. 그러나 이미 민심이 떠났으니 군사들이 제대로 싸워 줄 리 없었다. 무왕이 먼저 날랜 용사를 내어 싸움을 건 뒤에 대졸(大卒, 부대 단위. 대략 융거 350대에 군사 3만 명 정도)을 몰아 들이치자 은나라 군사들은 오히려 창칼을 저희 편에게로 돌려 길을 열어 주었다.

이에 일이 글렀음을 안 주왕은 성안으로 도망쳐 들어갔다가 보석이 박힌 옷을 뒤집어쓰고 스스로 불 속에 뛰어들어 죽었다. 달기와 다른 애첩들도 모두 스스로 목을 매어 죽었다. 뒤따라 성안으로 들어온 무왕은 그들의 시체를 목 베어 크고 작은 기에 달게 했다. 그리고 성대한 제사를 올려 은나라를 대신해 천하의 주인이 되었음을 하늘에 고하였다.

무왕은 먼저 주왕의 학정과 악행을 모두 바로잡고, 다시 태공망과 주공을 비롯한 여러 공신과 형제들을 제후로 봉해 천하를 안정케 했다. 화산(華山) 남쪽에는 싸움 말을 놓아기르고 도림(桃林) 들판에는 소를 놓아기르게 하였으며, 무기를 거두어들이고 군사를 흩어 다시는 무기와 군사를 쓰는 일이 없을 것임을 널리 알렸다. 또 천하를 다스리면서도 제호(帝號)를 쓰지 않고 그대로 왕호(王號)에 머물렀다.

무왕이 병들어 죽고 어린 아들 송(誦)이 뒤를 이어 성왕(成王)이 되자 주(周)의 천하에 잠시 혼란이 일었다. 섭정을 맡게 된 주공(周公)의 두 아우 관숙(管叔)과 채숙(蔡叔)이 주왕의 아들 무경(武庚)을 꼬드겨 난을 일으킨 탓이었다. 주공은 그 난을 진압하고 어린 성왕에게 변함없는 충성을 바쳐 주 제국의 기초를 굳건히 하였다.

성왕에 이어 강왕(康王), 소왕(昭王), 목왕(穆王)을 거치고 공왕

(共王)에 이를 때까지만 해도 주나라는 그럭저럭 왕실의 위엄을 이어 갔다. 그러나 공왕의 뒤를 이은 의왕(懿王) 때가 되면 벌써 왕실을 풍자하는 시가 읊어질 정도로 위엄을 잃어 가고 있었다. 이어 의왕의 아우가 찬탈하여 효왕(孝王)이 되었다가, 다시 의왕의 아들이 이왕(夷王)에 올라 왕통을 바로잡았지만, 곧 여왕(厲王)이 나타났다.

여왕은 욕심 많고 표독스러운 영이공(榮夷公)을 대신으로 쓰고, 실정(失政)과 악행을 비방하는 사람들을 잡아 죽여 백성들의 입을 막았다. 예량부(芮良夫)와 소공(召公) 같은 충신들이 말렸으나 듣지 않다가 마침내는 '공화(共和)'란 특이한 사태를 맞이하게 되었다.

공화는 여왕이 성난 백성들에게 쫓겨 체(彘) 땅에 숨어 사는 14년 동안 두 재상 소공과 주공(周公, 성왕 때의 주공과는 다른 인물)이 임금 없이 나라를 다스린 일을 말한다. 뒷날 공화국(共和國)이나 공화정(共和政)의 어원이 된 사건이었다.

여왕이 죽고 소공의 집에서 자란 태자가 왕위에 올라 선왕(宣王)이 되었지만 주 왕실의 운세는 별로 회복되지 못했다. 선왕은 내치에 어두울 뿐만 아니라 외정에도 서툴러 오랑캐인 강(羌)과 싸우다가 크게 졌다. 그러고도 호구를 헤아리는 일로 백성들을 괴롭히더니 아들 궁생(宮生)에게 왕위를 물려주고 죽었다.

궁생이 왕위에 올라 유왕(幽王)이 되었는데, 비록 나라까지 잃지는 않았지만 유왕은 하나라 걸왕이나 은나라 주왕에 못지않은 폭군으로 널리 이름을 얻었다. 지진이 일고 강물이 말라도 삼갈

줄 모르고, 괵석보(虢石父)란 간신을 무겁게 써서 백성들을 쥐어 짜게 했다. 거기다가 포사(褒姒)란 여인을 총애하여 나랏일을 더욱 그르쳤다.

포사가 잘 웃지 않자 유왕은 여러 가지로 그녀를 웃겨 보려 했다. 한번은 적군이 오지 않는데도 봉화를 올리고 큰북을 두들기게 하였는데, 놀란 제후들이 모두 달려와 허탕을 치는 걸 보고 드디어 포사가 웃었다. 그러자 유왕은 기뻐하며 그 뒤로도 여러 차례 봉화를 올리고 큰북을 쳐 포사를 웃겼다.

포사가 백복(伯服)을 낳자 유왕은 신후(申侯)의 딸인 왕후와 태자 의구(宜臼)를 폐하고 포사를 왕후로, 백복을 태자로 세웠다. 성난 신후는 증(繒)나라 및 견융(犬戎)과 손잡고 유왕을 쳤다. 유왕은 급히 봉화를 올리고 큰북을 치게 하였으나 여러 번 속은 제후들은 아무도 달려와 구해 주지 않았다. 마침내 여산(驪山) 아래에서 견융에게 잡혀 죽고 주 왕실의 재물은 모두 노략질당했다.

원래 태자였던 의구가 제후들에게 옹립되어 왕위에 오르니 그가 평왕(平王)이다. 평왕은 견융을 피해 도성을 낙읍(洛邑)으로 옮기고 나라를 되일으켜 보려고 했으나 뜻 같지 않았다. 제후들 가운데 강한 나라가 약한 나라를 아우르기 시작했고 패권은 세력 있는 방백(方伯)에게로 넘어갔다. 그리고 그와 함께 오제와 하, 은, 주 3대를 이어 온 황제(黃帝)의 세계도 서서히 저물어 갔다.

주(周) 평왕이 도읍을 호경(鎬京)에서 낙읍(洛邑)으로 옮긴 때를 경계로 하여 뒷사람들은 주나라 역사를 서주 시대와 동주 시대로 나누기도 한다. 곧 무왕이 도읍한 호경보다 평왕이 옮겨 앉은 낙읍이 동쪽에 있기 때문에 천도 이전의 주나라를 서주(西周)라 하고 그 이후를 동주(東周)라고 부르면서 생긴 시대 구분이다. 동주 시대는 엄밀히 말하자면 평왕이 낙읍으로 도읍을 옮긴 때(기원전 770년)부터 동주란 이름으로 남아 있던 주 왕실의 봉지 한 조각이 끝내 진(秦)나라에 토멸당해 사라진 때(기원전 249년)까지가 될 것이다. 그러나 일반적으로는 시황제가 마지막으로 남아 있던 주 왕조의 분봉국(分封國) 제나라를 쳐 없애고 천하를 통일한 때(기원전 221년)까지 550년을 동주 시대라 일컫는다.

이 동주 시대는 다시 춘추시대와 전국시대로 나누어지는데, 기점은 중원의 강국 진(晉)나라가 한(韓), 위(魏), 조(趙) 세 나라로 나누어지는 때가 된다. 춘추시대는 주나라 도읍이 동쪽으로 옮겨진 때부터 진(晉)나라가 해체될 때까지 360여 년을 가리키며, 그와 같은 시대 이름은 공자가 찬술한 그 시기의 노나라 역사서 『춘추(春秋)』에서 나왔다. 전국시대는 한, 위, 조가 진나라를 분할하여 각기 자립한 때로부터 제나라가 멸망하여 천하가 통일될 때까지의 180년 남짓을 말한다. 전한(前漢) 유향(劉向)이 그 시대 사람들이 펼친 책략을 집성해 엮은 『전국책(戰國策)』에서 그런 시대 이름이 나왔다.

춘추시대는 무엇보다도 '오패(五霸)'의 존재로 특징 지어진다. 오패는 그 시대를 주름잡았던 다섯 제후를 묶어 부르는 이름인데, 흔히 제(齊) 환공(桓公), 진(晉) 문공(文公), 초(楚) 장왕(莊王), 송(宋) 양공(襄公), 진(秦) 목공(穆公) 다섯을 든다. 그러나 어떤 이는 송 양공과 진 목공을 오패에서 빼고 오왕(吳王) 부차와 월왕(越王) 구천을 넣기도 한다. 송 양공은 패자(霸者)가 되려고 하다가 실패한 제후에 지나지 않고, 진 목공은 다른 제후가 패자가 되는 걸 도왔을 뿐 자신이 패자로서의 지위를 누려 본 적은 없다는 것이 그 근거이다.

춘추시대에 이르면 주나라 왕실은 이미 무력해져 제후들을 제대로 통제하지 못했다. 크고 힘 있는 나라의 제후들이 작고 힘없는 나라의 제후들을 병탄하니 한때 천 개가 넘던 주나라의 분봉국(分封國)은 점차 줄어들었다. 그러다가 춘추시대 말기가 되면 겨우 여남은 나라만 남게 될 만큼 봉건 질서는 허물어졌다. 그때 부국강병을 배경으로 제후들을 휘어잡고 상충하는 그들의 이해를 조정하며 천하를 주무른 것이 바로 그 패자들이었다. 하지만 그들은 어디까지나 '왕실을 떠받들고 오랑캐를 물리친다[尊王攘夷].'는 명분으로 다른 제후들을 복속시켰으며, 이른바 '천자를 끼고 제후를 호령한다[挾天子令諸侯].'는 그 시대 패자의 전통을 지켜 나갔다. 제후의 호칭도 일찍부터 왕호(王號)를 참칭해 오던 초나라를 빼고는 그 시대 후기에 이르기까지도 아직은 공(公)이나 후(侯)로 남아 있었다.

춘추시대의 오패와 마찬가지로 전국시대에는 '칠웅(七雄)'이 있었다. 칠웅은 전국시대를 주도하면서 각축한 일곱 나라를 아울러 일컫는 말이다. 춘추시대 말기의 열네 제후국이 나누고 합치기를 거듭하면서 마지막까지 살아남은 것들로, 제(齊)나라, 진(秦)나라, 연(燕)나라, 초(楚)나라에 옛 진(晉)나라를 쪼개 세운 중원의 한(韓), 위(魏), 조(趙) 세 나라를 합쳐 일곱 나라이다. 지리적으로 보면 전국 초기에는 대략 동쪽으로 제나라가 있고 서쪽에 진나라, 북쪽에 연나라, 남쪽에 초나라가 있으며, 그 가운데 한나라, 위나라, 조나라가 있었다. 그러나 진나라가 점차 세력을 키워 동으로는 한중(漢中)으로 진출하고 북으로 구원(九原), 남으로 파촉(巴蜀)에 이르기까지 영토를 확장하자 남은 여섯 나라가 남북으로 길게 진나라를 에워싸는 형국이 되었다.

전국시대 주나라 왕실의 쇠락은 한층 처참하였다. 천자는 제나라의 권신 전상(田常)이 간공(簡公)을 시해한 뒤 제멋대로 군주를 세우고, 한, 위, 조가 저희 군주를 내쫓고 진(晉)나라를 나누어 가져도 속수무책으로 바라볼 수밖에 없었다. 그러다가 급기야는 주나라 왕실 그 자체가 끔찍한 골육상쟁에 빠져들게 된다. 스물여덟 번째 임금 정왕(定王)이 죽자 그의 아들들이 왕위를 다투며 차례로 죽이고 죽어, 1년 동안에 애왕(哀王), 사왕(思王), 고왕(考王) 세 왕이 잇따라 즉위하는 일이 벌어졌다.

형을 죽인 형을 다시 죽이고 왕위에 오른 고왕은 남은 아우 환공(桓公)에게 하남 땅을 주고 주공(周公)의 관직을 잇게 하여 다른 뜻을 품지 못하게 했다. 그런데 주 환공의 손자 혜공(惠公)이 다시 작은아들을 동주공(東周公)으로 세워 공(鞏) 땅에 분봉(分封)함으로써 뒷날 있을 주나라 양분(兩分)의 불씨를 심었다. 그러다 보니 왕실의 권위는 더욱 떨어져 고왕의 아들 위열왕(威烈王) 때에 이르면, 저희 주군을 내쫓고 그 나라를 차지한 한, 위, 조를 제후국으로 인정하지 않을 수 없는 지경이 되었다.

변하는 세상과 더불어 '칠웅'의 군주들도 춘추시대의 '오패'와는 달라졌다. 읍제 국가(邑制國家)가 영토 국가로 바뀌고, 토지의 소유가 크고 작은 봉건제후로부터 칠웅의 군주에게로 넘어가면서 그들 내부의 가부장적 군신 관계가 강화되기 시작했다. 그리고 그렇게 해서 자라난 힘을 바탕으로 존왕양이(尊王攘夷)의 대의명분 대신 실리와 실력에 따른 약육강식의 원리가 그들을 이끌었다. 생산력의 증대에 따라 높아지는 경제적 통일의 요구와 더불어 천명론(天命論)이나 왕도정치로 포장된 공공연한 혁명의 논의도 그 시대 칠웅의 군주들이 드러내 놓고 천하를 다투는 데 크게 한몫을 했을 것이다.

그런데도 끊임없는 조락의 길을 가던 주나라 왕실은 끝내 천명을 되살리지 못했다. 35대 현왕(顯王) 때에 진(秦) 혜왕(惠王)이 주나라 왕실을 업신여기고 스스로 왕이라 일컫자 나머지 다른 제후들도 저마다 스스로 왕을 일컬었다. 현왕의 손자 난왕(赧王) 대에 이르면 왕실은 한낱 실권 없는 꼭두각시에 지나지 않고 주나라는 동서로 갈라지고 만다. 동주공(東周公)은 공현에, 서주공(西周公)은 낙양에 머무르며 제멋대로 주나라를 나누어 다스리고 난왕은 서주공에게 더부살이하는 신세가 되었다. 그 뒤 못난 동주와 서주는 한때 전쟁까지 치르며 상잔(相殘)의 피를 흘리더니, 서주는 난왕 59년 육국의 제후들과 합종하여 진나라에 대항하다가 진 소왕(昭王)에게 정벌당하고, 동주는 그 7년 뒤 진 장양왕(莊襄王)에게 멸망당한다. 그리고 다시 20여 년 뒤 진의 시황제에게 육국이 모두 망하면서 황제의 자손들이 다스렸던 세계는 드디어 끝나고 만다.

진(秦) 제국의 형성과 시황제(始皇帝)

『사기』는 전욱 임금의 먼 대 손녀 여수(女修)를 내세워 진(秦) 왕실의 선조도 황제의 자손이라고 말한다. 하지만 정작 진나라의 세계(世系)는 여수의 아들 대업(大業)으로부터 시작하여 부계로만 이어져 있다. 거기다가 여수가 제비의 알을 삼키고 대업을 낳았다고 하는 모계 사회적 신화까지 더해 부계적장(父系嫡長)을 바탕으로 하는 주대(周代) 이래의 종법(宗法)으로는 진나라 왕실을 황제의 자손이라 할 수 없게 해 놓았다.

그러나 진(秦) 목공 이후 뻗어 가는 국력에 힘입은 것인지, 대업부터 시작되는 진나라의 윗대 세계(世系)는 그런대로 볼만하게 짜여 있다. 대업의 아들 대비(大費)는 우(禹)가 그 공을 사양할 만큼 크게 치수를 도왔다고 하며, 순임금 시절에 산과 하천, 새와 짐승을 맡아 돌본 백예(柏翳) 또는 백익(伯益)이 곧 그라고도 한다.

진나라의 선조는 이미 오제 때부터 영씨(嬴氏) 성을 얻었고, 그 뒤 은나라 때에는 제후가 되었다. 은(殷) 탕왕의 수레를 몰아 걸왕을 쳐부수었다는 비창(費昌)과 새의 몸에 사람의 말을 하며 태무제(太戊帝)의 수레를 몰았다는 중연(中衍)의 후손이 그들이다. 또 주(周) 목왕(穆王) 때는 조보(造父)가 하루에 수레를 천 리나 몰아 왕실을 도운 공으로 조성(趙城)을 봉읍으로 받으면서 다시 조씨(趙氏) 성을 얻었다고 한다.

　그때까지의 진나라 세보(世譜)를 찬찬히 살피면, 공들여 구성하기는 했지만 곳곳에서 부회(附會)와 미화의 흔적이 드러나고, 때로는 인물이나 사건의 중복까지 느껴진다. 그런데 그 가운데서도 되풀이해서 나타나는 진나라 선조들의 별난 이력이 두 가지 있다. 그 하나는 자주 이적(夷狄) 또는 서융(西戎) 땅이나 그들과 이웃하여 살았다는 것이고, 또 다른 하나는 짐승을 잘 기르며 말을 잘 다루고 수레를 잘 몰았다는 것이다. 이는 그들이 주족(周族)과 빈번한 혼인 관계에 있는 융족의 혈통이거나 중원에서 멀리 밀려난 주족의 한 갈래로, 목축을 주업으로 삼는 씨족에서 자라난 세력임을 암시하는 것일 수도 있다.

　신화와 전설 시대의 진나라 선조들에게 되풀이되는 그와 같은 특징은 역사적인 인물로 인정되는 비자(非子)의 기록에서 다시 한번 집성되어 나타난다. 비자는 서융과 가까운 견구(犬丘)에 살았는데, 말을 비롯한 가축들을 좋아했으며 그것들을 기르고 번식시키는 데도 남다른 재주를 가지고 있었다. 주나라 효왕(孝王)이 그 말을 듣고 비자를 불러 견수(汧水)와 위수(渭水) 사이에서 말을 기르도록 했다. 그러자 오래잖아 날래고 튼튼한 말이 크게 불어났다. 몹시 기뻐한 효왕은 정실(正室) 소생이 아닌 비자를 견구의 호족인 그 아비 대락(大駱)의 후사로 세우려 했다. 그러자 대락의 적자를 낳은 정실의 아비 신후(申侯)가 효왕에게 말했다.

　"옛날 저의 선조가 여산(驪山)에 거주할 때 낳은 딸이 융족 서헌(胥軒)의 아내가 되어 대락의 조상 되는 중휼(仲潏)을 낳았습니다. 중휼은 인척이 된 까닭으로 주나라에 귀순해 서쪽 변경을 지키니 그 땅이 모두 평온해졌습니다. 이제 제가 다시 대락에게 딸을 주어 그 적자인 성(成)을 낳게 하였습니다. 그리고 저와 대락이 다시 인척이 되어 서융족이 모두 귀순함으로써 대왕께서 평안히 왕위를 누릴 수 있게 된 것입니다. 부디 대왕께서는 그 점을 깊이 헤아려 주십시오."

여기서 신후는 진나라의 선조들을 바로 융족이라고 말하고 있는데, 귀담아들어 둘 만한 대목이다. 하지만 효왕은 비자에게 베푼 총애를 거두어들이지 않았다.

"옛날 백예가 순임금을 위해 가축을 보살폈는데, 번식을 잘 시켜 봉토를 얻고 영씨 성까지 받았다. 그런데 이제 그 후손이 나를 위해 좋은 말을 많이 불렸기에 나도 그에게 토지를 나누어 주고 부용국(附庸國)으로 삼으려 한다."

그러면서 비자에게 진(秦) 땅을 봉읍으로 떼어 주고 영씨(嬴氏)의 제사를 잇게 하면서 진영(秦嬴)이란 이름을 쓰게 하였다. 또 신후의 딸이 낳은 아들은 그대로 대락의 후사를 잇게 하여 서융과의 우호도 유지할 수 있게 했다.

하지만 오래잖아 주나라에 반기를 든 서융이 대락 일족을 죽이고 또 주나라 대부가 된 진영의 현손 진중(秦仲)까지 죽였다. 주 선왕이 진중의 아들 장공(莊公)에게 군사 7천을 주며 서융을 치게 하자, 장공은 다섯 형제와 더불어 힘껏 싸워 서융을 물리쳤다. 이를 가상히 여긴 선왕은 서융에게 죽은 대락의 봉토인 견구(犬丘)까지 장공에게 더해 주고 서수(西垂)의 대부(大夫)로 삼왔다.

진나라가 제후국이 되는 것은 장공의 아들 양공(襄公) 때가 된
다. 주나라 유왕이 포사가 낳은 아들을 태자로 삼으려 하자 적장
자의 외할아버지 되는 신후(申侯)가 서융과 함께 주나라로 쳐들
어가 유왕을 죽였을 때였다. 양공이 군사를 이끌고 달려가 주나
라 왕실을 지키고 낙읍으로 도읍을 옮기는 평왕(平王)을 호위했
다. 평왕은 그 공을 기려 양공을 제후[秦公]로 올려세우고 원래의
봉지에 기산 서쪽 땅을 더해 주었다. 또 서융을 물리치고 그 땅
을 뺏으면 그 땅은 모두 진나라의 봉토로 삼아도 좋다고 허락하
였다.

양공의 아들 문공 때에 조상 비자(非子)가 몸을 일으켰던 견수
와 위수 사이의 땅에 성읍을 세웠고, 그 손자 영공(寧公)은 도읍
을 평양으로 옮겨 가며 서북으로 영토를 확장하였다. 그러면서
안으로는 제후국으로서의 제도와 문물도 갖추려고 애를 썼다. 하
지만 그 제도와 문물에는 서융의 흔적이 많이 남아 있었다. 이를
테면 상제(上帝)에게 제사 지내는데 산짐승을 쓴다든가 죄를 지
으면 친족을 함께 벌하는 이삼족(夷三族)법 같은 것이 그랬다.

영공이 죽자 몇 년 혼란이 있었으나 무공(武公)이 즉위하면서
진나라의 서북 경략은 다시 이어진다. 무공은 융족(戎族) 지역을
토벌하여 처음으로 그 지역에 두 현(縣)을 만들었고, 다시 동쪽으
로도 두(杜)와 정(鄭) 두 현을 더 만들었다. 무공이 죽자 예순여
섯 사람을 순장했는데 그 또한 융족의 습속에서 온 것이라는 주
장도 있다. 형 무공을 이은 덕공(德公) 원년에는 양백(梁伯)과 예

백(芮伯)이 와서 조회를 드릴 만큼 진나라의 세력은 커졌다. 덕공은 아들 셋을 두었는데 세 아들이 차례로 뒤를 이어 진의 제후가 되었다. 선공(宣公), 성공(成公), 목공(穆公)이 그들이다.

선공은 재위 12년에 아들을 아홉이나 남기고 죽었지만 진공(秦公)의 지위는 그 아우 성공이 물려받았다. 또 성공은 재위 4년에 아들 일곱을 남기고 죽었지만 역시 진공의 지위는 그 아우 목공이 물려받았다. 헤아려 보면 무공, 덕공 두 대에 세 번이나 형제 상속이 일어난 셈인데, 기록에는 피를 흘린 흔적이 없다. 어떤 이는 그런 형제 상속 또한 그때껏 진나라에 남아 있던 융족의 관례로 보기도 한다.

진(秦) 목공은 이름을 임호(任好)라고 하며 뒷날 춘추오패(春秋五覇) 가운데 하나로 꼽힐 만큼 뛰어난 군주였다. 진나라 군주에 즉위한 첫해 몸소 군사를 이끌고 융족을 토벌하여 그 땅 모진(茅津)을 차지한 일은 목공의 씩씩하고 거침없는 기상을 잘 보여 준다. 일찍부터 서북쪽에 치우쳐 뒤떨어진 진나라를 부강하게 만들려는 뜻을 품고 있었는데, 재위 5년 되던 해에 오고대부(五羖大夫) 백리해(百里奚)를 만나면서 그 뜻을 활짝 펼쳐 가게 된다.

백리해는 진(晉)나라와 이웃한 우(虞)나라 사람이었다. 서른다섯이 되어서야 혼인을 했을 만큼 깊이 배우고 오래 닦아 크게 왕업(王業)을 도울 만한 인재가 되었으나 우나라는 그를 알아보지 못했다. 나이 마흔이 넘도록 써 주는 이가 없자 백리해는 널리 세상에 나가 자신이 쓰일 곳을 찾아보기로 했다.

우나라를 떠난 백리해는 먼저 제나라로 갔다. 제나라는 크고 번창한 제후국의 하나였지만 그때의 군주 양공(襄公)은 혼암하여 어진 선비를 뽑아 쓸 줄 몰랐다. 백리해가 아무리 애를 써도 제나라에서 벼슬할 길은 보이지 않았다.

그사이 몇 푼 마련해 갔던 노자는 떨어지고 달리 의지할 만한 친지도 없는 백리해는 마침내 질(銍) 땅을 떠돌며 밥을 빌어먹는 신세가 되고 말았다. 그때 만난 것이 평생의 지기가 된 건숙(蹇叔)이었다. 건숙은 한눈에 백리해의 재주와 인품을 알아보고 그를 거둬들여 의형제로 삼았다.

건숙은 백리해에게 우선 마을 사람들의 소를 치는 일을 얻어 주었다. 달리 길이 없는 백리해도 그 일로 밥벌이를 삼으며 헐벗고 고단한 몸을 쉬게 했다. 그사이 제 양공이 죽임을 당하고 그 서숙(庶叔) 되는 공손무지(公孫無知)가 제나라 군주가 되었다. 조카를 죽이고 군주의 자리를 훔친 공손무지는 자신의 찬탈을 가리고자 어진 정치를 내세우며 널리 인재를 구하는 척했다. 그 소문을 들은 백리해가 건숙에게 물었다.

"공손무지에게 가 보는 게 어떻겠는가?"

"아니오. 그렇게 해서는 안 됩니다. 만약 그에게 간다면 한 달을 넘기지 못하고 큰 화를 당할 것입니다."

건숙이 그렇게 말하며 고개를 저었다. 그 바람에 백리해가 머뭇거리고 있는 사이에 일은 정말로 건숙이 말한 대로 되었다. 옹림(雍林)의 사람들이 그곳에 놀러 온 공손무지를 습격해 죽이고 그가 제공(齊公)의 자리를 찬탈한 죄를 물었다. 만약 백리해가 공손무지에게 가서 그의 사람이 되었다면 그때 함께 죽을 수밖에 없었을 것이다.

얼마 뒤에 백리해는 다시 주(周) 왕자 퇴(頹)가 소를 좋아한다는 말을 들었다. 주 장왕(莊王)의 서자인 퇴는 그때 조카 되는 혜왕(惠王)을 내쫓은 대부들의 추대로 주나라 왕 노릇을 하고 있었다. 소 기르는 일에도 남다른 재주가 있어 진작부터 마을 사람들에게 칭송을 받아 오던 백리해가 이번에는 왕자 퇴를 찾아 주나라로 갔다.

백리해는 소 기르는 재주를 내세워 퇴에게 알현을 청했다. 퇴가 백리해를 만나 보고 써 주려고 하는데 함께 갔던 건숙이 다시 말렸다.

"지금은 퇴가 주나라 왕 노릇을 하고 있으나, 저희 군주를 내쫓은 대부들이 멋대로 왕위에 앉힌 것이라 그의 날은 길지 못할 것입니다. 퇴 밑에서 일하는 것은 위태로운 일입니다."

그런데 과연 오래잖아 정(鄭)나라와 괵(虢)나라의 군주가 군사를 일으켜 주나라 왕 노릇을 하고 있는 왕자 퇴를 죽이고 쫓겨난 혜왕을 다시 주나라로 모셨다. 만약 백리해가 왕자 퇴 밑에 들어 그의 사람이 되었다면 그 또한 성치 못했을 것이다.

이래저래 길이 없어 다시 동네 소치기로 세월을 허비하던 백리해는 마침내 고국으로 돌아가고 싶은 마음이 들었다. 어느 날 다시 건숙을 찾아보고 말했다.

"아무래도 내 나라로 돌아가 우리 주공(主公)에게 쓰이기를 빌어야겠네. 부귀해져 처자를 호강시키지 못할 양이면 가까이 있어 보살펴 주기라도 해야 되지 않겠는가?"

건숙은 이번에도 고개를 저었다.

"제가 듣기로 우나라의 군주는 그리 어질지 못해 오래 나라를 보전하기 어려울 것이라 했습니다. 게다가 예전에도 형을 알아보지 못했는데 세월이 지났다고 달라졌겠습니까?"

하지만 백리해가 굳이 돌아가겠다고 하자 끝내 말리지는 않았다.

"형께서 정히 돌아가시겠다면, 저와 함께 가시지요. 우(虞) 땅에 사는 제 막역한 벗 궁지기(宮之奇)를 소개해 드리겠습니다. 그역시 오래 불우하였으나 근래 우나라 군주 밑에서 마침 대부(大夫) 노릇을 하고 있습니다."

그러면서 백리해와 함께 우나라로 갔다. 궁지기는 건숙과 백리해를 반갑게 맞아들이고 우나라 군주에게 힘써 백리해를 추천했다. 그러나 기껏 얻어 줄 수 있는 것은 중부(中夫)라는 대단찮은 벼슬자리뿐이었다. 오래 궁핍에 시달려 온 백리해는 중부 자리도 감지덕지 받아들였다. 그러자 건숙은 쓸쓸한 얼굴로 백리해와 작별하고 일찍이 여생을 보내려고 보아 둔 땅으로 떠났다.

백리해가 어렵게 얻은 벼슬자리에 묶여 엉거주춤 우나라에 머무는 사이에 다시 여러 해가 지나갔다. 백리해는 그럭저럭 대부의 말석에 앉게 되었으나, 우나라 군주는 여전히 그를 무겁게 써주지 않았다. 떠나기도 머물기도 막막해 세월만 보내고 있는데 우나라에 뜻밖의 변고가 일어났다. 발단은 진(晉)나라 헌공(獻公)이 우나라 군주에게 귀한 옥과 좋은 말을 잔뜩 보내면서 이웃 괵나라를 치러 갈 길을 좀 빌려 달라고 청해 온 일이었다. 속뜻은 정작 우나라를 삼키는 데 있으면서 겉으로는 괵나라를 핑계 댄 것으로, 뒷날 '가도멸괵(假道滅虢)'이라는 성어(成語)를 남긴 계략이었다. 재상 궁지기가 그걸 알아보고 우나라 군주에게 말했다.

"괵나라와 우나라는 입술과 이 같은 사이로 입술이 없어지면 이가 시린 법입니다. 괵이 망하면 다음은 우리 우 차례가 될 것이니 주공께서는 결코 진 헌공의 말을 들어주어서는 안 됩니다."

이른바 '순망치한(脣亡齒寒)'의 고사(故事)이다. 대부가 되어 있던 백리해도 궁지기를 거들어 말렸으나, 재물에 눈이 먼 우나라 군주는 듣지 않았다. 진(晉)나라 대군이 우나라를 지나 괵나라를 치는 것을 허용하고 말았다.

하지만 일은 궁지기가 걱정한 대로 되었다. 우나라가 내준 길로 힘들이지 않고 괵나라를 삼킨 진 헌공은 돌아오는 길에 갑자기 우나라를 들이쳐 그 땅까지 차지하고 말았다. 그리고 우나라 군주와 그를 섬기던 벼슬아치들을 모두 사로잡아 진나라로 끌고 갔다.

그때 진나라로 끌려간 벼슬아치들 중에는 백리해도 들어 있었다. 그러나 진 헌공도 백리해의 재주와 학덕을 알아보지 못했다. 기껏 망한 나라에서 끌고 온 부로 가운데 하나쯤으로 여기다가 딸을 진(秦) 목공에게 시집보낼 때 잉신(媵臣, 고대 중국에서 귀족이 딸을 시집보낼 때 함께 보낸 남자 몸종)으로 딸려 보냈다.

백리해는 섬기던 주군을 버리지 못해 진(晉)나라까지는 함께 끌려왔으나, 시집가는 공녀(公女)를 따라 다시 진(秦)나라로까지 종살이하러 가고 싶지는 않았다. 진나라로 가는 도중에 가만히 몸을 빼내 완(宛) 땅으로 달아났다. 그러나 완에 이르기 전에 초나라 사람들에게 붙들린 백리해는 다시 소치기로 살아가는 신세가 되고 말았다.

그때 진 목공은 자신을 도와줄 인재에 목말라하고 있었다. 신부의 잉신으로 따라오다 도중에 없어진 백리해란 사람이 어질고 지혜롭다는 말을 듣자 사방으로 수소문해 그를 찾아보게 하였다. 오래잖아 백리해가 초나라 사람들에게 붙잡혀 소치기 노릇을 하고 있다는 말이 들렸다. 진 목공은 초나라에서도 백리해를 알아보고 쉽게 내놓지 않을까 걱정이 되어 꾀를 썼다. 초나라 사람들에게 사자를 보내 짐짓 대수롭지 않다는 듯 전하게 했다.

"내 잉신 가운데 소치기 백리해가 없어졌는데 그대들 나라에 있다고 들었소. 몸값으로 검정 숫양의 가죽 다섯 장을 낼 터이니 그를 돌려보내 주시오."

그 말을 들은 초나라 사람들은 별 의심 없이 염소 가죽 다섯 장을 받고 백리해를 놓아주었다. 그래서 진나라로 가게 된 백리해는 처음으로 목공을 만나게 되는데, 그때 이미 그의 나이 일흔이었다. 목공은 백리해에게 어떻게 하면 진나라를 부강하게 만들 수 있는지를 물었다. 그러자 백리해가 대답을 사양하며 말했다.

"저는 망한 나라의 신하인데 어찌 그같이 큰일을 제게 물으십니까?"

"우나라 군주가 그대를 무겁게 쓰지 않아 나라가 망한 것이니, 그렇게 된 것은 그대의 허물이 아니오."

진 목공이 그렇게 받으며 나라를 일으킬 방책을 거듭 물었다. 그제야 백리해가 겸손하게 아는 대로 대답하자 진 목공은 크게 기뻐하며 묻기를 사흘이나 계속하다 말했다.

"좋소. 내 그대를 대부로 삼을 테니 이 나라를 맡아 부강하게 만들어 주시오."

그리고 염소 가죽 다섯 장으로 풀려나게 했다 하여 '오고대부(五羖大夫)'라 불렀다. 백리해가 다시 겸손하게 말했다.

"신(臣)의 벗 중에 건숙이란 사람이 있는데 신은 그만 못합니다. 건숙은 밝고 어질지만 세상이 알아주지 못할 뿐입니다. 신은 그의 말을 들어 두 번이나 죽을 목숨을 살렸고, 한 번 듣지 않아 망한 나라의 신하로서 남의 나라에 사로잡혀 가게 되는 욕을 입었습니다."

그러고는 자신이 어려울 때 건숙이 거두어 준 일과 잘못 벼슬하려 할 때마다 말려 준 일을 모두 말하며 그를 추천했다. 진 목공은 건숙에게도 사람을 보내 후한 예물을 내리며 진나라로 불러들인 뒤 상대부(上大夫)로 삼았다.

목공은 백리해와 건숙을 얻어 나라를 안정한 뒤 중원의 강국 진(晉)과 싸우게 되었다. 이번에도 목공이 몸소 군사를 이끌고 진나라로 쳐들어가 하곡 부근에서 크게 싸웠으나 승패를 결정짓지 못했다. 양쪽 군대가 대치하는 중에 진나라 조정이 헌공의 후사(後嗣)를 놓고 어지러워지자 목공은 잠시 군사를 거두고 변화를 살폈다.

진 헌공에게는 여융을 토벌하고 얻은 여희(驪姬)란 여자가 있었다. 헌공의 총애를 받아 아들 둘을 낳자 자신의 아들로 헌공의 후사를 삼기 위해 온갖 악독한 계교를 다 썼다. 늙은 헌공을 홀려 태자인 신생(申生)이 헌공을 독살하려 했다고 모함하고, 그 배다른 아우들인 이오(夷吾)와 중이(重耳)까지 한패로 몰았다. 헌공이 여희에게 넘어가 아들들을 의심하자 태자 신생은 신성으로 달아났다가 자살했고, 이오와 중이도 다른 나라로 달아나 몸을 숨겼다.

목공 9년 진 헌공이 죽자 뒤를 이은 여희의 두 아들이 차례로 죽임을 당하는 변고가 일어났다. 그 둘을 죽인 진나라의 권신들이 멀리 양(梁)나라로 피신해 있는 공자 이오에게 사람을 보내 진공(晉公)에 오르기를 권했다. 이오는 군주의 자리가 탐났지만 자신을 불러들이려는 세력을 믿을 수가 없었다. 가만히 진(秦)나라에 사람을 보내 목공을 찾아보고 말하게 했다.

"군사를 내어 나를 도와주시오. 만약 내가 귀국의 도움으로 우리 진(晉)나라의 군주가 될 수 있다면 하서(河西)의 여덟 개 성을 귀국에 떼어 주겠소."

그때껏 진나라의 분란을 조용히 관망하고 있던 목공은 그것을 동쪽으로 뻗어 나갈 기회라 여겼다. 백리해에게 대군을 주어 귀국하는 이오를 호송하게 했다.

하지만 무사히 진나라로 돌아가 혜공(惠公)으로 즉위한 이오는 신하들의 반대를 핑계 삼아 약속한 하서의 여덟 성을 주지 않았다. 거기다가 자기 나라가 흉년이 들었을 때는 진(秦)나라의 도움을 받고도, 진나라에 흉년이 들었을 때는 오히려 그것을 틈타 진나라를 토벌하려 했다. 목공 15년 진(晉) 혜공 이오는 크게 군사를 일으켜 흉년으로 허약해진 진나라로 쳐들어갔다.

성난 목공이 또한 크게 군사를 일으켜 몸소 이끌고 진 혜공 이오의 군사를 맞으러 나갔다.

두 나라 군사는 한원(韓原)에서 맞닥뜨렸다. 9월 임술일(壬戌日) 싸움에서 목공은 한때 부상을 입고 위급에 빠지기도 했으나 마침내는 진(晉)나라 군사를 쳐부수고 혜공 이오를 사로잡을 수 있었다. 그때 기산(岐山)의 촌부(村夫)들이 죽기로 싸워 목공을 구해 내고 마침내는 진 혜공을 사로잡을 수 있게 한 일화는 목공의 패자(覇者)다운 풍모를 잘 보여 준다.

한원의 싸움이 있기 몇 년 전 기산 아래 살던 촌부 3백 명이 거기서 기르는 목공의 좋은 말 몇 마리를 훔쳐 잡아먹었다. 관리가 그걸 알고 그들을 벌하려 하자 목공이 껄껄 웃으며 말하였다.

"군자는 짐승 때문에 사람을 다치게 해서는 안 되오. 내 듣기로 말고기를 먹고 술을 마시지 않으면 병이 난다 하니 그들에게 술이나 내려 주시오."

그래서 엄한 진나라 법으로 죽을 목숨을 건졌을 뿐만 아니라 목공의 술까지 얻어먹은 3백 명의 촌부는 목공이 진(晉)나라와 싸우게 되었다는 말을 듣자 제 발로 달려와 병졸이 되었다. 그리고 항상 곁에서 목공을 따르다가 그날 그렇게 은혜를 갚았다고 한다.

목공은 진 혜공 이오를 죽여 상제(上帝)에게 제물로 바치려 했다. 그 말을 들은 주(周) 혜왕(惠王)이 동성(同姓)임을 내세워 이오를 살려 주기를 원하고, 또 이오의 누이가 되는 목공 부인도 상복을 입고 맨발로 달려 나와 동생을 살려 달라고 빌었다. 이에 목공은 진 혜공 이오를 살려 주고 회맹을 맺은 뒤 진나라로 돌려보냈다. 혜공도 더는 목공에게 맞서지 않고 태자 어(圉)를 인질로 보내는 한편 전에 약조했던 하서의 여덟 개 성을 모두 바쳤다. 이에 진나라의 영토는 동쪽으로 황하에 이르렀다.

목공 18년에 진(秦)나라는 양(梁)나라와 예(芮)나라를 쳐 없애고 다시 동쪽으로 영토를 넓혔다. 하지만 몇 해 뒤 진나라에 볼모로 있다가 몰래 자기 나라로 달아난 진(晉)의 태자 어가 죽은 혜공 이오를 이어 진 회공(懷公)이 되자 목공은 다시 한번 진(晉)나라 군주를 세우는 일에 개입했다. 초나라에 있는 공자 중이(重耳)를 진나라로 맞아들여 두터운 예우로 대접하다가 이듬해 봄 진(晉)나라로 돌려보냈다.

목공이 한편으로는 대군을 보내 중이를 호위하고 다른 한편으로는 몰래 사람을 넣어 진의 대신들을 매수하니 안팎으로 내몰린 진 회공은 오래 버텨 내지 못했다. 즉위한 지 1년이 못 돼 고량으로 달아나고 공자 중이가 즉위하여 문공(文公)이 되었다. 뒷날 천자가 몸소 그를 제후국의 맏이(伯), 즉 회맹(會盟)의 맹주 또는 패자임을 선포하여 오패(五覇)에 들게 되는 그 진(晉) 문공(文公)이다.

진 문공은 목공 덕분에 진나라의 군주가 될 수 있었을 뿐만 아니라, 오패에 드는 데도 크게 도움을 입었다. 따라서 진 문공이 살아 있는 동안은 진(秦)과 진(晉) 두 나라 모두 굳건하게 동맹을 지켰다. 그러나 진 문공이 죽자마자 일이 벌어졌다.

목공 32년 정(鄭)나라 사람이 진(秦)나라로 와서 자신의 나라를 팔아넘기는 말을 했다.

"제가 정나라의 성문을 지키는 사람인데, 갑자기 들이치면 어렵지 않게 정나라를 차지할 수 있습니다."

목공이 그 말을 듣고 백리해와 건숙을 불러 어찌할까를 물었다. 두 사람이 한목소리처럼 말했다.

"여러 나라를 거치고 천 리나 되는 길을 지나 다른 나라를 급습한다는 것은 이로울 것이 별로 없습니다. 더욱이 그 사람이 정나라를 배반했듯이 우리나라 사람도 배반하여 정나라에 이 일을 밀고하지 않으리라고 누가 장담하겠습니까? 정나라를 쳐서는 아니 됩니다."

그러나 목공은 왠지 그 두 사람의 말도 듣지 않았다.

"그대들은 모르오. 이건 우리 진나라를 위해 해 볼 만한 일이오. 나는 이미 뜻을 정했소!"

그렇게 우기면서 크게 군사를 일으켜 백리해의 아들 맹명시(孟明視)와 건숙의 아들 서걸술(西乞術) 및 백을병(白乙丙)이란 장수에게 이끌도록 했다. 늙은 백리해와 건숙이 눈물로 아들들을 보내면서 말했다.

"살피고 또 살펴 행하거라. 만일 너희들이 낭패를 당한다면 그것은 틀림없이 효산(殽山)의 험한 길목일 것이다."

목공 33년 봄 함곡관을 나간 세 장수는 진(晉)나라를 지나고 주 왕기(王畿)를 지나 활(滑)에 이르렀다. 거기서 어떤 정나라 상인에게 속아 정나라가 든든하게 방비하고 있는 줄 안 세 장수는 엉뚱하게 진나라의 성읍인 활을 쳐서 쑥밭을 만들어 버렸다.

"진(秦)이 부친을 잃은 나를 우습게 여기는구나. 상중(喪中)을 틈타 우리 활읍을 치다니!"

진 문공의 아들 양공이 성나 그렇게 외치며 상복을 검게 물들여 입고 크게 군사를 일으켰다. 진 양공은 험준한 효산에 의지해 길을 가로막고 크게 진군(秦軍)을 무찌른 뒤 그 장수인 맹명시와 서걸술, 백을병을 사로잡았다. 다행히 진 문공의 부인이 진(秦)나라 사람이어서 그녀의 기지로 세 장수는 살아서 진나라로 돌아올 수 있었으나, 그들을 따라간 군사들은 하나도 돌아오지 못했다.

세 장수가 진나라로 돌아오는 날 목공은 소복 차림으로 교외까지 나가 그들을 맞이하고 울며 위로했다.

"내가 백리해와 건숙의 말을 듣지 않아 그대들을 이토록 욕되게 하였으니, 그대들에게야 무슨 허물이 있겠는가? 부디 그대들은 이 치욕을 씻기 위해 몸과 마음을 다하고 결코 게으르지 마시오."

그러고는 목공 자신도 나라를 부강하게 만드는 일에 더욱 힘을 쏟았다.

목공 34년에 융왕(戎王)이 제 딴에는 목공의 동태를 살핀답시고 유여(由余)란 사신을 보냈다. 유여는 진(晉)나라 사람으로 그 선조 때부터 융족의 지역에 살았는데도 아직 진나라 말을 할 줄 알았다. 목공이 슬그머니 그를 떠보니 그 재주와 학식이 여간이 아니었다. 슬그머니 유여가 탐이 난 목공은 내사(內史) 왕료(王

廖)를 불러 가만히 물었다.

"내 듣기로 이웃 나라에 성인(聖人)이 있으면 그와 다투는 나라에는 걱정거리가 된다더니, 지금 유여의 어질고 밝음이 바로 나의 걱정거리요. 이를 장차 어찌했으면 좋겠소?"

왕료가 계책을 내놓았다.

"융왕은 궁벽한 세상 모퉁이에 살아 중원의 좋은 음악을 모를 것입니다. 군주께서는 시험 삼아 춤과 노래가 빼어난 기녀(伎女)들을 융왕에게 보내 그 기개를 꺾어 놓으십시오. 융왕은 틀림없이 음악에 빠져 정사에 소홀하게 될 것입니다. 또 핑계를 대고 유여를 우리 땅에 잡아 놓아 기일 안에 돌아가지 못하게 하십시오. 그리되면 그들 군신 사이가 소원해질 뿐만 아니라 융왕은 늦게 돌아오는 유여를 의심하게 될 것입니다. 그때 가만히 유여를 불러들이면 그를 우리 사람으로 만들 수 있습니다."

목공은 그 계책에 따라 춤과 노래를 잘하는 미녀 열여섯을 융왕에게 보내는 한편 유여는 이런저런 구실로 진나라에 잡아 두었다. 과연 융왕은 미녀들의 춤과 노래에 빠져 그해가 다 가도록 한곳에 틀어박혀 움직일 줄 몰랐다. 그 바람에 초지(草地)를 바꾸지 못한 융족의 소와 말이 절반이나 굶어 죽었다고 한다.

목공은 유여와 나란히 앉아 같은 음식을 먹으면서 우대를 하다가 몇 달 뒤에야 융왕에게로 돌려보냈다. 그러나 이미 음락(淫樂)에 깊이 빠진 융왕은 유여가 아무리 말려도 그칠 줄을 몰랐다. 오히려 유여의 충언을 귀찮게 여겨 군신 간에 틈만 벌어질 뿐이었다. 그때 목공이 몰래 사람을 보내 부르기를 거듭하니 마침내 유여는 융왕을 버리고 진나라에 귀순하였다. 목공은 유여를 귀한 빈객으로 예우하고 틈만 나면 융족을 정벌할 계책을 물었다.

효산의 참패가 있고 3년 만에 목공은 마침내 대군을 일으키고 맹명시와 서걸술, 백을병 세 장수를 앞세워 진(晉)나라를 치게 했다. 세 장수는 황하를 건너자 타고 온 배를 불태워 스스로 물러날 길을 끊은 뒤 앞으로 나아갔다. 뒷사람들이 이를 본떠 자주 싸움에 이겼고, 마침내 배수진(背水陣)을 궁리해 냈다. 진(秦)나라 군사들은 잇따른 싸움에서 진군(晉軍)을 크게 무찌르고 왕관(王官)과 교(鄗) 땅을 빼앗아 3년 전에 당한 치욕을 씻었다.

목공이 모진(茅津)을 건너와 효산 싸움에서 죽은 군사들의 무덤을 만들어 장사 지내고 사흘 동안 곡하였다. 그리고 군사들 앞에 나가 3년 전 백리해와 건숙의 말을 듣지 않은 것을 큰 소리로 뉘우치며 잘못을 되풀이하지 않을 것임을 맹세하였다.

재위 37년 목공은 드디어 유여의 계책을 받아들여 융족(戎族)을 쳤다. 융왕의 군사를 쳐부수고 융족의 열두 개 부족을 아울러 천 리의 땅을 개척하니, 이로써 진나라는 서융(西戎)의 땅을 모두 차지하게 되었다. 주(周) 천자가 목공에게 금고(金鼓)를 내려 융족을 무찌른 공을 치하해 주었다.

목공은 즉위한 지 39년째 되는 해에 죽고 옹(雍) 땅에 묻혔다. 그때 177명의 신하가 함께 순장(殉葬)되었는데, 그 일이 동쪽으로 진(秦)나라의 영토를 황하에 이르게 하고 다시 서북으로 천리를 넓힌 영주(英主) 목공의 마지막 큰 허물이 되었다.

목공 이후 12대(代) 2백여 년 동안 진나라는 군주의 짧은 재위와 그 후사(後嗣)를 둘러싼 분란으로 기나긴 침체기를 겪는다. 남쪽으로는 초나라가 한중(漢中), 파(巴), 검중(黔中)을 차지하며 바짝 다가들고, 동쪽으로는 목공이 얻어 둔 하서(河西) 땅을 다시 강대해진 진(晉)나라에 빼앗겨 진(秦)의 영토는 황하 서쪽 깊숙이 밀려난다. 그러다가 목공 뒤로 13대째가 되는 헌공(獻公) 때가 되어서야 중흥의 전기가 마련된다. 헌공은 진나라의 오랜 폐습인 순장을 폐지하고 국정을 정비한 뒤 도읍을 옹(雍)에서 역양(櫟陽)으로 옮기고 다시 동방 진출을 꾀한다. 그러나 진(晉)에서 갈라져 나온 위(魏)나라의 기세를 꺾었을 뿐 하서 동쪽으로는 한 발자국도 더 내딛지 못하고 죽었다.

그런 헌공의 뒤를 스물한 살의 태자가 이어 효공(孝公)이 된다. 효공은 진나라가 전국(戰國)의 우이(牛耳)를 잡고 마침내는 새로운 제국을 열게 한 기틀을 마련하는 영주(英主)가 되는데, 그를 분발시킨 것은 동방 제후들의 업신여김이었다.

진나라는 서북으로 치우친 옹주(雍州)에 자리 잡고 있어 중원(中原) 제후들의 회맹에 거의 참가하지 못했다. 그 바람에 중원의 군주들은 진나라 군주를 자신들과 같은 제후로 대접하지 않고 이적(夷狄) 대하듯 했다. 이에 효공은 그런 동방의 제후들에게 진나라의 힘을 보여 주고자 부국강병을 추구하고, 이른바 '초현령(招賢令)'을 내려 널리 인재를 불러들였다.

"옛날 우리 목공께서는 기산(岐山)과 옹읍(雍邑)에서 어진 다스림을 베푸시고 무업(武業)을 닦으셨다. 동쪽으로는 진(晉)의 내란을 평정하시어 영토가 황하에 이르게 하셨으며, 서쪽으로는 융적을 재패하시어 땅을 천 리나 늘리셨다. 이에 주(周) 천자(戎狄)는 패자(覇者)의 칭호를 내리고 제후들은 모두 와서 하례를 올렸다. 그 모두가 후세를 위해 대업을 이룩함이요, 그 공은 빛나고 아름다웠다.

그 뒤 여러 대(代) 비록 뜻은 장해도 크게 떨치지 못하다가, 여공(厲公), 조공(躁公), 간공(簡公), 출자(出子)의 시절이 잇따르면서, 나라 안이 편안하지 못하고 우환이 많아 나라 밖으로 눈 돌릴 겨를이 없었다. 그 틈을 타 삼진(三晉)이 목공께 바친 하서 땅을 도로 빼앗아 갔고, 다른 제후들도 우리 진나라를 업신여기게 되니, 일찍이 이보다 더 욕스러운 날도 없었다. 다행히 헌공께서 즉위하시어 변방을 안정하시고 동쪽을 정벌할 채비를 갖추시니, 이는 목공께서 다스리시던 옛 땅을 도로 찾고 그 찬란한 정령(政令)을 다시 펼쳐 보고자 하심이었다. 나는 그와 같은 선군(先君)의 유지를 떠올릴 때마다 비통한 심사를 떨쳐 버릴 수가 없다. 빈객(賓客)과 신하를 가리지 않고 누구든 우리 진을 강대한 나라로 만들어 줄 기이한 계책을 올린다면 나는 높은 벼슬과 넓고 기름진 땅을 나누어 줄 것이다."

효공은 그와 같은 포고와 함께 동쪽으로 군사를 내어 섬성(陝城)을 치고, 다시 서쪽으로 융적을 쳐서 그 원왕(獂王)을 죽였다. 먼저 자신의 과감한 결단력과 실천 의지를 드러내 보인 셈이었다.

그때 진나라로 찾아온 사람이 상앙(商鞅)이었다. 상앙은 몰락한 위나라 공족(公族)의 후예라 하여 위앙(衛鞅) 또는 공손앙(公孫

鞅)이라고 불리기도 한다. 상앙 또는 상군(商君)이라고 불리는 것은 나중에 그가 상(商) 땅을 봉지로 받기 때문인데, 그 여러 호칭 가운데서도 상앙이 가장 널리 알려져 있다.

상앙은 일찍부터 법가(法家)를 익혀 그 가르침에 밝았으며 특히 형명학(刑名學)에 정통했다. 그는 선구적인 법가들의 이론을 깊이 고구하여 천하를 경륜할 나름의 변법(變法) 이론을 갖추어 나갔다. 자하(子夏)의 문인인 이회(李悝)가 시도했다는 여러 신법(新法)이나 증자(曾子)의 문인(門人)이지만 병가(兵家)로 더 잘 알려진 오기(吳起)가 초나라에서 실시한 개혁은 그에게 좋은 선례와 참고가 되었다.

자신의 사상과 학술이 어느 정도 무르익었다 싶자 상앙은 먼저 위나라로 찾아가 쓰이기를 바랐다. 상앙은 위(魏) 재상 공숙좌(公叔座)의 그늘에 들어 한때 그 뜻을 펴는가도 싶었으나, 공숙좌가 죽자 위나라 조정은 그를 써 주지 않았다. 이에 위나라를 떠난 상앙은 천하를 떠돌며 자신을 써 줄 군주를 찾다가 효공의 초현령을 듣고 진나라로 가게 되었다.

환관 경[景監]을 통해 효공을 만나게 된 상앙은 먼저 황로(黃老)적인 제도(帝道)를 말하였으나 효공은 별로 귀담아듣지 않았다. 상앙은 다시 유가(儒家)의 왕도(王道)를 천하경륜의 방책으로 내놓아 보았으나 마찬가지였다. 효공은 이번에도 이렇다 할 열의를 보이지 않았다. 이에 상앙은 부국강병으로 구현되는 패도(霸道)를 이야기하기 시작했다. 그제야 효공은 기쁜 낯빛으로 귀를 기울였는데, 여러 날이 지나도 싫증 내는 기색이 없었다.

그때 상앙이 부국강병을 위한 개혁의 내용으로 주장한 것은 크게 두 가지였다.

그 하나는 봉건영주들에게 분산된 나라의 권력을 다시 군주에게로 집중하는 일이었다. 곧 지방분권적인 봉건제도를 개혁하여 중앙집권적인 국가를 건설해야 한다는 것인데, 거기에는 무엇보다도 군주가 뽑아 보낸 관료들이 직접 백성들을 장악하여 통치의 효율성을 높인다는 목적이 있었다.

다른 하나는 국가의 생산력과 전투력을 동시에 키워 나간다는 이른바 농전(農戰) 정책이었다. 곧 평시에는 모든 백성이 농업에 종사하다가 전시가 되면 군사로 전환되어 싸운다는 일종의 국민 개병 제도였다. 백성들로 하여금 농사를 지을 때는 농사에 전념하고, 전쟁터에서는 힘을 다해 싸우게 할 수 있다면 그보다 나은 부국강병의 지름길은 없었다.

효공은 그런 상앙의 주장이 마음에 들었으나 감룡(甘龍)과 두지(杜摯)를 비롯한 대신들은 자신들의 기득권을 빼앗으려는 그 개혁에 반대했다. 그 바람에 크게 논쟁이 벌어져 한때 진나라 조정이 시끄러웠다. 그러다가 효공이 상앙에게 좌서장(左庶長) 벼슬을 내리고 그의 개혁 정책을 채택함으로써 시비는 일단락되고 뒷날 '제1차 변법(變法)'으로 알려진 개혁이 이루어졌다. 대략 효공 3년의 일이었다.

"이제부터 다섯 가구를 오(伍)로 하고 열 가구를 십(什)으로 하며 십이나 오 안의 이웃(隣)끼리는 연좌제로 묶인다. 곧 이웃이 죽을죄를 지은 줄 알면서도 고발하지 않으면 그 허리를 베고, 고발하면 적의 목을 벤 것과 같은 상을 내린다. 또 어느 집이 죄지은 자를 숨겨 주면 그 이웃 되는 십이나 오가 똑같은 죄를 지은 것이 되어 적에게 항복한 것과 같은 벌을 준다. 성문은 정한 시각에 여닫고, 모든 숙박업소는 관리의 증명서가 없는 손님을 받아서는 안 된다."

"모든 상은 반드시 세운 공에 따라 내리고 모든 벌은 지은 죄에 따라 묻는다. 곧 싸움터에서 공을 세운 자는 그 공에 따라 벼슬을 내리고, 비록 공족(公族)이나 명문(名門)의 후예일지라도 공적이 없으면 그 신분을 박탈한다. 모든 작위와 등급은 전공에 따라 규정되며, 그 등급에 따라 전답과 가옥의 넓이나 노비의 수와 복색이 차례로 정해진다."

"농사를 잘 지어 수확을 크게 늘리면 싸움터에서 공을 세운 것과 같이 그 늘린 정도에 따라 상을 준다. 마찬가지로 농사를 게을리 하여 수확을 망치면 싸움터에서 달아난 것과 같은 벌을 준다. 또 황무지를 개간하여 농토를 만든 자에게는 그 경작권을 주고 일정 기간 부세를 면제한다."

첫 번째 변법의 내용은 대강 그렇게 요약될 수 있다. 백성들은 처음에 그 새로운 법을 괴롭게 여겼으나 3년이 지나자 모두 편안해했다. 하지만 봉건영주나 특권층은 달랐다. 새로운 신분제도로 적잖은 기득권을 잃게 되자 한결같이 상앙을 원망했다.

변법의 효과는 놀라웠다. 변법을 실시한 지 몇 년 안 돼 진나라는 눈에 띄게 부강해졌다. 효공 7년에는 새로운 강국으로 진나라에게서 하서를 뺏어 간 위나라와 회맹(會盟)하였고, 그 이듬해에는 원리(元里)에서 위나라와 싸워 크게 이겼다. 효공 10년에는 대량조(大良造)에 오른 상앙이 대군을 이끌고 위나라로 쳐들어가 안읍(安邑)을 항복받기도 했다.

효공 12년 진나라는 다시 역양에서 함양(咸陽)으로 수도를 옮겼다. 그해 상앙은 효공의 후원 아래 두 번째 변법을 단행하였는데 그 내용은 대략 이랬다.

첫째, 정전제(井田制)를 폐지하고 원전제(轅田制)를 시행한다.

정전제에서는 토지를 아홉 등분하여 가운데 땅 하나만 그 수확을 국가에 바치고 나머지 여덟 등분의 수확은 소유자인 봉건영주들이 차지하였다. 그러나 원전제 아래서는 백성들이 토지를 소유하고 노예 노동을 하거나 영주에게 소작료를 바치는 대신 국가에 직접 부세를 낸다. 이는 곧 봉건영주들의 토지 소유권을 박탈하고 모든 농지를 국가의 소유로 한다는 뜻이 되며, 한편으로는 군주의 가부장적 권력 신장과 국가의 세수 증대 효과를 가져온다.

둘째, 현제(縣制)를 실시한다.

이는 각지에 현(縣)을 설치하고 군주가 뽑아 보낸 관리가 다스리게 함으로써 봉건영주를 통한 간접 통치에서 군주의 직접 통치로 전환하는 의미가 있다. 곧 종래의 향(鄉)이나 읍(邑) 또는 취(聚)는 지역 영주들이 소유하고 다스렸으나, 현이 설치된 이후로는 군주가 보낸 현령(縣令)과 현위(縣尉), 현승(縣丞) 등의 통치를 받게 되어, 군주가 백성들을 직접 다스리는 효과를 낼 뿐만 아니라 중앙집권제를 강화하는 의미도 갖는다.

셋째, 천맥제(阡陌制)를 실시한다.

천맥제는 대가족제도를 쪼개어 조세와 요역(徭役)의 의무를 담당하는 가구 수를 늘리려는 정책이었다고도 하고, 황무지를 개간한 자제에게 그 토지 소유를 인정함으로써 또한 가구 수를 늘리고 농경지 확대를 장려하는 제도였다고도 한다. 다르게는 논두렁, 밭두렁을 헐고 토지의 구획선을 정리해 농경의 효율성과 생산성을 높이는 제도였다는 말도 있다.

넷째, 도량형을 통일하고 오랑캐 습속을 근절한다.

진나라 안에서 쓰는 자와 저울은 모두 기준을 같이하여 교역이나 징세(徵稅) 때의 불편을 덜었다. 또 부자와 형제가 모두 한 방을 쓰는 것 같은 유목민족의 습속을 금하였다.

두 번째의 변법 역시 효과가 커 진나라는 더욱 부강해졌다. 상앙은 그렇게 다져진 힘을 바탕 삼아 효공에게 위나라를 정벌할 것을 건의했다. 그리고 스스로 5만 대군을 이끌고 위를 쳐 위군(魏軍)을 이끌던 공자 앙(卬)을 사로잡고 오성(吳城)을 우려 뺐다. 그가 상군(商君)으로 봉해지고, 위나라 영토였던 상읍(商邑)을 비롯해 열다섯 읍을 봉토로 받은 것은 그 공로 때문이었다.

상앙의 변법에 힘입어 진나라는 점차 칠웅(七雄)의 으뜸으로 자라 갔으나, 진나라 안에는 그의 개혁에 피해를 입고 원한을 품은 사람들도 많았다. 그들 중에는 죽을죄를 지은 공족(公族) 하나를 숨겨 주었다가 엄격한 상앙의 법에 걸려 호된 값을 치른 태자도 있었다. 자신은 태자인 덕분에 사형을 당하는 것은 겨우 면했으나, 태자를 시중들던 공자 건(虔)은 코가 잘리고, 태자를 가르쳤던 공손가(公孫賈)는 얼굴에 먹물로 글자를 뜨는 형벌을 받게 되니, 그 원한이 작지 않았다.

효공이 재위 24년 만에 죽자 태자가 뒤를 이어 혜문군(惠文君)이 되었다. 상앙을 미워하던 사람들이 그를 모함하자 혜문군도 못 이기는 척 상앙을 잡아들이게 했다. 위기를 느낀 상앙은 가만히 함양에서 도망쳐 진나라 밖으로 달아나려 했으나, 끝내 함곡관을 빠져나가지 못했다. 자신의 변법이 쳐 놓은 촘촘한 그물을 벗어나지 못하고 공손가에게 사로잡힘으로써 반역의 혐의만 굳혀 주고 말았다. 혜문군 원년, 상앙은 함양 저잣거리에서 사지가 각기 다른 수레에 묶여 다섯 토막으로 찢기는 형벌[車裂刑]을 받고 죽었다.

혜문군은 사사로운 감정을 이기지 못해 상앙을 죽였으나 그가 실시한 변법의 골자는 유지했다. 따라서 그의 재위 기간에도 진나라는 착실하게 부국강병의 길을 갔다. 계속 위나라를 압박하여 하서 땅을 도로 찾고, 마침내는 황하를 건너 동쪽으로 밀고 들었다. 장의(張儀)를 재상으로 삼아 연횡책을 펼치기 시작한 것도 혜문군이었다. 재위 14년 위나라, 한나라가 스스로 왕을 일컫자 혜문군도 혜문왕(惠文王)이 되고 후원(后元)이란 연호를 썼다.

후원 3년 연횡책이 주효하여 한나라와 위나라의 태자가 진나라에 조회하였고, 장의가 위나라 재상으로 갔다. 몇 해 뒤 연횡이 깨어지고 한(韓), 위(魏), 조(趙), 연(燕), 제(齊) 다섯 나라에 흉노까지 합종하여 쳐들어왔으나 진나라가 그들을 크게 쳐부수어 엄청난 저력을 드러냈다. 혜문왕은 그 뒤로도 그들 동방의 다섯 나라를 두루 굴복시켰으며, 남쪽으로 강성한 초나라도 연횡책으로 농락하여 패퇴시켰다. 장의를 초나라로 보내 초 회왕(懷王)을 속인 뒤에 성나 쳐들어오는 초나라 대군을 여지없이 깨뜨리고 한중을 빼앗아 한중군(漢中郡)을 설치했다.

혜문왕이 죽던 해인 후원 14년에도 진나라는 초나라를 쳐 소릉(召陵)을 빼앗았으며, 파(巴)와 촉(蜀)을 어울러 남으로 천 리를 넓혔다. 융족의 한 갈래인 단(丹)과 여(黎)의 투항을 받아 서북이 안정된 것도 그해였다. 어떤 이는 혜문왕 시절에 이미 천하 땅을 셋으로 나눌 때 그 하나가 진나라의 영토였고, 천하의 물력(物力)을 열로 칠 때 진나라가 그 여섯을 차지하고 있었다 한다.

혜문왕을 이은 무왕(武王)도 동방 경략에 남다른 열의를 가지고 있었다. 좌, 우 승상을 세워 통치체제를 정비하고, 주(周) 왕실의 도읍인 낙양과 근기(近畿)를 넘보았으나 재위 4년 만에 죽어 뜻을 이루지는 못했다. 무왕이 아들이 없어 열일곱 살 난 이복동생이 왕위를 이으니 그가 바로 소양왕(昭襄王)이다.

소양왕이 다스린 56년 동안 진나라는 거침없는 제국으로의 길을 갔다. 초나라를 거듭 밀어붙이다가 화평을 미끼로 초 회왕을 속여 진나라로 잡아갔으며, 명장 백기(白起)를 시켜 황하 동쪽을 휩쓸었다. 한때 제나라와 짜고 천하를 동서로 나누어 제(齊) 민왕(閔王)은 동제(東帝)라 일컫고, 소양왕은 서제(西帝)라 일컫기도 했다. 둘 모두 오래잖아 제호(帝號)를 버렸으나, 그 일은 그 무렵 진나라의 세력이 어느 정도였으며 진왕(秦王)의 지향이 무엇인가를 엿보기에는 아주 좋은 막간극(幕間劇)이 된다.

그 뒤 30년 무안군(武安君)이 된 백기 및 여러 진나라 맹장들과 그들을 따르는 병사들의 신들린 듯한 분투는 칠웅의 쟁패란 전국(戰國)의 양상을 근본적으로 바꾸어 놓았다. 소진(蘇秦)의 합종책은 소양왕 때까지도 가끔씩 가동되었으나, 육국이 서로 힘을 합쳐도 진나라의 독주를 잘 막아 내지 못했다. 그러다가 소양왕 51년 서주공(西周公)이 서른여섯 성읍과 천자의 신물(信物)인 구정(九鼎)을 진나라에 바치고 투항하면서 천하는 점차 새로운 제국의 질서 아래 편입되기 시작한다. 공현(鞏縣)을 도읍 삼은 분봉국(分封國) 동주(東周)가 아직 남아 있었으나, 주(周) 왕조는 그때 이미 장례만 남은 송장이나 다름없었다.

마침내 모든 제후들로부터 조회까지 받게 된 소양왕이 재위 56년 만에 죽자 늙은 태자가 왕위에 올라 효문왕(孝文王)이 된다. 그러나 소양왕의 장례를 끝내고 즉위한 지 사흘 만에 죽어 그 아들 자초(子楚)가 뒤를 이으니 그가 장양왕(莊襄王)이다.

즉위 첫해 장양왕은 동주공(東周公)이 다른 제후들과 합종을 꾀한다는 말을 듣자 승상 여불위(呂不偉)를 보내 동주를 치고 그 나라를 거두었다. 동주공을 살려 주고 작은 땅을 내려 조상의 제사를 받들 수는 있게 하였지만, 그로써 실낱처럼 붙어 있던 주(周)나라의 숨결은 온전히 끊어지고 말았다. 그해 장양왕은 또 한 나라를 쳐 그 땅에 삼천군(三川郡)을 설치하였다.

이듬해 장양왕은 몽오(蒙驁)를 보내 조나라를 치고, 다음 해에도 다시 조나라와 위나라를 쳐 조나라로부터 서른일곱 개의 성을 빼앗았다. 또 왕흘(王齕)을 시켜 상당(上黨)을 치고 그 땅에 다시 태원군(太原郡)을 설치하였다. 그러나 곧 다섯 나라가 합종한 군사를 이끌고 반격한 신릉군(信陵君) 무기(無忌)에게 몽오가 져서 나라가 어수선한 가운데 장양왕이 죽었다. 재위 3년 만이었다. 그 뒤를 열세 살 난 아들 정(政)이 이으니, 그가 바로 뒷날의 시황제(始皇帝)이다.

진왕(秦王) 정은 스물한 살에 관례를 치르고 친정(親政)할 때까지 태왕후인 조희(趙姬)의 섭정을 받았다. 즉위 초 진나라의 실권은 태후 조희와 사통(私通)하고 있던 승상 여불위에게 있었다. 그러나 여불위가 들여보낸 환관 노애가 태후의 총애를 받게 되면서 권력은 노애(嫪毐)에게로 옮아 갔다.

진왕 정이 친정을 한 것은 노애의 반란이 진압되고 난 뒤부터였다. 장신후(長信侯)가 되고 봉국(封國)까지 얻은 노애는 따르는 무리를 시켜 먼저 진왕을 공격했다가 진왕이 보낸 군사에게 진압되었다. 진왕은 쫓기다 잡혀 온 노애의 일족과 그를 따르던 무리를 모두 죽이고, 노애를 태후궁에 들여보낸 승상 여불위까지도 내쫓아 절대군주의 위상을 굳혔다. 재위 10년 스물세 살 때였다.

그 뒤 진왕 정은 젊은 패기로 안팎의 대신들을 몰아쳐 육국을 공략하였다. 재위 17년 한왕(韓王)이 나라를 들어다 바치자 진왕 정은 그곳에 영천군(潁川郡)을 설치함으로써 육국 혼합의 첫발을 내디뎠다. 19년에는 장군 왕전(王剪)이 동양(東陽) 일대를 차지하고 조왕(趙王)을 사로잡으니, 조나라가 한나라 다음으로 멸망하였다. 그리고 3년 뒤, 장군 왕분(王賁)이 위나라를 치고 그 왕의 항복을 받아 냄으로써 일찍이 군주를 내쫓고 진(晉)나라를 나누어 가졌던 한, 위, 조 세 나라가 먼저 사직(社稷)을 허물고 진(秦)의 신하가 되었다.

재위 23년 되던 해 진왕 정은 물러났던 장군 왕전을 다시 불러내 초나라를 쳤다. 왕전이 초왕을 사로잡았으나, 초나라 장군 항연(項燕)이 창평군을 다시 초왕으로 세워 회남에서 항거했다. 이듬해 왕전과 몽무(蒙武)를 회남으로 보내 초군을 쳐부수고 창평군을 죽이자, 항연도 자살하여 초나라도 드디어 끝이 났다.

진왕 정 25년 장군 왕분이 대군을 이끌고 요동을 공격하여 연왕을 사로잡고 연나라를 멸망시켰다. 그리고 이듬해 진왕 정은 다시 연나라에 있던 왕분을 보내 진나라가 퍼뜨린 연횡책으로 혼란되어 있던 제나라를 치게 했다. 도읍 임치가 떨어지고, 제왕 전건(田建)이 항복하자 제나라도 끝이 나니 이로써 전국칠웅(戰國七雄) 가운데 진나라를 뺀 여섯 나라가 모두 망하였다. 진왕 정 26년의 일이었다.

천하를 통일한 진왕 정이 스스로 황제를 칭하면서 진나라는 제국으로 거듭났다. 제실(帝室)의 혈통도 그때껏 이어져 온 황제의 세계와 다를 뿐 아니라, 다스림의 방식도 그때까지의 역사적 경험에는 전혀 없는 새로운 제국이었다.

초한지 10

토끼가 죽으면 사냥개는 삶긴다

개정 신판 1쇄 발행 2020년 11월 5일
개정 신판 2쇄 발행 2022년 11월 15일

지은이 이문열

발행인 양원석
펴낸 곳 ㈜알에이치코리아
주소 서울시 금천구 가산디지털2로 53, 20층 (가산동, 한라시그마밸리)
편집문의 02-6443-8842   **도서문의** 02-6443-8800
홈페이지 http://rhk.co.kr
등록 2004년 1월 15일 제2-3726호

copyright ⓒ 이문열

ISBN 978-89-255-8964-0 (04820)
        978-89-255-8974-9 (세트)